古代歷史文化 研究輯刊

二 編

王明蓀 主編

第 **13** 冊

北魏文學與漢化關係之研究

王美秀 著

國家圖書館出版品預行編目資料

北魏文學與漢化關係之研究／王美秀 著 — 初版 — 台北縣永
和市：花木蘭文化出版社，2009〔民98〕
目 2+164 面；19×26 公分
（古代歷史文化研究輯刊 二編：第 13 冊）
ISBN：978-986-254-083-1（精裝）
1. 北朝文學　2. 北朝史
820.90361　　　　　　　　　　　　　　　98015504

ISBN - 978-986-2540-83-1

9 789862 540831

古代歷史文化研究輯刊
二 編　第十三冊　　　　　　ISBN：978-986-254-083-1

北魏文學與漢化關係之研究

作　　　者　王美秀
主　　　編　王明蓀
總 編 輯　杜潔祥
出　　　版　花木蘭文化出版社
發 行 所　花木蘭文化出版社
發 行 人　高小娟
聯 絡 地 址　台北縣永和市中正路五九五號七樓之三
　　　　　　電話：02-2923-1455／傳眞：02-2923-1452
網　　　址　http://www.huamulan.tw 信箱 sut81518@ms59.hinet.net
印　　　刷　普羅文化出版廣告事業
初　　　版　2009 年 9 月
定　　　價　二編 30 冊（精裝）新台幣 46,000 元

北魏文學與漢化關係之研究

王美秀　著

作者簡介

王美秀，台灣南投縣人。台灣大學中國文學研究所碩士、英國里茲大學東亞系博士（*PhD of the Department of East Asian Studies, University of Leeds, the U. K.*），目前任教於國立大學。研究領域為中古時期文學與歐洲漢學，長期經由文學作品的觀察，研究歷史變動所激顯的文化特質、異質文化碰撞與交涉的情形，以及文士在變動不居的歷史洪流中的身分選擇與建構問題。本書之外另著有《劉伯溫——時代更迭中的勇者》、《玄奘——取經傳譯的典範》、《歷史、空間、身分——洛陽伽藍記的文化論述》，以及英文著作 *Cultural identities as reflected in the literature of the Northern and Southern dynasties period (4th -6th centuries A.D.)* 等書。

提　要

　　魏晉南北朝時期雖政治黑暗，災禍不息，社會不安，但文學發展卻極為蓬勃。然而，中國文學史每提及此一時期蓬勃發展的文學，多僅止於南朝文學，北朝文學相對上長期為學界所忽略。以政治、經濟、文化等各方面衡諸當時南北情勢，文學史家重南輕北固有其「自然如此」之因，但為力求文學史之完整視域，北朝文學實不應長期見棄於一隅。魏晉南北朝文學保存至今者不多，屬於北朝者更為稀少，但諸如《木蘭辭》、《顏氏家訓》、《水經注》、《洛陽伽藍記》等經典名著，已然昭示世人北朝文學自有其發展與成果。為進一步理解北朝文學的面貌，本論文嘗試以北魏為時間斷限，研究北魏文學與北魏漢化之間的關係。

　　本論文內容主要有三：一、拓跋珪建國以前的北方文學。二、北魏前期文學與漢化的關係。三、北魏後期文學與漢化的關係。綜合本研究所得，北魏文學與漢化的關係如下：一、北魏原有文學，但因漢化而加速文學發展，其文學風格則與漢化的內容息息相關。二、北魏前期文學為因應漢化過程的實際需要，側重於實用性書寫，因而加強了現實主義精神之顯現，初步奠定其質朴文風。三、北魏後期文學因孝文帝的儒家政策與儒家文學觀影響所及，而深化其現實主義精神，因而更確立其質朴風格。四、北魏文學自孝文帝太和年間即受南朝文學的影響，但在南北通好以前，由於政治因素與民族自尊之維持，而呈現文風上取的情形，這種情形使北魏文學風格雖日漸綺美，卻始終比同一時間的南朝的文風淳朴。

目

次

第一章　緒　論

　　在中國歷史上，魏晉南北朝常被比喻成黑暗的時代，而所以如此，常是著眼於這段時期統治階層的腐朽，及內部的紛爭不已，因此造成社會秩序敗壞，經濟結構衰退，人民流離失所。長期的內亂使國勢積弱不振，於是為長久以來居住在中國邊境，熟悉中國情勢的西北各外族，提供進入中原的有利條件，自此引生連連外患。終於在永嘉之亂後，晉室被迫南遷，北方成為諸胡割據的局面，南北朝對立的情勢於焉揭序。然而此一時期中，並非只有戰亂所帶給人民的黑暗與痛苦而已，同時也具有歷史與文化的重要意義。這一層意義的源生，是在政治紊亂與外族入侵的劇變中，逐漸進行著的種族同化與文化整合的工作。及至隋朝統一南北，終於形成以漢民族為中心的種族與文化大融合，下開唐朝輝煌的時代。此一時期的文學趨勢尤其值得重視，則由於南遷諸君主的愛好與獎勵，儒學的繼續衰微，文學觀念的進步，聲律說的興起，以及新詩體的製作運用等諸多因素，使文學理論的研究更加精密，文學的藝術形式與技巧的表現亦更加細緻。因此，魏晉南北朝的文化，尤其是在文學方面，其實是與政治的黑暗完全悖離，反而呈現一片蓬勃發展的現象。

　　但是，必需注意的是，這種蓬勃發展的文學現象，主要是指南朝。永嘉之後，由於文化差異所造成的隔閡，原屬於中原的貴族知識份子大多隨晉室南遷，中國文化的重心，亦隨之移植南方，因此有所謂「衣冠南渡，正朔在焉」的說法。南朝成為中國文化的重心，南朝文學蓬勃的發展，又留下大量作品與史傳資料以為力證，因此南朝文學極為自然的取得絕對的領導地位。歷來文學史家對此段文學史的論述，亦大都只及於南朝文學，甚至直接以「魏晉六朝」命題，或以「魏晉南北朝」為題，而內容卻全然不涉及由南入北的

庾信、王褒以外的北朝文人與文學。但是，北朝的存在是事實，北朝的主要統治者──拓跋氏族的文化十分低落亦不容否認，但是在長達近二百年的南北朝對峙期間，北方是否僅因爲文化低落而毫無文學可言？假若北朝毫無文學可言，《隋書》卷七十六〈文學傳〉序何必曰：

> 江左宮商發越，貴於清綺，河朔詞義貞剛，重乎氣質。氣質則理勝其詞，清綺則文過其意；理深者便於實用，文華者宜於詠歌，此其南北詞人得失之大較也。若能撥彼清音，簡茲累句，各去所短，合其兩長，則文質斌斌，盡善盡美矣。

可見北朝應有文學，而且北朝文學與南朝文學各具特色，互有長短。然而北朝文學的內容究竟如何？

至目前爲止，中國文學的著作中，論及北朝文學的，約可分爲三部份，第一，是以庾信爲主，而兼及於其他由南入北的文人，如王褒、顏之推等。在中國文學史上，無論就詩歌或駢文而言，庾信都是由南北朝進入唐代的重要橋樑。而其重要作品，如〈擬詠懷〉二十七首與〈哀江南賦〉等，皆作於進入北周之後，亦即杜甫〈戲爲六絕句〉之一所稱：「庾信文章老更成，凌雲健筆意縱橫。」（《杜詩鏡銓》卷九）及〈詠懷古跡〉之一所言：「庾信平生最蕭瑟，暮年詩賦動江關。」（《杜詩鏡銓》卷一三），而王褒的〈關山月〉、〈渡河北〉等藝術價值較高的作品，與顏之推在中國文學批評史上佔有重要地位的《顏氏家訓》，亦都作於北朝，因此文學史家不得不論及於此。第二，乃是對「北地三才」之稱的溫子昇、邢邵、魏收三人所作的論述。文學史家之所以論及此三人，一則因其在北朝的聲名卓著，南朝文壇亦有所聞；二則此三人的作品風格與南人近似，在心理上較能接受。但對其文學的評價皆不高，甚至以受南朝文學影響，爲南朝文學亞流而加以貶抑。第三，是以〈木蘭詩〉爲主，兼及於其他的北方樂府民歌。〈木蘭詩〉是北方民間敘事詩的傑作，與〈孔雀東南飛〉同爲南北民間文學的代表。而且因詩中主角木蘭男扮女裝，代父從軍的故事普遍流傳於民間，相對的提高了〈木蘭詩〉的知名度。除了〈木蘭詩〉之外，宋郭茂倩《樂府詩集》卷二十五〈橫吹曲辭・梁鼓角橫吹曲〉的部份，實即北方歌謠，現存者只有〈企喻歌〉等二十一種。這些北方民歌與南方民歌比較，有兩種明顯不同的特色，一是內容方面，北方民歌偏重於社會生活，如〈瑯琊王歌〉中所描寫的孤兒與戰爭，〈企喻歌〉中所表現的尚武精神，〈紫騮馬歌〉所呈現的婚姻問題，〈地驅樂歌〉中所表現的畜牧

生活等，顯見在題材的運用方面，比南方民歌要豐富而廣泛。其次是表現技巧上，北方民歌的情感多是直率而熱烈，與南方隱曲細密的手法全然不同。此一特色使北歌爽朗剛勁的情感，格外活潑有力。結合〈木蘭詩〉的重要性、《樂府詩集》載錄北歌的數量，以及其獨特的風格，遂使文學史家對北朝樂府民歌，不能不有所論述。

　　但是，《隋書‧文學傳序》中，對北朝文學風格所作的評語：「河朔詞義貞剛，重乎氣質」，顯然並非指民歌而言，因此其下接言「此其南北詞人得失之大較也。」而庾信、王褒等人，與北地三才的生存年代都已至北朝末年，似乎不足以代表北朝文學的全貌，並且北地三才既有襲取南朝文風的現象，庾信、王褒等人的文學創作技巧，又早在南朝時即已養成，在與南朝做比較時，其代表性實嫌薄弱。《隋書‧文學傳序》在比較南北文學風格之前，又曰：

　　　　暨永明、天監之際，太和、天保之間，洛陽、江左，文雅尤盛。

可見在北魏孝文帝太和年間，即已有足夠與南齊永明、蕭梁天監時期相提並論的文學，但是，太和年間的北魏文學，究竟包含何種內容？呈現何種風格？是否即為《隋書‧文學傳序》所稱「詞義貞剛，重乎氣質」？抑或與北地三才類近，只為南朝文學之亞流？因為《魏書‧文苑傳》序曰：

　　　　逮高祖馭天，銳情文學，蓋以頡頏漢魏，掩踔曹丕，氣韻高艷，才
　　　　藻獨搆。衣冠仰止，咸慕新風。

《隋書‧經籍志四》則曰：

　　　　其中原則兵亂積年，文章道盡。後魏文帝，頗效屬辭，未能變俗，
　　　　例皆淳古。

二者對北魏孝文帝時期的文學風格，顯然有不同的看法，探究其實，為本論文撰動機與目的之一。

　　北魏孝文帝的遷都洛陽，大力推行漢化，是極重要的史實。以歷史的觀點而論，孝文帝的漢化是失敗的，[註1] 但以文學的角度而言，孝文帝的政策，顯然對北魏文學的提升，有莫大的功勞。因此，日人遍照金剛在所著《文鏡秘府論》中，對遷都洛陽以後的北魏文學，有極高的評價。其〈四聲論〉曰：

　　　　從此之後，才子比肩，聲韻抑揚，文情婉麗，洛陽之下，吟諷成群。

由於北魏孝文帝時，文學極為興盛，因此，「北魏自孝文帝元宏時，始有文學

〔註1〕詳見榮榦《魏晉南北朝史》第五章〈北魏之成立與分裂〉，台北，中國文化大
　　　　學出版部，民國 69 年。或參見其他歷史學有關之論著。

興起」的說法，以訛傳訛之後，竟成為一般人較熟悉，且易於承認的，未經考證的「定論」。這種與事實有所出入的說法，主要源生自民族尊榮。由於漢民族文化的悠遠綿長，早已在文學園地培育出一片似錦繁花；而北魏在入據中原之初，雖已體會文化低落的危機，且以漸進的方法逐步推行漢化，但是直至元宏遷都洛陽，禁胡服胡語、定姓氏、主通婚……等顯著的措施推行後，胡漢雙方才被強迫接受漢化的事實。對以中國文化主人自居的漢人而言，在沒有漢化以前，當然是沒有文學可言的，而漢化既始自元宏，則北魏文學自然是從此才有的。因為承認異族的文學，尤其是承認以漢語漢文創作的文學源生愈早，無異是承認其文化程度也愈高，而承認異族文化高一分，於抑他崇我的力量便減一分。所以基於民族尊榮的維持，寧可承認北魏自孝文帝始有文學。這種積非成是的傳統說法之所以根深柢固，另一方面則由於史籍載錄不夠詳盡，以及圖書的散佚。記述北朝史事的史書主要有：北齊魏收的《魏書》、唐李百藥的《北齊書》、唐令狐德棻的《周書》、唐魏徵的《隋書》，以及唐李延壽的《北史》。這五部史書中，以《魏書》的撰成最早，遂成為北魏文學始自元宏之論的始作俑者。《魏書》卷八十五〈文苑傳〉曰：

> 永嘉之後，天下分崩，夷狄交馳，文章殄滅。昭成、太祖之世，南收燕趙，網羅俊乂。逮高祖馭天，銳情文學，蓋以頡頏漢魏，掩踔曹丕，氣韻高艷，才藻獨搆。衣冠仰止，咸慕新風。

將北魏文學的興盛，完全歸功於孝文帝的提倡，於孝文帝以前所做的努力，只以「網羅俊乂」一語帶過，未做詳盡的說明。《隋書》承其說而未能明辨，其〈經籍志四〉與〈文學傳〉之序言，如前所述，皆標舉孝文帝太和年間之文學，而不及於其他。《周書》與《北史》稍能措意於孝文帝以前的文學，《周書·王褒庾信傳》論曰：

> 洎乎有魏，定鼎沙朔，南包河淮，西吞關隴。當時之士，有許謙、崔宏、崔浩、高允、高閭、游雅等，先後之間，聲實俱茂，詞義典正，有永嘉之遺烈焉。及太和之辰，雖復崇尚文雅，方駕並路，多乖往轍，涉海登山，罕值良寶。其後袁翻才稱澹雅，常景思標沈鬱，彬彬焉，蓋一時之俊秀也。

《北史》卷八十三〈文苑傳〉接其緒並結合《魏書》、《隋書》之說曰：

> 洎乎有魏，定鼎沙朔，南包河淮，西吞關隴。當時之士，有許謙、崔宏、崔浩、高允、高閭、游雅等，先後之間，聲實俱茂，詞義典

> 正，有永嘉之遺烈焉。及太和在運，銳情文學，固以頡頏漢徹，跨
> 躡曹丕，氣韻高遠，艷藻獨構。衣冠仰止，咸慕新風，律調頗殊，
> 曲度遂改。

這些陳陳相因的說法，雖同中有異，但都以孝文帝為北魏文學發生或轉捩的重點。加上在《隋書‧經籍志》中載錄的文集，北魏部份以孝文帝為始，高允雖生在孝文帝之前，但因君臣有別而位列其後，兼以僅有一家，勢單力薄，因此更造成北魏在孝文帝以前沒有文學的錯誤印象。

事實上，一如北魏的漢化，並非始自孝文帝，〔註2〕北魏的文學也非自孝文帝時才突然興盛的。《魏書》卷九十三〈恩倖‧王叡傳〉載曰，王叡甚受文明太后寵信，及其卒，極盡哀榮。本傳曰：

> 高祖、文明太后親臨哀慟，……將葬於城東，高祖登城樓以望之。
> 京都文士為作哀詩及誄者百餘人。

王叡的卒年不詳，但其時文明太后尚在，文明太后崩於太和十四年，而孝文帝遷都洛陽，在太和十八年，由此可知在孝文帝遷都洛陽以前，北魏文學已頗興盛，故一寵臣之喪，作哀詩及誄的文士，即有百餘人之多。再者，《魏書》卷七十下〈高祖紀下〉曰：

> 自太和十年已後詔冊，皆帝之文也。

則太后十年以前的詔冊，必有非出自孝文帝之手者。不能親自撰作詔冊，有兩種可能，一為政權不在己，自無法親下詔冊；二為手不能文，故委諸他人。但《魏書》本紀又稱孝文帝「才藻富贍，好為文章，詩賦銘頌，任興而作。有大文筆，馬上口授，及其成也，不改一字」。太和十年孝文帝年已二十，果如史傳所稱，有過人之文才，必然早已能撰作詔冊等帝王必用之文章。可見在太和十年以前，北魏的政權並不在孝文帝手上。假若以「上有所好，下必從之」的常理推斷，北魏政權在太和十年以前既非由孝文帝主掌，無論其如何「銳情文學」「崇尚文雅」，恐皆難以形成風行草偃的情況。《魏書》卷十三〈文明皇后馮氏傳〉又曰：

> 承明元年，尊曰太皇太后，復臨朝聽政。

承明元年為孝文帝繼位的第六年，其時帝年十一。《魏書》並未明言文明太后

〔註2〕詳見孫同勛《拓跋氏的漢化》，台北，台灣大學文史叢刊，民國51年。逯耀東《從平城到洛陽——拓跋魏文化轉變的歷程》，台北，聯經出版公司，民國70年。以及其他歷史學者之相關論著。

於何時還政於孝文帝，但由前述高祖本紀所載，應在太和十
年至前述王叡之喪，最多只隔四年，四年之間無論如何著力於文學的提倡，
皆不可能造成如此盛況。因此，後世史家所稱揚的孝文帝及其太和年間的文
學盛況，應該是一種概略的說法。這種概略的說法，其實應還包括文明太后
在內。文明太后爲漢人，才學文筆皆有過人之處，《魏書》本傳曰：

> 太后以高祖富於春秋，乃作〈勸戒歌〉三百餘章，又作〈皇誥〉十
> 八篇，文多不載。

又曰：

> 太后曾與高祖幸靈泉池，燕群臣及藩國使人，諸方渠帥，各令爲其
> 方舞。高祖帥群臣上壽，太后忻然作歌，帝亦和歌，遂命群臣各言
> 其志，於是和歌者九十人。

由此可知文明太后對文學的喜好，及其創作能力之一斑。而其在孝文帝時臨
朝聽政達十年之久，在時間上已足以對北魏文學造成相當程度的影響，對北
魏太和年間的文學，應有提倡之功。由此可以推知，北魏孝文帝遷都洛陽以
後的文學盛況，其實是承繼前人的結果。在遷都洛陽以前，甚至在太和之前，
北魏文學早已有相當的基礎。但是，北魏在孝文帝以前的文學究竟如何？代
表的作家是否即《周書》與《北史》所提及的許謙等人？其時的文學風格是
否一如唐人所稱，「有永嘉之遺烈焉」？此「永嘉之遺烈」的風格又是如何形
成？求釋此惑，爲本論文撰作動機目的之二。

至於討論北魏文學而以漢化爲主要課題，主要原因有三，第一，現存北
魏（甚至北朝）文學作品，無論其最初以何種語文撰寫，其後皆以漢語漢文
流傳；漢語漢文的應用，自非待漢化之後不可行。第二，北魏的漢化就史學
的觀點而言，雖然不得不歸於失敗，但卻有效的提升了北魏的文化；文化的
提升，對文學的產生與發展，有絕對的助力。第三，北魏的漢化雖然使拓跋
氏政權，由部落組織過渡到君主專制的國家政體，鞏固了拓跋氏的統治權，
但自遷都洛陽後，由於政治中心與邊境駐守將領及人民的文化隔閡，終於引
生代北六鎮之亂，結束了北魏的國祚。由此可知漢化與北魏的社會民生，有
極爲密切的關係，而文學本爲反映人生而作，故本文討論北魏文學，以其漢
化爲主要課題。希望從創作的工具，即語文的運用，文化提升的過程，以及
社會民生的狀況上，對北魏文學的本質，作較接近事實的探求。

由於才疏學淺，本文探討北朝文學以北魏爲限，但時間範圍稍向上下延

伸，而及於北魏建國以前，與東西魏分裂之初。研究取材的範圍以相關史料和作品為主。史料部份主要參考《晉書》、《魏書》、《周書》、《北齊書》、《隋書》、《北史》與《十六國春秋》等載述北朝歷史的史書，除此之外，並參及《南史》等南朝史書。涉及重要歷史問題時，基於術業各有專攻的原則，視實際需要情形，直接參考或引用前輩歷史學者的研究成果。如北魏漢化的內容與要點，即參考孫同勛先生的碩士論文《拓跋氏的漢化》。作品方面，由於北朝文學作品流傳至今，且在本文討論軋圍者，僅有高允、溫子昇、邢邵與魏收四家庾結成集，收錄於張溥所輯之《漢魏六朝百三家集》中，因此本文在作品的引用與徵考上，除散文部份求諸嚴可均的《全上古三代秦漢三國六朝文》，詩作部份求諸郭茂倩的《樂府詩集》、丁福保的《全漢三國晉南北朝詩》與逯欽立的《先秦漢魏晉南北朝詩》之外，盡量從唐宋類書，如：《藝文類聚》、《初學記》、《文苑英華》、《太平御覽》中，作蒐求遺珠的工作。

本文進行討論，以時間先後為次序，主要內容分為三部份：

一、北魏建國以前的北方文學。北魏在太祖道武帝拓跋珪正式建立國家政權以前，即已入居中原多年，與其他各少數民族分地而居，形成割據的局面，亦即史稱五胡十六國時期。此一時期，北方仍有不少文人從事文學活動，並且對後來的北魏文學有相當程度的影響，故有討論之必要。此一部份分為兩節，先概述北魏的前身──代國以外的十六國文學，再詳論北魏建國以前的政治與文學，最後比較二者之間的相關情形。

二、北魏前期文學與漢化的關係。本文為方便論述，以孝文帝元宏繼位之年（延興元年，西元 471 年）為分期點，將北魏歷史分為前後兩期。如此分法一則因為在時間上，此年上距北魏開國之年（登國元年，西元 386 年），下距西魏滅亡之年（恭帝元廓三年，西元 556 年），恰為等數；二則因孝文帝為北魏興衰之關鍵人物，對漢化的推行，與文學的發展，都有重要的影響。此一部份，由於北魏國體初建；分別自立國規模之整備、君權的提高等漢化內容，討論文學，最後獨立出羈北文士與北魏前期文學的關係為討論重點。所謂「羈北文士」，指東晉南渡之後，仍留在北方的中原世族與知識份子，這些文士輾轉於十六國之間，最後因拓跋氏統一北方而歸於北魏。

三、北魏後期文學與漢化的關係。此一時期無論漢化或文學都與孝文帝息息相關，因此本文從孝文帝漢化的重要措施中，過濾出政治與經濟改革上的重點，討論其與文學的關係。最後討論南朝文學對北魏文學的影響，以北

來南人為主。所謂「北來南人」指北魏建國以後，從南朝投奔北魏的文士。

　　本文撰作期間，因逢妊娠，身心兩承壓力，多蒙林師文月不僅在學問上不厭其煩悉心指導，於人生經驗亦頗有啟發；廖師蔚卿平日於觀念上亦多所啟示，謹此致上謝忱與敬意。另外，此一期間，多賴外子張洨源於生活上多所照拂與寬容，使本文得以順利元成，在此一併致謝。

第二章　拓跋珪建國以前的北方文學

第一節　十六國時期文學概述

　　魏晉南北朝是中國歷史上的黑暗時代。由於當時統治政權的腐敗及其內部的紛爭不已，遂造成中原長期的內亂。自東漢末年，董卓、黃巾之亂後，本為帝王之都的北方早已一片殘破，而自魏至晉，更是國變屢生，兵連禍結。西晉末年的八王之亂更引發戎狄之禍，五胡亂華的悲劇於焉揭序。異族的入侵，迫使晉室南渡，依長江天塹以為固，長安陷落，神州蒙塵，北方遂為異族所俺有。匈奴劉氏、羯族石氏、鮮卑慕容氏、氐人苻氏、羌人姚氏、乞伏氏與赫連氏，篡奪相連，先後在北方成立政權，並相互吞滅，最後為鮮卑拓跋氏所兼併。此一長達百餘年的混亂時期，史稱五胡十六國時期。〔註1〕

　　五胡十六國時期，北方戰亂頻仍，未遑文事，兼以衣冠南渡，文物凋零。所幸仍有部份文士留駐故都，或西奔涼州，或曲仕異族，乃得保存中原風教於夷狄之間。而斯時斯地，斯人斯境，雖未必能從容賦詩，臨窗吟哦；然兵馬倥傯，樸樸戰塵，撫今思昔，離兮亂兮，能無慨焉？唯此時期之典籍，多難於燹燼，連遭數厄，〔註2〕泰半亡佚不存，遂難窺其真章；端賴草蛇灰線，稍得其要。唐代令狐德棻《周書·王褒庾信傳論》敘及十六國時期之文學曰：

〔註1〕東晉時據地的胡人，不僅五胡，也不僅十六國。因崔鴻《十六國春秋》乃根據其中較大的十六國的史籍撰述成書，後世沿用其名而通稱五胡十六國。

〔註2〕隋文帝開皇年間，祕書監牛弘上書陳請遣使蒐訪遺佚圖書。其疏文中並陳述有史以來之圖書五厄，其中兩次在晉隋之際。詳見《隋書》卷四十九〈牛弘傳〉。

　　既而中州板蕩，戎狄交侵，僭偽相屬，士民塗炭，故文章黜焉。其
　　潛思於戰爭之間，揮翰於鋒鏑之下，亦往往而間出矣。若乃魯徽、
　　杜廣、徐光、尹弼之疇，知名於二趙；宋諺、封奕、朱彤、梁讜之
　　屬，見重於燕、秦。然皆迫於倉卒，牽於戰爭。章奏符檄，則粲然
　　可觀；體物緣情，則寂寥於世。非其才有優劣，時運然也。至朔漠
　　之地，蕞爾夷俗，胡義周之頌國都，足稱宏麗。區區河右，而學者
　　將垺於中原，劉延明之銘酒泉，可謂清典。子曰：十室之邑，必有
　　忠信，豈徒言哉？

可見當時北方的文學，雖因衣冠文物之播遷江左而失色，但並未因此而滯絕，
仍有其獨特的發展。北方遺民雖謂曲仕異族，亦頗能延續魏晉文脈於邊陲。

　　十六國時期的文學，就各文學家所隸屬的政權而言，可分為異族政權區
域文學與漢人政權區域文學兩大部份。以下就現存資料，徵考各文學家之簡
要生平，及其創作情形分述之。

一、異族政權區域之文學

前　趙

　　劉聰　字玄明，一名載，新興匈奴族人。生年不詳，卒於東晉元帝太興
元年（西元 318 年），前趙政權創立者劉淵的第四子。

　　劉淵、劉聰一族是南匈奴的後裔，自漢代即已降順，漢化極深。《晉書》
卷一百一〈劉元海載記〉稱劉淵「幼好學，師事上黨崔游，習毛詩、京氏易、
馬氏尚書，尤好春秋左氏傳、孫吳兵法，略皆誦之，史、漢、諸子，無不綜
覽。」又，劉淵族子劉曜幼而聰慧，「讀書志於廣覽，不精思章句，善屬文。」
〔註3〕在他繼立為前趙國主後，曾「立太學於長樂宮東，小學於未央宮西，簡
百姓年二十五已下，十三已上，神志可教者千五百人，選朝賢宿儒明經篤學
以教之。」〔註4〕此外，《晉書》卷一百三〈劉曜載記〉還記載他與東晉秦州
刺史陳安交戰，圍安於隴城，安遂敗亡。隴上人為悼念陳安，為作〈隴上歌〉。
史稱「曜聞而嘉傷，命樂府歌之。」可見前趙政權的統治者，不但早已接受
漢族文化，並持續推行漢化，在文學的感受與品味上，也有相當的基礎。關
於劉聰的文學創作，據《晉書》卷一百二〈劉聰載記〉曰：

〔註3〕見《晉書》卷一百三〈劉曜載記〉。
〔註4〕同上。

（聰）幼而聰悟好學，博士朱紀大奇之。年十四，究通經史，兼綜百家之言。……善屬文，著〈述懷詩〉百餘篇、賦頌五十餘篇。……弱冠游于京師，名士莫不交結，樂廣、張華尤異之也。

《晉書》又載劉聰俘獲晉懷帝後，曾在宴席上問道：

卿爲豫章王時，朕嘗與王武子相造，武子示朕於卿，卿言聞其名久矣。以卿所製樂府歌示朕，謂朕曰：「聞君善爲辭賦，試爲看之。」朕時與武子俱爲〈盛德頌〉，卿稱善者久之。又引朕射于皇堂，朕得十二籌，卿與武子俱得九籌，卿贈朕弓、銀研，卿頗憶否？

可見劉聰的文學才能早年即已知名於世，作品包括詩與賦頌，可惜今皆亡佚。

魯徽 生卒年不詳。爲劉聰前鋒大都督、安南大將軍趙染〔註5〕的長史。徽有識謀，可惜不能見用於染，後爲染所殺。〔註6〕

其文學見敘於《周書》卷四十一〈王褒庾信傳〉，史臣論曰：「若乃魯徽、杜廣、徐光、尹弼之疇，知名於二趙。」惜其作品今皆不傳。

杜廣 前趙人。〔註7〕生平、作品皆無可考，唯《周書·王褒庾信傳論》稱其與魯徽等人，並以文才知名於世。

後 趙

徐光 字季武，後趙頓丘人；生年不詳，卒於晉成帝咸和八年（西元333年）。曾爲石勒之記室參軍、中書令、領祕書監。徐光率性而才高識遠，雖曾因觸忤石勒而下獄，然旋即獲釋。常參軍要，甚爲石勒所重。〔註8〕徐光的文學未見於《晉書》，然唐宋間修撰之類書，頗有引崔鴻《十六國春秋》之佚文，而見其文才者。《藝文類聚》卷五十六引曰：

趙書曰：徐光字季武，頓丘人。年十四五，爲將軍王陽秣馬，光但書馬柳屋柱爲詩，不親馬事。

《初學記》卷十一引曰：

〔註5〕詳見《晉書》卷五〈愍帝紀〉。
〔註6〕詳見《晉書》卷一百二〈劉聰載記〉。
〔註7〕從《周書·王褒庾信傳論》的行文看，杜廣應爲前趙人，因《周書》似以一政權列舉兩位文學家爲例，如下文「宋諺、封奕、朱彤、梁讜之屬，見重於燕秦」。而宋、封二人爲前燕人，朱、梁二人爲前秦人。魯徽既是前趙人，皆有確證；則杜廣應是前趙人，尹弼則應是後趙人。又，宋諺應爲宋該之誤。
〔註8〕詳見《晉書》卷一百四、一百五〈石勒載記〉。

> 崔鴻後趙錄曰：徐光字季武，頓丘人。幼有文才。年十三，王陽攻
> 頓邱，掠之，而令主秣馬，光但書（柱）作詩賦。左右以白，勒令
> 召光，付紙筆，光立爲頌。賜衣服，遷爲中書令。

《太平御覽》卷三八四引曰：

> 崔鴻十六國春秋後趙錄曰：徐光字季武，頓丘人。父聰以牛醫爲業。
> 光幼好學，有文才。年十三，嘉平中，王陽攻頓丘，掠之，令主秣
> 馬，光但書柱爲詩賦而不親馬事。陽怒，撻之，啼呼終夜不止，左
> 右以白陽，陽召光，付紙筆，光立爲公頌，陽奇之。

上述引文雖小有出入，但俱可爲徐光有文學創作之證。又，《初學記》卷二十、
《太平御覽》卷六四三皆引《十六國春秋》之文曰，石季龍嘗囚徐光於襄國
詔獄，光在獄中，注解經史十餘萬言。劉知幾《史通・古今正史》說〈十六
國春秋〉條亦曰，後趙石勒命其臣徐光、宗歷、傅暢、郭愔等撰《上黨國記》、
《起居注》、《趙書》，其後又令王蘭、陳宴、程陰、徐機等相次撰述。至石虎，
並令刊削，使勒功業不傳。〔註9〕則又可知徐光之文才並不限於詩賦，且及於
史傳散文。

尹弼　後趙人，生平、作品皆無可考。其名見於《周書・王褒庾信傳論》，
與徐光學等以文才名世。

傅暢　字世道，後趙北地泥陽人；生年不詳，卒於東晉成帝咸和五年（西
元330年）。暢年未弱冠，甚有重名。先仕晉室，爲東宮侍講、祕書丞；後仕
於石勒，爲大將軍右司馬，以諳識朝儀，甚爲石勒所重。

史稱傅暢曾作《晉諸公敘讚》二十二卷，又爲《公卿故事》九卷。《隋書・
經籍志》有《晉祕書丞傅暢集》五卷，今皆不傳。《史通・古今正史》又謂暢
曾與徐光等，參與後趙史書之編寫工作。無論是敘讚、故事、或是史書，都
顯現傅暢兼具文學與史學之長。

盧諶　字子諒，范陽涿人；晉武帝太康五年生，東晉穆帝永和六年卒（西
元284～350年）。曾先後爲晉武帝駙馬都尉、太尉掾，劉粲之參軍，劉琨之
主簿、從事中郎，石虎之中書侍郎、國子祭酒、侍中、中書監等。

《晉書》本傳稱諶「清敏有理思，好老莊，善屬文。」又謂建興末，諶
隨劉琨投段匹磾。匹磾既害劉琨，諶轉赴遼西投段末波。東晉初年，段末波

〔註9〕劉知幾所引人名與《晉書》稍異。

與江左通使，「諶因其使抗表理琨，文旨甚切，於是即加弔喪。」這篇有名的
〈理劉司空表〉載錄於《晉書》卷六十二〈劉琨傳〉，辭旨慷慨，貞亮奮發，
孤臣孽子之忠之恨，躍然行間。《文心雕龍‧才略篇》所稱「盧諶情發而理昭」，
蓋指此而言。盧諶的作品尚可見於今日者，文的部份還包括：〈與司空劉琨
書〉、〈尚書武強侯盧府君誄〉、〈太尉劉公誄〉，以及〈感運賦〉、〈朝霞賦〉、〈登
鄴台賦〉、〈觀獵賦〉、〈征艱賦〉、〈菊花賦〉、〈朝華賦〉、〈鸚鵡賦〉、〈燕賦〉、
〈蟋蟀賦〉等之殘文，上述諸賦就其名題與殘存內容觀之，其中大部份當作
於洛陽陷落之前。詩的部份，《昭明文選》及《全晉詩》皆有收錄，計有〈贈
劉琨〉二十章、〈贈崔溫〉、〈答魏子悌〉、〈覽古詩〉、〈時興詩〉，以及〈重贈
劉琨〉、〈答劉琨〉、〈失題〉等詩之殘句。上述諸詩，除《覽古詩》與《失題》
不詳其創作時間外，其餘或由題名，或由內容，皆可斷為北依劉琨之後所作。

　　續咸　字孝宗，上黨人；生卒年不詳。《晉書》卷九十一〈儒林‧續咸傳〉
曰：

> （咸）性孝謹敦重，履道貞素。好學，師事京兆杜預，專春秋、鄭
> 氏易，教授常數十人，博覽群言，高才善文論。又修陳杜律，明達
> 刑書。永嘉中，歷廷尉平、東安太守。劉琨承制于幷州，以為從事
> 中郎。後遂沒石勒，勒以為理曹參軍。持法平詳，當時稱其清裕，
> 比之于公。著《遠游志》、《異物志》、《汲冢古文釋》，皆十卷，行於
> 世。年九十七，死于石季龍之世，季龍贈儀同三司，[註10] 其著作
> 今皆不傳。

　　韋謏　字憲道，京兆人；生年不詳，卒於晉穆帝永和六年（西元 350 年）。
《晉書‧儒林‧韋謏傳》曰：

> （謏）雅好儒學，善著述，於群言祕要之義，無不綜覽。仕於劉曜，
> 為黃門郎。後又入石季龍，署為散騎常侍，歷守七郡，咸以清化著
> 名。又徵為廷尉，識者擬之于、張。前後四登九列，六在尚書，二
> 為侍中，再為太子太傅，封京兆公。好直諫，陳軍國之宜，多見允
> 納。著《伏林》三千餘言，遂演為《典林》二十三篇。凡所述作及
> 集記世事數十萬言，皆深博有才義。

其文集著作今皆不傳。

〔註10〕續咸仕於石氏之官職包括：律學祭酒、廷尉，並曾為石勒太子石弘講授律學。

　　王度　太原人，〔註11〕生平字號俱不詳，據《晉書》卷九十五〈藝術‧佛圖澄傳〉而知爲石虎之著作郎，〔註12〕曾奏議禁佛。其禁佛之奏文，並載於《廣弘明集》卷六唐釋道宣撰〈敘列代王臣滯惑解〉之部，及《高僧傳》卷九〈佛圖澄傳〉中。《初學記》卷三另有王度〈扇上銘〉一章，曰：

　　　　朱明赫離光，啓窗來清風；服紵漱雲露，體夷神自融。

風格清雅，略有南人神韻。《隋書‧經籍志》與《新唐書‧藝文志》皆錄有《王度集》五卷，今已亡佚。

前　燕

　　慕容廆　一名若洛廆，字弈洛瓌，昌黎棘城鮮卑族人，前燕政權的創立者。晉武帝泰始五年生，晉成帝咸和八年卒（西元 269～333 年）。

　　廆之曾祖名莫護跋，曹魏時「初率其諸部入居遼西，從宣帝（司馬懿）伐公孫氏（淵）有功，拜率義士，始建國於棘城之北」，〔註13〕此爲慕容氏入居中原，襲封漢爵之始。至廆父涉歸，「以全柳城之功，進拜鮮卑單于，遷邑於遼東北，於是漸慕諸夏之風矣。」慕容涉歸之進行漢化，慕容廆首當其要。其早年曾游歷洛陽，訪謁張華，「華甚嘆異」，「以所服簪幘遺廆，結殷勤而別。」《晉書》卷一八〈慕容廆載記〉又稱：「時二京傾覆，幽冀淪陷，廆刑政參明，虛懷引納，流亡士庶多襁歸之。

　　乃立郡以統流人，冀州人爲冀陽郡，豫州人爲成周郡，青州人爲營丘郡，并州人爲唐國郡。於是推舉賢才，委以庶政，以河東裴嶷、代郡魯昌、北平陽耽爲謀主，北海逢羨、廣平游邃、北平西方虔、渤海封抽、西河宋奭、河東裴開爲股肱，渤海封弈、平原宋該、安定皇甫岌、蘭陵繆愷以文章才雋任居樞要，會稽朱左車、太山胡毋翼、魯國孔纂以舊德清重引爲賓友，平原劉讚儒學該通，引爲東庠祭酒，其世子皝率國胄束脩受業焉。廆覽政之暇，親臨聽之，於是路有頌聲，禮讓興矣。」可見慕容氏漢化之深。

　　慕容廆的文學作品，在詩歌方面，僅知有〈阿干之歌〉。此歌寫作之經過，據《宋書》卷九十六〈鮮卑吐谷渾傳〉所載，曰：「阿柴虜吐谷渾，遼東鮮卑也。父弈洛韓，有二子，長曰吐谷渾，少曰若洛廆。若洛廆別爲慕容氏。渾庶長，廆正嫡。父在時，分七百戶與渾，渾與廆二部俱牧馬，馬鬥相傷，廆

〔註11〕見《廣弘明集》卷六唐釋道宣撰〈敘列代王臣滯惑解〉。

〔註12〕《高僧傳》卷九〈佛圖澄傳〉引王度之奏議，稱「中書著作郎」。

〔註13〕見《晉書》卷一百八〈慕容廆載記〉。

怒，遣信謂渾曰：『先公處分，與兄異部，牧馬何不相遠，而致鬥爭相傷？』渾曰：『馬是畜生，食草飲水，春氣發動，所以致鬥。鬥在於馬，而怒及人邪？乖別甚易，今當去汝萬里。』於是擁馬西行，日移一頓，頓八十里。經數頓，廆悔悟，深自咎責，遣舊父老及長史乙那樓追渾令還。渾曰：『我乃祖以來，樹德遼右，又卜筮之言，先公有二子，福祚並流子孫。我是卑庶，理無並大，今以馬致別，殆天所啓。諸君試擁馬令東，馬若還東，我當相隨去。』樓喜拜曰：『處可寒』。虜言『處可寒』，宋言爾官家也。即使所從二千騎共遮馬令回，不盈三百步，欻然悲鳴突走，聲若頹山。如是者十餘輩，一向一遠。樓力屈，又跪曰：『可寒，此非復人事。』渾謂其部落曰：『我兄弟子孫，並應昌盛，廆當傳子及曾孫玄孫，其間可百餘年，我乃玄孫間始當顯耳。』於是遂西附陰山。遭晉亂，遂得上隴。後廆追思渾，作〈阿干之歌〉。鮮卑呼兄爲『阿干』。廆子孫竊號，以此歌爲輦後大曲。」〔註14〕〈阿干之歌〉今雖不存，然慕容廆曾作詩歌則不容置疑。散文方面，《晉書》本傳有其先後與陶侃箋兩篇，後一篇乃更寫前箋而成。箋文文辭華美，有駢文氣息。

　　慕容皝　字元眞，慕容廆第三子。晉武帝太康八年生，晉穆帝永和四年卒（西元 287～348 年）。《晉書》卷一百九〈慕容皝載記〉稱「皝雅好文籍，勤於講授，學徒甚盛，至千餘人。親造〈太上章〉以代〈急就〉，又著《典誡》十五篇，以教冑子」。〈太上章〉與《典誡》十五篇今皆不存。本傳又載皝〈上晉成帝表〉、〈與庾冰書〉各一，今錄於《全晉文》中。其文體華美，或疑爲他人代表，〔註15〕但以慕容氏三世漢化之績，以及其個人之愛好文雅，能撰寫相當水準之文章，應無疑問。

　　慕容儁　字宣英，慕容皝次子。晉元帝大興二年生，晉穆帝升平四年卒（西元 319～360 年）。由《晉書》卷一百十〈慕容儁載記〉所載可知，慕容儁繼位後仍繼續先人遺志，推行漢化。本傳載其曾讌群臣於蒲池，「酒酣，賦詩，因談經史」。又謂：慕容廆曾有駿馬曰赭白，有奇相逸力，人莫能近，廆、

〔註14〕慕容廆作〈阿干之歌〉之經過，並載於《宋書》、《十六國春秋》、《魏書》、《晉書》。其中崔鴻之撰《十六國春秋》，據《魏書》本傳稱「正光以前，不敢顯行其書」，正光元年爲西元五二〇年。而《宋書》之作，據沈約於序文中自稱畢功於齊武帝永明六年，即西元四八八年，早於《十六國春秋》問世之時間，且其載述最爲詳盡，故據《宋書》。

〔註15〕見曹道衡〈十六國文學家考略〉上，《文史》第十三輯，1982 年 3 月。

皒甚寶愛之，並常仗之濟難。至雋之世，馬齒已四十九矣，而駿逸不虧，「雋比之於鮑氏驄，命鑄銅以圖其象，親爲銘贊，鐫勒其旁，置之薊城東掖門」。其銘贊及史傳所稱「凡所著述四十餘篇」，皆已散佚。

封弈　勃海人。生年、字號不詳，卒於晉哀帝興寧三年（西元 365 年）。弈於慕容廆之世，與宋該等人俱以文章才俊任居樞要。〔註 16〕其後歷仕廆、皒、雋三朝，任相馬、太尉、司馬、軍祭酒等職。封弈於前燕甚有軍功，而《周書・王褒庾信傳論》並稱揚其與宋該，俱以文才見重於世。

宋該　字號、生卒年不詳，平原人。〔註 17〕慕容廆之世，與封弈等人俱以文章才俊任居樞要，但至慕容皒後期漸不受信用，〔註 18〕曾任右長史、遼東內史等職。宋該其人善阿諛，度量狹隘，〔註 19〕但有文才，知名於世，故《周書・王褒・庾信傳論之》稱之。

皇甫眞　字楚季，安定朝那人；生卒年不詳。眞歷仕慕容氏廆、皒、雋、暐四朝，曾任遼東國侍郎、奉車都尉、典書令、太尉、侍中等職，皆有善政。後從苻堅入關，卒於奉車都尉。《晉書》卷一百十一《慕容暐載記》附〈皇甫眞傳〉曰：

> 眞性清儉寡欲，不營產業，飲酒至石餘不亂，雅好屬文，凡著詩賦
> 四十餘篇。

惜其作品僅存奏請防略苻堅之章表，錄於《全晉文》卷一四九。

前　秦

王猛　字景略，北海劇人，家於魏郡；晉明帝太寧三年生，晉孝武帝寧康三人卒（西元 325～375 年）。猛爲前秦苻堅丞相，甚得苻堅寵信，付之以軍國重任，擬之於輔文王之太公。其卒也，葬禮一依漢大將軍霍光故事，謚曰武侯，朝野巷哭三日。《晉書》卷一百十四〈苻堅載記〉下附〈王猛傳〉曰：「猛宰政公平，流放尸素，拔幽滯，顯賢才，外修兵革，內崇儒學，勸課農

〔註 16〕見《晉書》卷一百八〈慕容廆載記〉。

〔註 17〕見註 7。

〔註 18〕慕容皒時（晉成帝咸康八年），記室參軍封裕上書諫皒，並劾該「阿媚苟容，輕劾諫士，已無骨鯁，嫉人有之，掩蔽耳目，不忠之甚」，慕容雋時，該荐舉侍郎韓偏爲孝廉，雋以所舉非人駁斥之。詳見《晉書》卷一百九〈慕容皒載記〉、《太平御覽》卷六五一引崔鴻《十六國春秋・前燕錄》之文。

〔註 19〕宋該之阿諛除參見註 18 之外，並可見於《晉書》卷一百十〈慕容雋載記〉附〈韓恆傳〉，其度量狹隘可見於《晉書》卷一百八〈慕容廆載記〉附〈高瞻傳〉。

桑，教以廉恥，無罪而不刑，無才而不任，庶績咸熙，百揆時敘。於是兵強國富，垂及升平，猛之力也。」本傳又稱其博學、謹重嚴毅，氣度雄遠。

今觀《全晉文》所錄王猛文章，如〈鎮冀州上疏請代〉與〈上疏讓司空〉，雖偶有文飾之跡，猶見其謹篤朴實之風，正與其人同。《隋書‧經籍志》錄有：晉苻堅丞相《王猛集》九卷，錄一卷。今多亡佚。

苻堅　字永固，一名文玉，略陽臨渭之氐族人。前秦政權創立者苻健之姪。晉成帝咸康四年生，晉孝武帝太元十年卒（西元 338～385 年）。晉穆帝永和十一年苻健死，子苻生立。升平元年苻堅殺苻生自立。

氐族乃世居中國西部之舊胡，魏晉之際，散居於扶風、始平、京兆等地，逐漸浸漢文。氐族酋長多重視文化，尤以苻堅爲最。《晉書》卷一百十三、十四《苻堅載記》中，屢屢稱揚其積極推行漢化之功，其文曰：

> 及苻生嗣僞位，……於是修廢職，繼絕世，禮神祇，課農桑，立學校，鰥寡孤獨高年不自存者，賜穀帛有差，其殊才異行、孝友忠義、德業可稱者，令在所以聞。

又曰：

> 堅廣修學官，召郡國學生通一經以上充之，公卿已下子孫並遣受業。其有學爲通儒、才堪幹事、清修廉直、孝悌力田者，皆旌表之。于是人思勸勵，號稱多士，盜賊止息，請託路絕，田疇修闢，帑藏充盈，典章法物靡不悉備。

苻堅追慕高層次文化之澈底，甚至「中外四禁、二衛、四軍長上將士，皆令修學。課後宮，置典學，立內法，以授于掖庭，選闍人及女隸有聰識者，署博士以授經」。在此上行下效，風行草偃之下，無怪乎連宮中伶人亦能深明大義叩馬而諫，且出口成章吐言不俗。〔註20〕

苻堅之提倡文學，亦不遺餘力，《晉書‧苻堅載記》中即有其多次或命群臣賦詩，或親爲賦詩之記載，如：

晉升平二年

> （堅）自臨晉登龍門，顧謂群臣曰：「美哉！山河之固！」權翼對曰：「吳起有言，在德不在險，深願陛下追蹤唐虞，懷遠以德，山河之

〔註20〕堅嘗如鄴，狩于西山，旬餘，樂而忘返。伶人王洛叩馬而諫，堅自是不復獵。王洛之諫言，或有史官之潤飾，然其出口成章，用典成偶，亦頗可觀。詳見《晉書》卷一百十三〈苻堅載記〉上。

固不足恃也。」堅大悅，至韓原觀晉魏結草抗秦軍之處，賦詩而歸。
（《太平御覽》一二二引崔鴻《十六國春秋・前秦錄》）

晉升平三年

堅南游霸陵，顧謂群臣曰：「漢祖起自布衣，廓平四海，佐命功臣孰
爲首乎？」權翼進曰：「漢書以蕭曹爲功臣之冠。」堅曰：「漢祖與
項羽爭天下，困於京索之間，身被七十餘創，通中六七，父母妻子
爲楚所囚。平城之下，七日不火食，賴陳平之謀，太上、妻子克全，
免匈奴之禍。二相何得獨高也！雖有人狗之喻，豈黃中之言乎！」
于是酣飲極歡，命群臣賦詩。（《晉書・符堅載記》）

晉太和五年符堅自鄴如枋頭，讌諸父老，改枋頭爲永昌縣，復之終
世。堅至自永昌，行飲至之禮，歌勞止之詩，以饗其群臣。（同上）

晉咸安二年

以王猛爲丞相，以符融爲鎮東大將軍，代猛爲冀州牧。融將發，堅
祖於霸東，奏樂賦詩。（同上）

晉太元三年

先是，梁熙遣使西域，稱揚堅之威德，并以繒綵賜諸國王，於是朝
獻者十有餘國。大宛獻天馬千里駒，皆汗血。朱鬐、五色、鳳臆、
麟身，及諸珍異五百餘種。堅曰：「吾思漢文之返千里馬，咨嗟美詠。
今所獻馬，其悉返之，庶克念前王，彷彿古人矣。」乃命群臣作止
馬詩而遣之，示無欲也。其下以爲盛德之事，遠同漢文，於是獻詩
者四百餘人。（同上）

晉太元七年

符堅饗群臣於前殿，奏樂賦詩。（同上）

符堅所作詩歌，今皆不傳，但由上述記載可證知其愛好文學、提倡文學與能
創作之跡。符堅的文章，《全晉文》概已輯集，大抵爲蒐自《晉書》、《高僧傳》、
《廣弘明集》，及其他類書中之應用文，其中以〈報慕容垂〉一文之文學性最
高。此文作於淝水之戰後，兵荒馬亂中，而其文字頗爲華美，可見其文學修
養之高。

符融　字博休，符堅之弟。生年不詳，卒於晉孝武帝太元八年（西元 383
年）。融之文學，《晉書》卷一百十四〈符堅載記〉下附《符融傳》明文稱之，

曰：「融聰辯明慧，下筆成章，至於談玄論道，雖道安無以出之。耳聞則誦，過目不忘，時人擬之王粲。嘗著〈浮圖賦〉，壯麗清贍，世咸珍之。未有升高不賦，臨喪不誄，朱彤、趙整等推其妙速。」〈浮圖賦〉已佚。

融之文章今僅存《晉書・符堅載記》所載之〈上疏諫用慕容暐等〉一文，詩歌亦僅存一首，即〈企喻歌〉的末一首，收錄於《樂府詩集》卷二十五。〈企喻歌〉今傳四首，郭茂倩引《古今樂錄》曰：「最後『男兒可憐蟲』一曲是符融詩，本云『深山解谷口，把骨無人收。』」。符融〈企喻歌〉甚有北人質樸之風、悲涼之氣，歌辭如下：

> 男兒可憐蟲，出門懷死憂。
> 尸喪狹谷中，白骨無人收。

符朗　字元達，符堅從兄之子。生年不詳，卒於晉孝武帝太元十四年（西元 389 年）。《晉書・符堅載記》附〈符朗傳〉曰：「（朗）性宏達，神氣爽邁，幼懷遠操，不屑時榮。……及為方伯，有若素士，耽翫經籍，手不釋卷，每談虛語玄，不覺日之將夕；登涉山水，不知老之將至。」其行事、個性，直似南人。本傳又曰：「後晉遣淮陰太守高素伐青州，朗遣使詣謝玄於彭城求降，玄表朗許之，詔加員外散騎侍郎。既至揚州，風流邁於一時，超然自得，志陵萬物。……後數年，王國寶譖而殺之。」

符朗臨終時，遺詩一首，曰：

> 四大起何因？聚散無窮已。既過一生中，又入一死理。
> 冥心乘和暢，未覺有終始。如何箕山夫，奄焉處東市。
> 曠此百年期，遠同嵇叔子。命也歸自天，委化任冥紀。

此詩之內容、風格已屬玄言詩範疇，正是其人格之反映。本傳又謂「著《符子》數十篇行於世，亦老莊之流也。」〔註21〕《符子》原書已佚，《全晉文》卷一五一，輯有佚文一卷，觀其內容多為寓言故事，其文字則頗有文學氣息。

蘇蕙　始平人。生平不詳。《晉書》卷九十六〈列女・竇滔妻蘇氏傳〉曰：「竇滔妻蘇氏，始平人也，名蕙，字若蘭。善屬文。滔，符堅時為秦州刺史，被徙流沙，蘇氏思之，織錦為迴文旋圖詩以贈滔。宛轉循環以讀之，詞甚悽惋，凡八百四十字，文多不錄。」

蘇蕙之〈迴文詩〉，南朝人已有敘及者，如：梁・江淹〈別賦〉曰「織

〔註21〕見《晉書》卷一百十四〈符堅載記〉下附〈符朗傳〉。

錦曲兮泣已盡，迴文詩兮影獨傷」者即是。唐人所撰《初學記》卷二十七亦載此事，曰：「前秦苻堅秦州史竇韜妻蘇氏織錦迴文七言詩。」並錄其詩如下：

> 仁智懷德聖虞唐，真妙顯華重榮章，臣賢惟聖配英皇，倫匹離飄浮江湘，津河隔塞殊山梁，民士感曠怨路長，身微閔己處幽房，人賤為女有柔剛，親所懷想思誰望，純青志潔齊冰霜，新故或億殊面牆，春陽熙茂彫蘭芳，琴清流楚激絃商，奏曲發聲悲摧藏，音和詠思惟空堂，心愛增慕懷慘傷。

全文共一一二字，與《晉書》所稱八百四十字相去甚遠，應為刪節所致。清人丁福保所輯《全晉詩》中有「蘇若蘭〈璇璣圖詩〉」，詩前並錄有武則天之序文，〔註22〕全詩共八四一字，與《晉書》之說相符。《晉書》曰：「宛轉循環以讀之，詞甚悽惋」，丁福保亦曰：「觀其宛轉反復，皆才思情深，融徹如契自然，蓋騷人才子所難，豈必女工之尤哉？詩編載馳，史美班扇，才女專靜，用志不分，雖皆擅名，此為精瞻者也。」又曰：「回文詩圖，古無悉通者。」則不唯〈迴文詩〉之作者具有極高之文才，〈迴文詩〉之讀者亦需具有相當之文學修養，始能體悟其悽惋之情。而如此高技巧，高涵養之作品，出現於兵荒馬亂之北方，則北方之文學更不能忽視。

　　趙整　一作趙正，字文業，洛陽清水人，或曰濟陰人，生卒年不詳。《高僧傳》卷一〈曇摩難提傳〉載有趙整之生平，謂其曾為前秦著作郎，後遷至黃門侍郎、武威太守。又稱其人「情度敏達，學兼內外，性好譏諫，無所迴避」。並曰：

> 苻堅末年，寵惑鮮卑，墮於治政，正因歌諫曰：「昔聞孟津河，千里作一曲；此水本自清，是誰攪令濁？」堅動容曰：「是朕也。」又歌曰：「北園有一棗，布葉垂重陰，外雖饒棘刺，內實有赤心。」堅笑曰：「將非趙文業耶？」其調戲機捷皆此類也。後因關中佛法之盛，乃願欲出家，堅惜而未許。及堅死後，方遂其志，更名道整，因作頌曰：「我生何以晚，泥洹一何早，歸命釋迦文，今來投大道。」後遁跡商洛山，專精經律。晉雍州剌史郗恢欽其風尚，逼共同遊，終於襄陽，春秋六十餘矣。

〔註22〕武則天序文經考證為後人偽託之作，詳見曹道衡〈十六國文學家考略〉上，《文史》，第十三輯，1982 年 3 月。

又，《資治通鑑》卷一○三，晉孝武帝寧康二年之條載曰：

> 祕書監朱彤、祕書侍郎略陽趙整固請誅鮮卑，堅不聽。整，宦官也，
> 博聞強記，能屬文；好直言，上書及面諫，前後五十餘事。慕容垂
> 夫人得幸於堅，堅與之同輦游于後庭，整歌曰：「不見雀來入燕室，
> 但見浮雲蔽白日。」堅改容謝之，命夫人下輦。

同書卷一○四，晉孝武帝太元三年之條又載曰：

> 秦王堅與群臣飲酒，以祕書監朱彤爲正，以極醉爲限。祕書侍郎趙
> 整作〈酒德之歌〉曰：「地列酒泉，天垂酒池，杜康妙識，儀狄先知。
> 紂喪殷邦，桀傾夏國，由此言之，前危後則。」堅大悅，命整書之
> 以爲酒戒，自是宴群臣，禮飲而已。

《太平御覽》卷五十七引崔鴻《十六國春秋‧前秦錄》之部，亦有趙整作〈酒德之歌〉之記載，其文曰：

> 符堅宴群臣于釣台，祕書侍郎趙整以堅頗好酒，因爲〈酒德之歌〉
> 曰：「穫黍西秦，採麥東齊，春封夏發，鼻納心迷。」

則趙整之作〈酒德之歌〉可能不止一首。《晉書‧符堅載記》下，亦載曰：

> 堅之分氐戶於諸鎮也，趙整因侍，援琴而歌曰：「阿得脂，阿得脂，
> 博勞舊父是仇綏，尾長翼短不能飛，遠徙種人留鮮卑，一旦緩急語
> 阿誰！」堅笑而不納。

此歌與「昔聞孟津河」、「北園有一棗」三作，皆收錄於《樂府詩集》卷六十〈琴曲歌辭〉之部。又《高僧傳》卷一〈僧伽跋澄傳〉、〈曇摩難提傳〉及〈竺佛念傳〉中，皆載及趙整翻譯佛經之事由。另外，《史通‧古今正史》並敘及趙整撰史，其文曰：

> 先是，秦祕書郎趙整參撰國史，值秦滅，隱於南洛山，著書下輟。
> 有馮翊步助其經費，整卒，翊乃啓頻纂成其書，以元嘉九年起至二
> 十八年方罷，定爲三卷，而年月失次，首尾不倫。

綜合上述諸書之載錄，知趙整之文學創作，包括詩歌、頌、樂府，及史傳文。

朱彤　符堅之祕書監，生卒年不詳。《晉書》卷一百十二〈符生載記〉敘及晉穆帝永和十二年，符生遣派閻負、梁殊二人使梁州，欲勸降張玄靚。玄靚年幼，由其涼州牧張瓘接見。張瓘問及前秦「文武輔臣，領袖一時者」，閻負、梁殊於列舉一些官員後，又曰：「其餘懷經世之才，蘊佐時之略，守南山

之操，遂而不奪者，王猛、朱彤之倫，相望於巖谷。」〔註23〕《太平御覽》卷一一二引《十六國春秋》之文，謂王猛於苻堅甘露元年（晉穆帝升平三年）上疏薦舉苻融、任群、朱彤。稱「處士朱彤，博識聰辯」。則朱彤未出仕時，即有才名。

朱彤未有作品傳世，但《晉書》卷一百十四〈苻堅載記〉下附《苻融傳》中，於稱揚苻融之文才時曰：「朱彤、趙整等推其妙速」，可見朱彤與趙整在當時的地位，可能相當於文學宗主。《太平御覽》卷五八七引《十六國春秋・前秦錄》曰：

> 苻堅宴臣于逍遙園，將軍講武，文官賦詩。有洛陽年少者，長不滿四尺而聰博善屬文，因朱彤上〈逍遙戲馬賦〉一篇。堅覽而奇之曰：「此文綺藻清麗，長卿儔也。」

《周書・王褒庾信傳論》亦將其與梁讜並提爲前秦文人之代表。

梁讜　字伯言，生卒年不詳。苻生之著作郎，苻堅之侍中、中書令。《晉書》卷一百十二〈苻生載記〉中載閻負、梁殊出使前涼，向張瓘誇耀前秦人物時，稱梁讜「文史富贍，鬱爲文宗」。〔註24〕《太平御覽》卷四九五引《十六國春秋》之文曰：

> 梁讜字伯言，博學有雋才，與弟熙俱以文藻清麗見重一時，時人爲之語曰：「關東堂堂二申兩房，未若二梁瑰文綺章。」

《周書・王褒庾信傳論》中，以梁讜與朱彤並列爲前秦文人之代表。其作品不傳。

王嘉　字子年，隴西安陽人；生卒年不詳。嘉爲人輕舉止，醜形貌，外若不足而聰睿內明。滑稽好語，好爲譬喻，狀如戲調言。姚萇入長安，先禮之而後殺之，苻登爲之設壇哭祭，諡曰文。《晉書》卷九十五〈藝術・王嘉傳〉稱嘉「著拾遺錄十卷，其記事多詭怪。」《隋書・經籍志》著錄：《拾遺錄》二卷，僞秦姚萇方士王子年撰。又有：《王子年拾遺記》十卷，蕭綺撰。今本《拾遺記》十九卷，題曰王嘉著者，蓋經蕭綺刪定，後人增附而成。《拾遺記》之內容，一如《晉書》所稱「記事多詭怪」，其事雖皆誕漫不實，文筆則華麗艷富。

釋道安　俗姓衛，常山扶柳人。晉懷帝永嘉五年生，晉孝武帝太元十年

〔註23〕以上詳見《晉書》卷一百十二〈苻生載記〉。

〔註24〕同上。

卒（西元 312～385 年）。道安是中國佛教史上之重要人物。《高僧傳》卷五〈釋道安傳〉曰：「（道安）年七歲，讀書再覽能誦，鄉鄰嗟異。至年十二出家，神智聰敏而形貌甚陋，不爲師之所重。」後至鄴事佛圖澄，聲名甚著。復自北至荊州，與習鑿齒相善。符堅久聞其名，每云：「襄陽有釋道安，是神器，方欲致之，以輔朕躬。」襄陽陷落，堅謂其僕射權翼曰：「朕以十萬之師取襄陽，唯得一人半耳。」其一人乃指道安，半，指習鑿齒。而《晉書》卷八十二〈習鑿齒傳〉稱「鑿齒少有志氣，博學洽聞，以文筆著稱。」則道安之文學應亦著名於世。《高僧傳》卷五〈釋道安傳〉又曰：

> 安外涉群書，善爲文章。長安中衣冠子弟爲詩賦者，皆依附致譽。

惜其文才雖高，而作品不傳。

後　秦

杜挻　相雲　挻京兆人，雲馮翊人，字號、生平俱不詳。《晉書》卷一百十七《姚興載記》上曰：

> 興性儉約，車馬無金玉之飾，自下化之，莫不敢尚清素。然好游田，頗損農要。京兆杜挻以僕射齊難無匡輔之益，著〈豐草詩〉以箴之，馮翊相雲作〈德獵賦〉以諷焉。興皆覽而善之，賜以金帛，然終弗能改。

宗敞　金城人，北魏名臣宗欽之兄。〔註25〕先仕姚興爲涼州別駕，仕禿髮傉檀爲太府主簿、錄記室事。

初，涼州刺史王尚爲禿髮傉檀所脅遣，既至長安，旋即獲罪，禁止南臺，宗敞上疏理之。《晉書》卷一百十七〈姚興載記〉上錄此文，並曰：

> 興覽之大悅，謂其黃門侍郎姚文祖曰：「卿知宗敞乎？」文祖曰：「與臣州里，西方之英雋。」興曰：「有表理王尚，文義甚佳，當王尚研思耳。」文祖曰：「尚在南臺，禁止不與賓客交通，敞寓於楊桓，非尚明矣。」興曰：「若爾，桓爲措思乎？」文祖曰：「西方評敞甚重，優於楊桓。敞昔與呂超周旋，陛下試可問之。」興因謂超曰：「宗敞文才何如？可是誰輩？」超曰：「敞在西土，時論甚美，方敞魏之陳、

〔註25〕《晉書》卷一百二十六〈禿髮傉檀載記〉曰：「敞父燮，呂光時自湟河太守八爲尚書郎。」《魏書》卷五十二〈宗欽傳〉曰：「（宗欽）父燮，字文友，呂光太常卿。」則敞、欽爲兄弟。而敞未仕及北魏，疑年長於欽。又見曹道衡〈十六國文學家考略〉。

徐，晉之潘、陸。」即以表示超曰：「涼州小地，寧有此才乎？」超
曰：「臣以敞餘文比之，未足稱多。琳琅出于崑嶺，明珠生於海濱，
若必以地求人，則文命大夏之棄夫，姬昌東夷之擯士。但當問其文
彩何如，不可以區宇格物。」興悅，赦尚之罪，以爲尚書。

可見宗敞甚有文名於當時，惜其作品僅存《晉書》所載〈理王尚疏〉。此作駢
儷成文，頗爲華美。

鳩摩羅什　天竺國人，晉康建元二年生，晉安帝義熙九年卒（西元 344
～413 年）。〔註26〕鳩摩羅什七歲出家，十二歲隨母至沙勒，專致佛學，以大
乘爲化，諸學者皆共師焉。年二十，龜茲王迎之還國，廣說諸經，四遠學徒
莫之能抗。後秦姚興迎至長安，奉爲國師，大興譯事。

什師之譯經，《高僧傳》卷二《鳩摩羅什傳》載曰：

沙門慧叡才識高明，常隨什傳寫，什每爲叡論西方辭體，商略同異，
云：「天竺國俗甚重文製，其宮商體韻，以入絃爲善。凡覲國王，必
有讚德，見佛之儀，以歌歎爲貴，經中偈頌，皆其式也。但改梵爲
秦，失其藻蔚，雖得大義，殊隔文體，有似嚼飯與人，非徒失味，
乃令嘔噦也。」

則什師之譯，固重文義，亦重文華。此文質並重之譯經，亦正其文學觀。《高
僧傳》又曰：

什嘗作頌贈沙門法和云：「心山育明德，流薰萬由延，哀鸞孤桐上，
清音徹九天。」凡爲十偈，辭喻皆爾。

什師作品，多爲佛學論著，但其偈語可以文學作品觀之。其贈沙門法和之偈，
雖含玄言，而有淒清之境，或即其文學風格之典型，故云「辭喻皆爾」。

僧肇　京兆人，鳩摩羅什弟子。晉孝武帝太元八年生，晉安帝義熙十年
卒（西元 383～414 年）。肇家貧，以傭書爲業，遂因繕寫，乃歷觀經史，備
盡墳籍。志好玄微，每以莊老爲心要。後見舊維摩經，歡喜頂受，因此出家。

〔註26〕鳩摩羅什之卒年《晉書》卷九十五〈藝術列傳〉中並未載及，但《廣弘明集》
卷二十三有僧肇〈鳩摩羅什法師條〉，其序文中明謂「癸丑之年，年七十，四
月十三日薨乎大寺」。曹道衡〈十六國文學家考略〉一文，據此考證「癸丑」
即姚興弘治十五年，亦即晉安帝義熙九年，則其生年當在晉康帝建元元年或
二年。而我國向以首尾並計，故生年以晉康帝建元二年爲妥。民國 62 年，台
北傳記文學出版社印行之《佛門人物志》，逕著爲「鳩摩羅什（西元 344～413
年）」。

及在冠年，才思幽玄，又善談說而名振關輔，京兆宿儒及關外英彥，莫不挹其鋒辯，負氣摧衄。後鳩摩羅什至姑臧，肇自遠從之，什嗟賞無極。及什適長安，肇亦隨入，見重於姚秦。

僧肇作品，《隋書・經籍志》錄有《晉姚萇沙門釋僧肇集》一卷。今存者多為佛學論文，然其〈答劉遺民書〉、〈上姚興表〉、〈鳩摩羅什法師誄〉〔註27〕等文，辭采可觀，以是知其善文。

胡義周　安定臨涇人，生卒年不詳。先仕姚泓，後仕赫連勃勃。《晉書・姚泓載記》稱姚泓博學善談論，尤好詩詠，胡義周等以文章游集。《魏書》卷五十二〈胡方回傳〉曰方回父義周，為姚泓黃門侍郎。《晉書》卷一百三十〈赫連勃勃載記〉敘及赫連勃勃發嶺北夷夏十萬人，于朔方水北、黑水之南營建都城，名曰統萬。宮殿大成，於是刻石頌德。《晉書》收錄此銘文，並曰「其祕書監胡義周之辭也」；〔註28〕《周書・王褒庾信傳論》又曰：

　　至朔漠之地，蔓爾夷俗，胡義周之頌國都，足稱宏麗。

此「宏麗」二字，兼評〈統萬城銘〉及其序，皆允當之至。

後　涼

呂光　字世明，略陽氐人。苻堅功臣呂婆樓之子，前涼政權創建者，晉成帝咸康三年生，晉安帝隆安三年卒（西元337～399年）。《晉書》卷一百二十二〈呂光載記〉雖稱其「不樂讀書，唯好鷹馬」，但其於太元九年攻克龜茲後，曾「大饗將士，賦詩言志」，可見亦能文學。

段業　京兆人，字號、生年不詳，卒於晉安帝隆安五年（西元401年）；呂光之參軍、著作郎、尚書。呂光信讒，沮渠蒙遜叛，蒙遜從兄男成以兵附之。男成進逼建康，段業為太守，外援不至，而男成說之甚殷。業先與光之朝官不平，慮不自容，遂許之。男成等推業為大都督、龍驤大將軍、涼州牧、建康公，進稱涼王，後為蒙遜所殺。

《晉書》卷一百二十九〈沮渠蒙遜載記〉謂業「博涉史傳，有尺牘之才」，同書〈呂光載記〉亦載曰，呂光之克龜茲，「見其宮室壯麗，命參軍京兆段業著〈龜茲宮賦〉以譏之」。又載太元十四年，「著作郎段業以光未能揚清激濁，

〔註27〕見《高僧傳》卷六〈釋僧肇傳〉、《廣弘明集》卷二十三。
〔註28〕《魏書》卷五十二〈胡方回傳〉曰：「（方回）辭彩可觀，為屈丐〈統萬城銘〉、〈蛇祠碑〉諸文，頗行於世。」《北史》亦承此說，與《晉書》異。

使賢愚殊貫，因療疾于天梯山，作表志詩〈九歎〉、〈七諷〉十六篇以諷焉。光覽而悅之。」惜其詩賦今皆不傳。

南 涼

禿髮歸　河西鮮卑人，禿髮傉檀之子，生卒年不詳。《太平御覽》卷六〇引《十六國春秋·南涼錄》曰：「禿髮傉檀子歸，年十三，命爲〈高昌殿賦〉，援筆即成，影不移漏，傉檀覽而異之，擬於曹子建。」〔註29〕

北 涼

張穆　生平不詳，僅知其爲敦煌人，以長於文學任沮渠蒙遜之中書侍郎。《晉書》卷一百二十九〈沮渠蒙遜載記〉曰蒙遜「以敦煌張穆博通經史，才藻清贍，擢拜中書侍郎，委以機密之任。」。又曰蒙遜祀西王母寺，「寺中有玄石神圖，命其中書侍郎張穆賦焉，銘之于寺前，遂如金山而歸」。然張穆此賦早已亡佚。

成

龔壯　字子瑋，巴西人，生卒年不詳。壯之父叔爲李特所害，壯積年不除喪，而力弱不能復仇。及李壽戍漢中，與李特孫李期有隙，壯遂假壽殺期。壯既雪家仇，又欲使壽歸晉室而壽不從。壯遂稱聾，又云手不制物，終身不復至成都，惟研考經典，譚思文章。

《晉書》卷九十四〈隱逸·龔壯傳〉曰：「初，壯每歎中夏多經學，而巴蜀鄙陋，兼遭李氏之難，無復學徒，乃著〈邁德論〉，文多不載。」《晉書》卷一百二十一〈李壽載記〉又稱，壽初病，群臣復議奉王室，壽不從，並殺李演以威警其餘。「壯作詩七篇，託言應璩以諷壽。壽報曰：『省詩知意。若今人所作，賢哲之話言也。古人所作，死鬼之常辭耳！』」可知龔壯之詩文，當以說理爲勝。其作品今皆亡佚。

胡叟　字倫許，安定臨涇人；生卒年不詳。叟少聰敏，年十三即以辨疑釋理，知名鄉國。《魏書》卷五十二〈胡叟傳〉曰，叟披讀群籍，再閱於目，皆誦於口。好屬文，既善爲典雅之詞，又工爲鄙俗之句。本傳又稱，叟曾西入沮渠牧犍，遇之不重，叟亦本無附之之誠，乃爲詩示所知廣平程伯達。其辭曰：

〔註29〕《太平御覽》卷五八七、六〇〇皆述此事，唯卷五八七「高昌殿賦」作「高殿賦」；卷六〇〇「禿髮歸」作「禿髮禮」。

群犬吠新客，佞閽排疏賓。直途既以塞，曲路非所遵。望衛惋祝鮀，

　眄楚悼靈均。何用宣憂懷，託翰寄輔仁。

叟入北魏後，續有創作，然皆亡佚。

　　宗欽　字景若，金城人；生年不詳，卒於北魏世祖太平眞君十一年（西元 450 年）。《魏書》卷五十二〈宗欽傳〉曰：「欽少而好學，有儒者之風，博綜群言，聲著河右。仕沮渠蒙遜，爲中書郎、世子洗馬。欽上東宮侍臣箋：「恢恢玄古，悠悠生民。五才迭用，經敍彝倫。匡父維子，弼君伊臣。顚而能扶，屈而能申。昔在上聖，妙鑒厥趣。不曰我明，而乖其度。不曰我新，而忽其故。如彼在泉，臨深是懼。如彼覆車，望途改步。是以令問宣流，英風遠布。及於三季，道喪純遷。桀起瓊臺，紂醃糟山。周滅妖姒，羿喪以田。險詖蔽其耳目，鄭衛陳於其前。怙才肆虐，異端是纏。豈伊害身，厥胤殲焉。茫茫禹跡，畫爲九區。昆蟲鳥獸，各有巢居。雲歌唐后，垂橫美虞。疏網改祝，殷道攸敷。龍盤應德，隨蛇銜珠。勿謂無心，識命不殊。勿謂理絕，千載同符。爰在子桓，靈數攸臻。儀形徐阮，左右劉陳。披文採友，叩典問津。用能重離襲曜，魏鼎維新。於昭儲后，運應玄籙。夕惕乾乾，虛衿遠屬。外撫幽荒，內懷縈獨。猶懼思不逮遠，明不遐燭。君有諍臣，庭立謗木。本枝克昌，永符天祿。微臣作箋，敢告在僕。」

　　欽入北魏後，與崔浩等參與國史之撰述，並與文學名家高允時有詩文往返，此一部份留待下一章再行討論。

二、漢人政權區域之文學

　　張駿　字公庭，安定烏氏人。前涼政權創建者張軌之孫，張實之子。晉懷帝永嘉元年生，晉穆帝永和二年卒（西元 307～346 年）。晉明帝太寧二年嗣王位，在位二十二年。

　　《晉書》卷八十六〈張駿傳〉謂其「十幾歲能屬文」，可見在文學方面頗有天賦，惜其作品所遺不多。《全晉文》中錄有：〈上疏請討石虎李期〉、〈下令境中〉、〈山海經圖讚〉，其中〈山海經圖讚〉兩則佚文，分別輯自《太平御覽》卷九三九及《初學記》卷二十九，皆作四言，以題名與零星片斷觀之，應是詠物之作。因其殘而不全，無法討論。〈下令境中〉僅爲一則短令，實不能成「文」，唯〈上疏請討石虎李期〉一文雖屬應用文字，卻頗重辭藻，富駢文氣息。上述二文皆輯自《晉書‧張駿傳》。《樂府詩集》並錄有張駿詩二首：

薤　露

　　在晉之二葉，皇道昧不明。主暗無良臣，艱亂起朝庭。

　　七柄失其所，權綱喪典型。愚滑窺神器，牝雞又晨鳴。

　　哲婦逞幽虐，宗祀一朝傾。儲君縊新昌，帝執金墉城。

　　禍釁萌宮掖，胡馬動北坰。三方風塵起，犯獵竊上京。

　　義士扼素婉，感慨懷憤盈。誓心蕩眾狄，積誠徹昊靈。（卷二七）

此詩以樂府古題改寫新辭，乃上承魏世曹操之法，而其內容亦與曹操同題樂府「惟漢二十世」，同為詠史之作，唯其風格稍有異同，曹操詩多蒼涼之氣，張駿詩則多憤慨之志。

東門行

　　勾芒御春正，衡紀運玉瓊。明庶起祥風，和氣翕來征。

　　慶雲蔭八極，甘雨潤四坰。昊天降靈澤，朝日耀華精。

　　嘉苗布原野，百卉敷時榮。鳩鵲與鶬黃，間關相和鳴。

　　芙蓉覆靈沼，香花揚芳馨。春遊誠可樂，感此白日傾。

　　休否有終極，落葉思本莖。臨川悲逝者，節變動中情。（卷三七）

此詩平和淡雅而稍有愁鬱之味。全詩大部份以春遊寫景為主，詩之將盡，以日傾、節變感思「休否有終極，落葉思本莖」，與前半之平和愉悅構成對比。此類寫景敘遊宴而以感觸憂思作結之詩，正是南朝晉宋之際文士作詩之典型。

　　謝艾　故里、生年不詳，卒於晉穆帝永和九年（西元 353 年）。初為張重華主簿，以枹鼓之功見重於世，官至太府左長史，進封福祿縣伯。《晉書》卷八十六〈張軌傳〉附〈張重華傳〉中，牧府相司馬張耽，別駕從事索遐向張重華進言時，皆提及謝艾「文武兼資」。謝艾與石虎之將麻秋交戰，艾乘軺車，冠白幘，鳴鼓而行。秋望而怒曰：「艾年少書生，冠服如此，輕我也。」可見謝艾乃投筆從戎之士子。《隋書・經籍志》錄有：張重華酒泉太守《謝艾集》七卷；注云：梁八卷。《宋書》卷九十八〈沮渠蒙遜傳〉附〈茂虔傳〉載茂虔獻書於宋，中有《謝艾集》八卷。現存唯零星殘文，無以持論。

　　張斌　生平不詳。《太平御覽》卷九七二引《十六國春秋・前涼錄》云：

　　　張斌字洪茂，敦煌人也。作〈蒲萄酒賦〉，文致甚美。

〈蒲萄酒賦〉今遺佚不可考。

　　宋纖　字令艾，敦煌效穀人。少有遠操，沈靖不與世交，隱居於酒泉南

山。張祚後遣使者張興備禮徵爲太子友，逼喻甚切，遂至姑臧。尋遷太子太
傅，頃之，上疏明志，不食而卒，時年八十二，諡曰玄虛先生。

《晉書》卷九十四〈隱逸·宋纖傳〉曰：「纖注《論語》，及爲詩頌數萬
言。」又載錄其明志之疏，亦即其僅存作品，其文曰：

> 臣受生方外，心慕太古。生不喜存，死不悲沒，素有遺屬，屬諸知
> 識，在山投山，臨水投水，處澤露形，在人親土。聲聞書疏，勿告
> 我家。今當命終，乞如素願。

此疏通體四言，對仗工整，且質樸淺白，頗有四言古詩的韻味。

楊宣　生平不詳。《晉書》卷九十四〈隱逸·宋纖傳〉載曰，宋纖少有遠
操，沈靖不與世交，明究經緯，弟子甚眾。張祚時，太守楊宣畫其象於閣上，
出入視之，作頌曰：

> 爲枕何石？爲漱何流？身不可見，名不可求。

此詩以問句開啓，雖簡短而曲折有味。

馬岌　字號、生卒年俱不詳。先後仕張駿爲酒泉太守、張茂參事，張祚
時爲尙書，以切諫免官。《晉書》卷九十四〈隱逸·宋纖傳〉曰：

> 酒泉太守馬岌，高尙之士也，具威儀，鳴鐃鼓，造焉。纖高樓重閣，距
> 而不見。岌歎曰：「名可聞而身不可見，德可仰而形不可覿，吾而今而後知先
> 生人中之龍也。」銘詩於石壁曰：「丹崖百丈，青壁萬尋。奇木蓊鬱，蔚若鄧
> 林。其人如玉，維國之琛。室邇人遐，實勞我心。」

四言詩多以沈鬱朴直爲風格，而此詩清麗有深境，讀其詩若仰見其人。

索綏　字士艾，敦煌人；生卒年不詳。其事跡見於纂錄本《十六國春秋·
前涼錄》，其文曰：「綏家貧，好學，舉孝廉，爲記室祭酒，母喪去官，又舉
秀才。著《涼春秋》五十卷，又作《夷頌》、《符命傳》十餘篇。以著述之功，
封平樂亭侯。」《太平御覽》卷一二四引《十六國春秋》之文亦曰：「（張駿）
命西曹庾集閣內外事付索綏以著《涼春秋》。」《史通·古今正史》亦云：「前
涼張駿十五年，命其西曹邊瀏集內外事以付秀才索綏，作《涼國春秋》五十
卷。」則索綏之著涼史，殆無疑義，唯其《六夷頌》、《符命傳》十餘篇，未
見載於史籍，或別有所據，姑存之。

西　涼

李暠　字玄盛，小字長生，隴西成紀人。晉穆帝永和七年生，晉安帝義

熙十三年卒（西元 351～417 年）。呂光末年，段業自進爲涼王，李暠稱藩于業。晉安帝隆安四年，晉昌太守移檄六郡，推爲大都督、大將軍、涼公、領秦、涼州二州牧、護羌校尉，從此建立西涼政權。

《晉書》卷八十七〈涼武昭王李玄盛傳〉〔註30〕稱李暠「少而好學，性沈敏寬和，美器度，通涉經史，尤善文義」，又稱「自餘詩賦數十篇」。其中《晉書》錄有〈述志賦〉一篇，及上晉安帝之章表與訓誡諸子之手令，其文或清麗、或華美，皆辭采可觀。又有〈槐樹賦〉、〈大酒容賦〉，《晉書》本傳曰：「先是，河右不生楸、槐、柏、漆，張駿之世，取於秦隴而植之，終於皆死，而酒泉之西北隅有槐樹生焉，玄盛又著〈槐樹賦〉以寄情，蓋歡僻陋遐方，立功非所也。……感兵難繁興，時俗誼競，乃著〈大酒容賦〉以表恬豁之懷。」則李暠作品蓋多屬寓志寄情者。《晉書》本傳又稱李暠嘗「讌于曲水，命群僚賦詩，而親爲之序」。又曰：「玄盛前妻，同郡辛納女，貞順有婦儀，先卒，玄盛親爲之誄」。又曰：「（暠）於南門外臨水起堂，名曰靖恭之堂，以議朝政，閱武事。圖讚自古聖明王、忠臣孝子、烈士貞女，玄盛親爲序頌，以明鑑戒之義」。《隋書‧經籍志》即錄有：「《靖恭堂頌》一卷，晉涼王李暠撰。」可見其創作不拘一體，且爲數可觀。

劉昞　字延明，〔註31〕敦煌人，生卒年不詳。先仕李暠爲儒林祭酒、從事中郎等職，後仕沮渠蒙遜，拜秘書郎，專管注記。與同郡宗敞、陰興，並以文學見舉。北魏拓跋燾平涼州，夙聞其名，徵爲樂平王從事中郎。

《魏書》卷五十二〈劉昞傳〉稱：「昞以三史文繁，著《略記》百三十篇、八十四卷，《涼書》十卷，〔註32〕《敦煌實錄》二十卷，《方言》三卷，《靖恭堂銘》一卷，注《周易》、《韓子》、《人物志》、《黃石公三略》，並行於世。」其作品之最見稱頌者爲《酒泉頌》。《晉書‧涼武昭王李玄盛傳》謂玄盛既遷酒泉，百姓安居樂業，乃請勒銘酒泉，玄盛許之。「於是使儒林祭酒劉彥明爲文，刻石頌德。」《周書‧王褒庾信傳論》曰：「劉延明之頌酒泉，可謂清典。」惜此文已佚。又，《晉書‧涼武昭王李玄盛傳》敘及玄盛之著〈槐樹賦〉，「亦命主簿梁中庸及劉彥明等並作文」，文亦不傳。

由上述所列十六國時期文學家及其作品觀之，略可歸納其文學環境與作

〔註30〕唐朝帝王奉李暠爲其先祖，故尊稱如是。
〔註31〕《晉書》「延明」作「彥明」。
〔註32〕劉炟之著《涼書》亦見於《史通‧古今正史》。

品風格如下：

（一）文學環境

　　五胡之初亂中原，由於文化的低落、嗜殺好戰的本性，以及掠奪土地與取得政權的必要，曾不別士庶，大肆屠殺漢人。中原士族為避此浩劫，非隨晉室南遷江左，即西奔涼州等遙奉晉室的地區。《晉書》卷五十一《摯虞傳》即曰：「虞善觀玄象，嘗謂友人曰：『今天方方亂，避難之國，其唯涼土乎！』」〔註33〕其前涼張軌、西涼李暠，本皆漢人，故甚為崇尚文教，復得文士來奔，遂有人文薈萃之況，乃烽火胡騎之中，獨得文雅風流之盛。上述已知的十六國文學家即有約五分之一屬於涼州地區，所留存的作品，無論質與量，亦都在其他諸國之上。至如前趙、後趙、前燕、前秦等，都有相當程度的漢化，是以能招延文士。並且，無論這些已經漢化，或不排斥漢化的政權創始者，禮用文人的目的是否只在鞏固政權，經由他們的鼓勵與提倡，北方文學雖不及南朝，但南人亦不敢太過輕視。《世說新語·企羨篇》云：「郗嘉賓得人以己比苻堅，大喜。」同書《文學篇》又載：「褚季野語孫安國云：『北人學問，淵綜廣博。』孫答曰：『南人學問，清通簡要。』支道林聞之曰：『聖賢固所忘言。自中人以還，北人看書，如顯處視月；南人學問，如牖中窺日。』」可見北方文學雖遭戰火挫傷，但在河西等存續漢族文化的地區，仍有相當程度的保留與發揮；加上異族政權的漢化，提供了北方文學恢復的環境。

（二）作品風格

　　誠如《周書·王褒庾信傳論》所云，十六國時期的作品「迫於倉卒，牽於戰爭，章奏符檄，則粲然可觀；體物緣情，則寂寥於世」，大抵以公牘為多，而公牘中又以有關征戰者居於首要。此類應用性文字，雖因文士踉蹌於兵火之間，盾鼻磨墨，倉卒成文，其措辭遣語，與江左精妍為文者異趣，但因起草文書者多為漢族遺民，魏晉以來日趨偶麗，稍涉文華的風格，亦屢見於此一時期之作品中，《周書》所謂「粲然可觀」殆指此而言。其次，又因遺留在北方的文士，以舊有的文學修養，潤飾章奏符檄等應用性文字，使文章在辭句的講究上，與南方的東晉並無大異。但因語言文化上的差別，終究使十六國時期的文學作品，產生有別於南人的獨特風格。如：石勒之絕劉曜，自謂「帝王之初，復何常耶？

〔註33〕又見《晉書》卷八十六〈張軌傳〉：「祕書監繆世徵、少府摯虞夜觀星象，相與言曰：『天下方亂，避難之國唯涼土耳。張涼州德量不恆，殆其人乎？』」

趙帝趙王，孤自取之，名號大小，豈其所節哉？」〔註34〕說理爽快，掉文而不失其本色。此種與民族性格不可分的特質，發諸文辭，雖經漢人爲之潤飾，然意氣之間，仍有所別。這種出自民族性格的特質，沖淡了文辭華美的表象，加上實用性文字簡明達意的要求，遂使整體風格在樸實的比重增加，也因此確立了十六國文學作品偏向淳樸的個性。

第二節　拓跋珪建國以前的北魏政治與文學

鮮卑屬五胡之一，拓跋氏爲其裔文，原居大興安嶺北段西邊，約當東漢桓帝時代始由其先拓跋鄰領率，移居匈奴故地。拓跋氏本爲游牧民族，行部落組織，但自始祖神元皇帝力微時，已是部落聯合領袖。《魏書‧序紀》所稱「有雄傑之度」的力微，並且憑藉此一共主地位，逐漸推使拓跋氏政權轉向君主專制式，此一轉化過程及至太祖道武帝拓跋珪時方始完成。自力微至拓跋珪時期，由於國家建制與權力集中的實際需要，曾積極從事中國文化的汲取與漢人的引用。

《魏書‧序紀》載錄力微告諸大人之言曰：「我歷觀前世匈奴、蹋頓之徒，苟貪財利，抄掠邊民，雖有所得，而其死傷不足相補，更招寇讎，百姓塗炭，非長計也。」可見拓跋氏自力微開始，即有意自外於五胡之列，不但不贊成匈奴式的掠奪政策，並且與魏和親，旋即遣派太子沙漠汗入貢於魏，因留爲質。沙漠汗居留中國的時間長達八年，在這漫長的居留期中，不僅達成「且觀風土」與「聘問交市」的外交任務，而且「風彩被服，同於南夏」（《魏書‧序紀》）濡染極深的中國文化。由於沙漠汗是力微的繼承人，且爲人雄異，魏晉禪代之後，晉人恐其爲後患，遂賄賂拓跋族人中反對漢化的守舊派人士；這些拓跋氏舊族本就憂心沙漠汗「若繼國統，變易舊俗，吾等必不得志，不若在國諸子，習本淳樸」（《魏書‧序紀》）。因此，這樣一位「英姿瓌偉」，而且「在晉之日，朝士英俊多與親善，雅爲人物歸仰」（《魏書‧序紀》），足可變夷爲夏的繼承人，遂在晉人離間，與族人因新舊文化的隔閡所引起的猜忌下遇害。沙漠汗的遇害，中斷了拓跋氏統治階層對漢文化的正面移植工作，但漢化運動卻仍藉由漢人的引用向前推進。

力微卒後，拓跋氏諸部叛離，國內紛擾，積弱不振，先後歷經章、平、

〔註34〕見《晉書》卷一百四〈石勒載記〉上。

思三帝，至昭帝祿官繼立，方稍復國勢。祿官時分國爲三部，自統其一，其二分別由桓帝猗㐌、穆帝猗盧統轄。祿官與猗㐌隔年而卒，猗盧遂統攝三部，以爲一統。自祿官至猗盧的時期中，拓跋氏始終支持晉北諸將對抗劉石，因而取得晉朝的封號，初建國家規模，奠定元魏立國基礎。此一時期中拓跋氏之與晉室合作，如：猗㐌助司馬騰、猗盧助劉琨，應與漢人衛操，莫含有關。

衛操，字德元，代郡人。曾爲晉征北將軍衛瓘之牙門將，多次出使於拓跋氏。《魏書》卷二十三本傳稱，力微死後，操與其從子雄及其宗室鄉親姬澹等十數人，同來歸國，說桓穆二帝招納晉人，於是晉人附者稍衆。桓帝嘉之，以爲輔相，任以國事。及劉淵、石勒之亂，勸桓帝匡助晉室。

莫含，雁門繁時人，家世貨殖，貲累巨萬，劉琨嘗辟爲從事。《魏書》卷二十三本傳稱，「穆帝愛其才器，善待之。及爲代王，備置官屬，求含於琨。琨遣入國，含心不願。琨諭之曰：『……卿爲忠節，亦是奮義之時，何得苟惜共事之小誠，以忘出身之大益。入爲代王腹心，非但吾願，亦一州所賴。』含乃入代，參國官。……含甚爲穆帝所重，常參軍國大謀。」由上所述，可知衛操之明說桓穆二帝招納晉人，莫含之受命入代，並皆見重於代，於拓跋氏與晉之合作，有促進之功。由此亦可察見當時桓穆二帝或已悟知其族人統治知識之不足，甚或掣肘不足以謀大事，轉而利用漢人的知識經驗，以完成力微未竟之志，建立漢人傳統的君主專制政體。

桓穆之後，拓跋氏的國勢再度中落，及至昭成帝什翼犍繼立，不但振興國勢，並推使君主專制有顯著的進展。什翼犍時期，對外盡力維持友好和平關係，以保存更多的力量從事內部的鞏固與建設。在此時期中，諸多行事又與推行漢化、重用漢人有不可分的關係。

什翼犍的母親爲漢人，《魏書》卷十三〈皇后傳〉曰：「平文皇后王氏，廣寧人也，年十三因事入宮，得幸於平文，生昭成帝。」又曰：「昭成初欲定都灅源川，築城郭，起宮室，議不決。后聞之，曰……乃止。」可見這位漢人太后，對什翼犍有很大的影響，而這種影響必然不僅只在他既爲人君之後，對國事的決斷，應始自年幼時的依慕，此時來自母系的文化薰陶當更深遠。什翼犍並曾於東晉咸和四年（西元 329 年），入質於石趙，前後留居鄴九年。石趙雖爲胡人所建，但其立國規模與對儒術之尊崇，並不下於漢人君主，什翼犍留鄴如此之久，可能也受了相當程度的影響。東晉咸康四年（西元 338 年），什翼犍自鄴返國，即代王位於繁時北，並立即著手於政權之完備，《資

治通鑑》卷九十六（晉紀十八）成帝咸康四年冬十一月條載曰，「及什翼犍立，雄勇有智略，能脩祖業，國人附之；始置百官，分掌眾務。以代人燕鳳爲長史，許謙爲郎中令。始制反逆、殺人、姦盜之法，號令明白，政事清簡，無繫訊連逮之煩，百姓安之。」再觀諸什翼犍先後徙都於雲中之盛樂宮，以爲拓跋氏企圖定都之始；設壇講武馳射，以爲講武制之始；命燕鳳、許謙太子實經、皇孫珪遺腹而生，爲之大赦，乃模仿中國君主之作風，以爲建立嫡長繼承制之先聲。凡此種種，皆爲什翼犍致力於漢化之明證。在什翼犍推行漢化時，曾經重用漢人，其中以燕鳳、許謙爲代表。

《魏書》卷二十四〈燕鳳傳〉曰：「燕鳳，字子章，代人也。好學，博綜經，明智陰陽讖緯。昭成素聞其名，使人以禮迎致之。鳳不應聘。乃命諸軍圍代城，謂城人曰：燕鳳不來，吾將屠汝。代人懼，送鳳。昭成與語，大悅，待以賓禮。後拜代王左長史，參決國事。又以經授獻明帝。」同卷〈許謙傳〉曰：「許謙，字元遜，代人也。少有文才，善天文圖讖之學。建國時，將家歸附，昭成嘉之，擢爲代王郎中令，兼掌文記。與燕鳳俱授獻明帝經。」由上述燕鳳、許謙之史傳資料顯示，拓跋氏之擢用漢人，已由衛操、莫含等「世貨殖」、「通俠，有才略」之輩，轉而進至「博綜經史」、「有文才」之士，這種現象一可顯示拓跋氏漢化程度的提昇，一可察見漢人之有學識者，與拓跋氏合作的情形日增。

在什翼犍努力建設國家時，前秦苻堅也正致力於中原的統一。苻堅統一華北後，出兵擊拓跋氏，拓跋氏勢弱不敵，兼以內亂，遂亡。復國建國的大任，及至拓跋珪方得完成。

拓跋氏自力微至什翼犍，大約一百六十年中，由原始的部落組織一變而爲具有相當規模的君主專制政體，其漢化過程相當迅速，而漢人居其間功不可沒。蓋少數民族知識較低落，如果只任用族人，一方面因爲他們所知所識只限於傳統知識而不能革新；另一方面則由於他們本身的利益與專制君主相對立，自然不肯爲加強君權而努力，在短期內必難見功效。因此希望建立專制政權的少數民族君主，一定要引用漢人，這些漢人既可爲胡主訂制立法，又可支持胡主以抑制部落大人，使胡主擺脫部落大人的束縛。在五胡亂華時代幾乎所有胡主都對漢族文人特加重視，其原因在此，拓跋氏亦不例外。在猗㐌、猗盧時代已有衛操、姬澹、段繁等十數人，什翼犍時代又有燕鳳、許謙、王建等人，皆見重於異族君主，幫助拓跋氏進行政治建樹，而這兩個時

代又恰巧是拓跋珪建國以前，拓跋氏最強盛的時代，二者之間有極重要的因果關係。事實上，拓跋氏早期的君權即是倚靠這些漢人之力所完成，因此，引用漢人是拓跋氏漢化過程中最重要的一環。這些被引用的漢人，不僅在拓跋氏漢化的過程中佔有重要地位，而且可以說是拓跋珪建國以前北魏文學的奠基者。

　　拓跋氏最初沒有文字，據《魏書・序紀》所稱，在力微之前八十世，其人「不為文字，刻木紀契而已」。《魏書・刑罰志》又稱，宣帝推寅南遷時，猶「以言語約束，刻契紀事」，既無文字，當然無文學可言。但在《隋書・經籍志》中著錄有：《國語》十五卷、《國語》十卷、《鮮卑語》五卷、《國語物名》四卷、《國語眞歌》十卷、《國語雜物名》三卷、《國語十八傳》一卷、《國語御歌》十一卷、《鮮卑語》十卷、《國語號令》四卷、《國語雜文》十五卷、《鮮卑號令》一卷等，並曰：「後魏初定中原，軍容號令，皆以夷語。後染華俗，多不能通，故錄其本言，相傳教習，謂之『國語』。」可知拓跋氏在宣帝之後即有可書寫的鮮卑文字。《隋志》又著錄《國語孝經》一卷，註明：「魏氏遷洛，未達華語，孝文帝命侯伏侯可悉陵以夷語譯《孝經》之旨，教於國人，謂之《國語孝經》。」《魏書》卷三十〈呂洛拔傳〉又曰：「〔洛拔〕長子文祖，……以舊語譯注〈皇誥〉，辭義通辯，超授陽平太守。」顯見這些鮮卑文字直至魏文帝時，仍與漢文字並行。只是目前既已無法得知《隋志》所著錄者，如：《國語眞歌》、《國語御歌》、《國語十八傳》、《國語雜文》等書籍的內容如何，作於何時，更無從知曉有多少拓跋族人，能創作「辭義通辯」的鮮卑文章，故而拓跋珪建國以前的北魏文學，便不得不由能以漢文字創作的人擔綱。《魏書》卷二〈太祖紀〉曰：「天興四年，……集博士儒生，比眾經文字，義類相從，凡四萬餘字，號曰《眾文經》。」《魏書》卷四上〈世祖紀上〉又載始光二年（西元 425 年），初造新字千餘，並詔曰：「在昔帝軒，創制造物，乃命倉頡因鳥獸之跡以立文字。自茲以降，隨時改作，故篆隸草楷，並行於世。然經歷久遠，傳習多失其眞，故令文體錯謬，會義不愜，非所以示軌則於來世也。孔子曰，名不正則事不成，此之謂矣。今制定文字，世所用者，頒下遠近，永為楷式。」〔註35〕明言漢字之作自此始。在此之前，能運用漢字者，自以漢人為主。

〔註35〕今人繆鉞《讀史存稿》中〈北朝之鮮卑語〉一文，稱「太武帝時有造新字之事」，即指此而言。但始光非造字之始，乃統一文字也，故曰「示軌則於來世」。

事實上拓跋珪建國以前的文學作品，僅存於《魏書》中的一篇碑文，即爲漢人衛操所作。《魏書・序紀》載曰，昭帝祿官十一年（西元 306 年），桓帝猗㐌崩逝，「後定襄侯衛操，樹碑於大邗城，以頌功德」。北齊魏收於編撰《魏書》時，將碑文附錄於〈衛操傳〉中，其文如下：

桓穆二帝，馳名域外，九譯宗焉。治國御眾，威禁大行。聲著華裔，齊光純靈。智深謀遠，窮幽極明。治則清斷，沉浮得情。仁如春陽，威若秋零。強不淩弱，隱恤孤煢。道教仁行，化而不刑。國無姦盜，路有頌聲。自西訖東，變化無形。威武所向，下無交兵。南壹王室，北服丁零。招諭六狄，咸來歸誠。超前絕後，致此有成。奉承晉皇，扞禦邊疆。王室多難，天網弛綱。豪心遠濟，靡離其殃。歲翦逆命，姦盜豺狼。永安元年，歲次甲子。姦黨猶逆，東西狼跱。敢逼天王，兵甲屢起。怙眾肆暴，虐用將士。鄴洛遘隙，棄親求疏。乃招暴類，屠各匈奴。劉淵姦賊，結黨同呼。敢擊并土，殺害無辜。殘破狼籍，城邑丘墟。交刃千里，長蛇塞塗。晉道應天，言展良謨。使持節、平北將軍、并州刺史、護匈奴中郎將、東瀛公司馬騰，才神絕世，規略超遠。時逢多難，懼損皇祀。欲引兵駕，獫狁孔熾。造設權策，濟難奇思。欲招外救，朝臣莫應。高算獨斷，決謀盟意。爰命外國，引軍內備。簡賢選士，命茲良使。遣參軍壺倫、牙門中行嘉、義陽高侯衛謨、協義亭侯衛鞬等，馳奉檄書，至晉陽城。桓穆二帝，心在宸極。輔相二衛，對揚毗翼。操展文謀，雄奮武烈。承命會議，諮論奮發。昔桓文匡佐，功著周室。顯名載籍，列賞備物。大眾迴動，熙同靈集。興軍百萬，期不經日。兄弟齊契，決勝廟算。鼓譟南征，平夷險難。二帝到鎮，言若合符。引接款密，信義不渝。會盟汾東，銘篆丹書。永世奉承，慎終如初。契誓命將，精銳先驅。南救涅縣，東解壽陽。窘迫之邑，幽而復光。太原、西河，樂平、上黨，遽遭寇暴，白骨交橫。羯賊肆虐，六郡凋傷。群惡相應，圖及華堂。旍旗輕指，羯黨破喪。遣騎十萬，前臨淇漳。鄴遂振潰，凶逆奔亡。軍據州南，曜鋒太行。翼衛內外，鎮靜四方。志在竭力，奉戴天王。忠恕用暉，外動亦攘。於是曜武，振旅而旋。長路匪夷，出入經年。毫毛不犯，百姓稱傳。周覽載籍，自古及今。未聞外域，奔救內患。棄家憂國，以危易安。惟公遠略，臨難能權。應天順人，恩德素宣。和戎靜朔，危邦復

存。非桓天挺，忠孝自然。孰能超常，不爲異端。回動大眾，感公之
言。功濟方州，勳烈光延。升平之日，納貢充蕃。憑瞻鑾蓋，步趾三
川。有德無祿，大命不延。年三十有九，以永興二年六月二十四日，
寢疾薨殂。背棄華殿，雲中名都。國失惠主，哀感欷歔。悲痛煩冤，
載號載呼。舉國崩絕，攀援靡訴。遠近齊軌，奔赴梓廬。人百其身，
盈塞門塗。高山其頹，茂林凋枯。仰訴造化，痛延悲夫。忠於晉室，
駿奔長衢。隆冬淒淒，四出行誅。蒙犯霜雪，疹入脈膚。用致薨殞，
不永桑榆。以死勤事，經與同模。垂名金石，載美晉書。平北哀悼，
祭以豐廚。考行論勳，諡曰義烈。功施於人，祀典所說。桓帝經濟，
存亡繼絕。荒服是賴，祚存不報。金龜簫鼓，軺蓋殊制。反及二代，
莫與同列。丼域嘉歎，北國感榮。各竭其心，思揚休名。刊石紀功，
圖像存形。靡報享祀，饗以犧牲。永垂于後，沒有餘靈。長存不朽，
延於億齡。金堅玉剛。應期順會，王有北方。行能濟國，武平四荒。
無思不服，區域大康。世路紛糾，運遭播揚。羯胡因釁，敢害丼土。
哀痛下民，死亡失所。率眾百萬，平夷險阻。存亡繼絕，一州蒙祐。
功烈桓桓，龍文虎武。朱邑小善，遺愛桐鄉。勳攘大患，六郡無。闕
悉之來，由功而存。刊石勒銘，垂示後昆。

魏收評此碑文曰：文雖非麗，事宜載焉。

可見此碑文之見存，歷史意義遠重於文學意義。然而，魏評之尚待商榷
者有三，其一，北齊之世，文風務趨靡麗，而魏收其人史稱「輕疾」，爲文富
言淫麗，常云：「會須作賦，始成大才士。唯以章表碑誌自許，此同兒戲。」
〔註36〕則斯世斯人，評曰「非麗」，恐有苛求之處。其二，碑文之作也，《文
心雕龍‧誄碑篇》有云：「其敘事也該而要，其綴采也雅而澤。」又曰：「夫
屬碑之體，資乎史才。其序則傳，其文則銘，標序盛德，必見清風之華，昭
紀鴻懿，必見峻偉之烈；此碑之制也。」晉陸機《文賦》則曰：「碑披文以相
質。」唐李善注曰：「碑以敘德，故文質相半。」今人陳柱〈講陸士衡文賦自
記〉〔註37〕云：「碑本以紀功德，然必立言不苟，稱乎其人，故曰披文以相質。」

〔註36〕見今本《北齊書‧魏收傳》，全文云：「會須作賦，始成大才士。唯以章表碑
　　　誌自許，此外更自兒戲。」校勘記引《御覽》與《三國典略》改爲「此同兒
　　　戲」，以其文義通順，持理有據，從之。
〔註37〕華正書局中華民國69年4月版《中國歷代文學論著精選》上冊，引陳柱之說
　　　注解陸機〈文賦〉，並言陳文原載《學術世界》一卷四期。

可見碑乃傳與銘之綜合體，旨在敘事頌德，以敘事該要，綴辭雅工為尚。衛操之〈桓帝功德頌碑〉旨在敘述桓帝的功績、與晉室的關係、以及衛操等漢人之見用，文字典雅精要，正合碑文的要求。並且由於北魏桓帝之時，中原地帶燹難方殷，碑文中難免及於征戰，故而殘破狼籍，城邑丘墟，肅殺凋淒之情時見於行間。是以無論就體制功能或題材而言，衛碑之「非麗」固其宜矣。其三，永嘉之亂以後，在陸續入據黃河流域的各少數民族中，可能以鮮卑拓跋氏的漢化程度最淺。其後拓跋氏雖然體悟到漢化的重要而積極推行，但畢竟不及匈奴劉氏、鮮卑慕容氏與氐族苻氏等。尤其拓跋珪正式建立北魏政權以前，拓跋氏一切措施皆著眼於政治建樹，無暇顧及文學，甚至根本未意識到文學的必要；兼以文化低，國勢弱，漢人文士鮮有投奔者，不若當時涼州之成為避難之國，得以移續文脈；在如此荒蕪的年代中，衛操的〈桓帝功德頌碑〉更形珍貴。正當北魏文學史的最初階段，對於並非以文才見長的衛操，無需以辭采感情為表達重點的應用文體，自不能過份誇張其文學價值，但正如劉大杰《中國文學發展史》中，將卜辭與易經列為商周時的文學一般，正該還原作品的時空，予以允正的評價。衛碑的素朴，正是本色。昭帝祿官十年（西元305年），亦曾於參合陂立碑，惜文不傳。

若將拓跋珪正式建立國家政體以前的北魏文學與十六國時期文學相比，可以發現：

一、在五胡亂華之後形成的十六國時期中，北方的文學幾乎全賴漢人的傳播，因此愈重視漢文化的地區，如前秦、西涼等，即愈擅文學之勝。

二、北魏的前身──代並不屬於十六國之列，其時國勢弱，漢化淺，漢人投奔者少，無法直接移植漢族文學。由於無法移植漢族文，北魏建國以前的文學雖仍由漢人執筆，但卻與十六國文學不同而呈現原發性狀態。

三、事實上十六國的文學可以說只是拾取漢族文學的餘沫，作為異族君主附庸風雅粉飾文化程度之用，無法揚波於異域；而北魏建國以前的文學雖嫌薄磽，但以其原發性奠基，反而擁有淳古質朴的特色。

第三章　北魏前期文學與漢化的關係

第一節　立國規模的整備與文學的關係

　　拓跋氏在什翼犍亡國後的第十年，遺腹而生的皇孫拓跋珪即代王位於牛川，年號登國，旋即改稱魏王。拓跋珪的嫡系勢力單弱，若非外戚賀訥極力支持，恐不能順利復國，但其雄心壯志早有跡可尋。登國元年（西元 386 年）十二月，據載慕容垂曾遣使拜珪爲西單于上谷王，但爲珪所拒。此事件正顯示拓跋珪的目的，是不願在恢復祖宗地位之後，卻仍處於蠻夷之地，因此單于的位號對他並不具有太大的吸引力，其志自始即集中於中國式專制君主的建立。皇始二年（西元 397 年），拓跋珪出征慕容寶而遭饑疫，人員牲畜亡失過半，群下咸思還北。珪知其意，因謂之曰：「四海之人，皆可與爲國，在吾所以撫之耳，何恤乎無民！」群臣乃不敢復言。(《魏書》卷二〈太祖紀〉)第觀其言，直非野蠻君主之所出。非徒其人有所抱負，漢人之弼佐者，亦能知其志而輔其事。《魏書》卷二十四〈張袞傳〉云，袞每告人曰：「主上天資傑邁，逸志凌霄，必能囊括六合，混一四海。夫遭風雲之會，不建騰躍之功者，非人豪也。」遂策名委質，竭誠伏事。在此君臣同心之下，無怪乎能在戎馬倥傯之中，漸次樹立帝國規模。《魏書‧太祖紀》載曰，「皇祐元年，左司馬許謙上書勸進尊號，帝始建天子旌旗，出入警蹕」，至天興元年（西元 398 年）六月丙子，詔有司議定國號，群臣議仍以代爲號，拓跋珪詔曰：「昔朕遠祖，總御幽都，控攝遐國，雖踐王位，未定九州。逮于朕躬，處百代之季，天下分裂，諸華乏主。民俗雖殊，撫之在德，故躬率六軍，掃平中土，凶逆蕩除，

遐邇率服。宜仍先號，以爲魏焉，布告天下，咸知朕意。」再觀《魏書》卷二十四〈崔玄伯傳〉而知，此議實發之崔玄伯。其本傳曰：「時司馬德宗遣使來朝，太祖將報之。詔有司博議國號。玄伯議曰：『……國家雖統北方廣漠之土，逮于陛下，應運龍飛，雖曰舊邦，受命惟新，是以登國之初，改代曰魏。又慕容永亦奉進魏土。夫魏者大名，神州之上國，斯乃革命之徵驗，利見之玄符也。臣愚以爲宜號爲魏。』太祖從之，於是四方賓王之貢，咸稱大魏矣。」則拓跋氏建國號爲魏，實出代漢爲魏之旨，以其國統上承於漢，而爲諸華之主。

　　道武即位之初，官制仍沿用祖宗舊制，漢胡混雜，然亦不脫王國組織的形式，此《魏書・官氏志》「太祖登國元年因而不改」之謂。直至皇始元年平并州，「初建臺省，置百官，封公侯將軍」（《魏書・太祖紀》），而〈官氏志〉亦謂：「皇始元年始建曹省，備置百官，封拜五等，外職則刺史、太守、令長已下有未備者，隨而置之」，是爲建置帝國官爵之始。天興元年十一月，詔吏部郎鄧淵典官職，立爵品，似對官制有所整備，但終因格於環境，無多大成就，仍是胡漢混雜，如：天興元年所置的八部大夫、太宗神瑞元年（西元404年）所置的八大人官，泰常二年（西元417年）所置的六部大人官，即顯非中國式官制。此一混雜的現象，一直持續至高祖孝文帝時，其時之內、中、外部大官，亦不見於中國歷代官制之中，而尙書諸曹的不斷罷置〔註1〕亦可說明此時期中北魏官制尙無定制，故〈官氏志〉謂：「自太祖至高祖初，其內外白官屢有減置，或事出當時，不爲常目」。〈官氏志〉又謂：「初，帝欲法古純質，每於制定官號，多不依周漢舊名，或取諸身，或取諸物，或以民事，皆擬遠古雲鳥之義。諸曹走使謂之鳧鴨，取飛之迅疾；以伺察者爲候官，謂之白鷺，取其延頸遠望。自餘之官，義皆類此，咸有比況。」如此，不但胡制未廢，即採用漢制，名號亦不合古式。

　　至於禮樂律法方面，道武以降屢有制作。《魏書・太祖紀》載天興元年十一月，詔尙書吏部郎中鄧淵典官制，立爵品，定律呂，協音樂；儀曹郎中董謐撰郊廟、社稷、朝覲、饗宴之儀；三公郎中王德定律令，申科禁；太史令晁崇造渾儀，考天象；吏部尙書崔玄伯總而裁之。其後世祖之世，先令崔浩改定律令，再令游雅、胡方回等改定，並令高允等以經義斷獄，達三十年之

──────────

〔註1〕參見嚴耕望〈北魏尙書制度考〉，原載於中央研究院《歷史語言研究所集刊》第十八本，頁259～360。

久（《魏書‧高允傳》）。然而，因時移事遷，兼以世亂，有司雖殫精竭慮，終
不免闕遺，難合古式。《魏書‧禮志》曰：「自永嘉擾攘，神州蕪穢，禮壞樂
崩，人神殲殄。太祖南定燕趙，日不暇給，仍世征伐，務恢疆宇。雖馬上治
之，未遑制作，至於經國規儀，互舉其大，但事多粗略，且兼闕遺。」又曰：
「魏氏居百王之末，接分崩之後，典禮之用，故有闕焉。」《魏書‧樂志》則
曰：「永嘉以下，海內分崩，伶官樂器，皆為劉聰，石勒所獲，慕容雋平冉閔，
遂克之。王猛平鄴，入於關右。苻堅既敗，長安紛擾，慕容永之東也，禮樂
器用多歸長子，及垂平永，並入中山。自始祖內和魏晉，二代更致音伎；穆
帝為代王，愍帝又進以樂物；金石之器，雖有未周，而絃管具矣。逮太祖定
中山，獲其樂縣，既初撥亂，未遑創改，因時所行而用之。世歷分崩，頗有
遺失。」又曰：「世祖破赫連昌，獲古雅樂，及平涼州，得其伶人、器服，並
擇而存之。」可見北魏前期諸多文物制度，多經由征戰，陸續自十六國接收
而來，而這些文物制度在輾轉流傳的過程中，經過使用者的改作，以及戰亂
所造成的遺闕，都可以使之喪失原貌。而且「拓跋氏統治者也沒有放棄自己
原有的文化，完全投入中國文化長流的企圖。另一方面，後來雖然中原士大
夫加入拓跋氏政治集團，把許多中原傳統文化滲入拓跋氏的文化之中。不過，
因為他們是被征服者，和拓跋氏征服者之間，有著隸屬關係存在。所以他們
祇能憑藉著征服者的意旨工作，不敢對於那些非我族類的草原文化特質加以
觸犯，或進一步地加以改革。這些情況表現在北魏建國初期的文物制度上，
而形成『胡風國俗，雜相雜亂』的局面。」〔註2〕這種政治、文化的現象，對
北魏初期的文學，同時有著極深的影響。

　　如前所述，北魏初期的禮樂等諸多文物制度，概皆「互舉其大」，「因時
所行而用之」，可見所著重者乃為當時現實環境的需要，並未有永久的計劃。
既是著重實用，便可能因時間的變遷產生修訂的需要，修訂制度便需借重熟
諳舊制的漢人，一則參與修訂制度的漢人需與固執於原有文化的拓跋氏族人
妥協，因此受重用參與創制的文士，除了裁量現實情況的需要之外，恐需養
成敬謹內斂的論辯態度，期能適切表達意見而又不至於觸犯統治階級。例如
《魏書‧鄧淵傳》曰，淵博覽經書，太祖定中原時見擢為著作郎。又曰：

　　淵明解制度，多識舊事，與尚書崔玄伯參定朝儀、律令、音樂、及軍國

〔註2〕見逯耀東《從平城到洛陽——拓跋魏文化轉變的歷程》第一章〈北魏前期的
　　　文化與政治形態〉，聯經出版事業公司，民國70年印行本，頁61。

文記詔策，多淵所爲。本傳並曰：「淵謹於朝事，未嘗忤旨」。相反的，在《魏書‧封懿傳》中敘及：

> 懿雋偉有才氣，能屬文。……仕慕容寶，位至中書令、民部尚書。寶敗，歸闕。……太祖數引見，問以慕容舊事。懿應對疏慢，廢還家。

可見北魏初期的統治者，雖然因爲立國創制的需要而求賢若渴，但是出於文化上的自卑與有意顯耀君權，並不能眞正做到禮賢下士，中原士大夫的生存空間因而十分狹隘。在狹隘的生存空間中，所養成敬謹內斂的論辯態度，與國政上側重實際的原則，發爲文辭，自然宛轉謙和而條理申申，能入君王之聽聞。《魏書‧成淹傳》即載曰：

> 淹好文學，有氣尚。……皇興中，降慕容白曜，赴闕，授兼著作郎。時顯祖於仲冬之月，欲巡漠北，朝臣以寒甚，固諫，並不納。淹上〈接輿釋遊論〉，顯祖覽之，詔尚書李訢曰：「卿等諸人不如成淹論通釋人意。」乃敕停行。

這種撰作謙和而有條理的議論文章的才能，是當時人所共同具有的，在《魏書》各文士的傳記中屢見記載。如卷四十八〈高允傳〉敘及這位北魏前期最重要的文學家的創作事業時，曰：

> 自高宗迄于顯祖，軍國書檄，多允文也。

而其晚年荐舉自代的高閭，本傳稱其「博綜經史，文才雋偉，下筆成章」。又曰：

> 高允以閭文章富逸，舉以自代，遂爲顯祖所知，數見引接，參論政治。……文明太后甚重閭，詔令書檄碑銘贊頌皆其文也。

可見由文章富逸而參論政治，由參論政治而撰作詔令書檄等議論性、實用性作品，其間有著極重要的關聯。至如《魏書‧崔玄伯傳》所曰：

> 玄伯自非朝廷文誥，四方書檄，初不染翰，故世無遺文。

更可以說明當時政治需要影響所及的文學傾向，是偏向實用性的散文，而《魏書》每載及某人著作時，總包括此類作品，如〈刁雍傳〉曰：

> 凡所爲詩賦頌論并雜文，百有餘篇。

〈程駿傳〉曰：

> 所製文筆，自有集錄。

〈高允傳〉曰：

　　　　允所製詩賦誄頌箴論表贊，……凡百餘篇，別有集行於世。

〈高閭傳〉曰：

　　　　閭好爲文章，軍國書檄詔令碑頌銘贊百餘篇，集爲三十卷。

〈高閭傳〉又評曰：

　　　　其文亦高允之流，後稱二高，爲當時所服。

而高閭並未見有詩賦之作，既稱「二高」，必是指其共有的交集部份，亦正是
書檄論表等實用性作品。此類作品無論陳情自表或論辯國政，在體裁上總是
散文優於韻文，技巧上則論述重於辭采，亦即《隋書・文學傳》序所論：理
勝其詞，便於時用之謂。

　　在現存北魏前期的文學作品中，除大量的奏議詔告等實用性作品之外，
還有一小部份的賦，這些賦的數量雖少，但其意義卻不容忽視。

　　賦是一種兼採源自詩經、楚辭與荀子賦篇的文體，《文心雕龍・詮賦篇》
曰：「賦者，鋪也。鋪采摛文體物寫志也。」《詩品》亦曰：「直書其事，寓言
寫物，賦也。」可知「鋪采摛文」「直書其事」，是賦的重要特質。賦由詩三
百、楚辭荀賦，降而至漢，乃蔚爲大國。漢賦至武、宣、元、成時代達到全
盛，《漢書・藝文志》所載漢賦九百餘篇，作者六十餘人，十分之九是此期產
品。武、宣好大喜功，附庸風雅，一時文風大盛。元、成二世，繼其餘緒，
作者不衰。此一時期內的漢賦作家，以司馬相如最爲重要；其成品體製宏偉，
鋪敘誇張，兼以用字艱深，有繁華損枝，膏腴害骨之毀。但是這種欲人不能
加之的炫耀性作品，卻成爲漢賦的典型。其後作者，既無法離此範疇，因而
模擬之風大盛。此一風氣直綿亙至東漢中葉時，張衡以〈歸田〉、〈髑髏〉等
清新的短賦，使賦的內容與形式，產生明顯變化。葉師慶炳於所著《中國文
學史》中，論兩漢散文賦轉變之跡曰：「篇幅由長篇巨製變爲短小篇章，此其
一。內容由詠宮殿、游獵、京都等事物變爲個人之胸懷與理想，此其二。作
風由堆砌誇飾鋪采摛文變爲平淺自然清麗可誦，此其三。句法由散行變爲對
偶，此其四。」及至魏晉，賦的形式與內容，更非昔日漢賦的面貌。

　　北魏前期，相對於東晉孝武帝太元十年（西元 386 年）至南朝宋明帝泰
始七年（西元 471 年），正當中國文學由魏晉進入南北朝時期。此一時期前葉，
南方的賦在風格上，由於受道家思想成熟與佛學興起的影響，憑添一種平淡
清新的自然風味；其後駢儷之風日益濃厚，形式主義轉盛，遂逐漸走上駢賦
的道路；在體製上，仍以短篇爲主；題材上則擴大許多，抒情、說理、詠物、

敘事各種類別，登臨、憑弔、悼亡、傷別、遊仙、招隱、艷情、山水等各種題材皆有，其中最多的，應推詠物賦。但在北方卻與此不同。

從現存稀少的資料中得知，北朝前期所作的賦僅有八篇，分別是：高允的〈鹿苑賦〉（《廣弘明集》卷二十九）、〈代都賦〉（《魏書》卷四十八〈高允傳〉），李顒的〈大乘賦〉（《廣弘明集》卷二十九），游雅的〈太華殿賦〉（《魏書》卷五十四〈游雅傳〉），高閭的〈宣命賦〉（《魏書》卷五十二〈胡叟傳〉），胡叟的〈韋杜二族賦〉（同上），梁祚的〈代都賦〉（《魏書》卷八十四〈儒林·梁祚傳〉）張淵的〈觀象賦〉（《魏書》卷九十一〈術藝·張淵傳〉）。其中〈宣命賦〉以賦名觀之，似為寓志之作，與江左潮流相合，但因作品亡佚，未能探其究竟。〈韋杜二族賦〉亦不見存，但《魏書》載其撰作始末曰：

> （胡叟）好屬文，既善為典雅之詞，又工為鄙俗之句。……時京兆韋祖思，少閱典墳，多蔑時輩，知叟至，召而見之。祖思習常，待叟不足，叟聊與敘溫涼，拂衣而出。祖思固留，曰：「當與君論天人之際，何遽而反乎？」叟對曰：「論天人者其亡久矣，與君相知，何夸言若是也。」遂不坐而去。至主人家，賦韋杜二族，一宿而成，時年十有八矣。其述前載，無違舊美，敘中世有協時事，而末及鄙黷，人皆奇其才，畏其筆。世猶傳誦之，以為笑狎。

既曰「前載」「中世」，則此賦應屬詠史敘事之類，且曰「一宿而成」必非長篇巨製，又曰「末及鄙黷」則必諷之深矣，是以世人傳誦，以為笑狎。此作之與漢賦典型作品不同，至為明顯。〈大乘賦〉敘論佛理，全賦包括序文只有三六四字，其詳如下：

> 大乘者，蓋如來之道場也。故緣覺聲聞，謂之小乘，言法駕之通馳，如舟車之致遠也。夫合抱興于毫末，九層作于累土；從淺以高大，理妙在于不有，跡麤由乎不無。舉有以希無，則無無以暢，忘無以統有，則有有以通；無無以暢，則乘斯小矣，有有以通，則乘斯大矣。夫總福祐之會者，莫尚于法身，宣一切之知者，莫貴乎如來。故神稟靈照，以觀三達之權，思周深妙，以入四持之門。知色之空，任而不敗，起滅無崖，終始無際。形寄于宇宙之中，而心包乎二象之外；目察于芥子之細，而識鑒乎須彌之大。美哉淵乎，其源固不量也。

嗟歎不足，遂作賦曰：

建大乘之靈駕兮，震法鼓之雷音。除行蓋之欲疑兮，餐微妙以悅心。
滿覺意之如海兮，演般若之淵深。平八道之坦蕩兮，游總持之苑林。
定禪思于三昧兮，滅色想于五陰。執抵羅之引弓兮，操如意之喻琴。
破眾網之將裂兮，劃貪垢而絕淫。如泡沫之暫結兮，焉巧風之足欽。
或明行而善逝兮，積功勳以迄今。收薩云之空義兮，運十力而魔擒。
開止觀之光燄兮，消邪見之沈吟。閉必固之垣牆兮，同影響之難尋。

（《廣弘明集》卷二十九）

無論題材性質或篇幅的長度，都是南北朝時期常見的作品。〈太華殿賦〉乃游
雅受詔而作，作品已佚，但作者既承上命，又是詠宮殿之作，其內容約可揣
度而知。〈代都賦〉皆不存，但〈高允傳〉曰：

允上〈代都賦〉，因以規諷，亦二京之流也。

可知此同題二賦，蓋爲踵步漢賦正統筆調風格之作。高允僅存的〈鹿苑賦〉
作於北魏顯祖獻文常退位（皇興五年，西元 471）之後。〔註3〕全文如下：

啓重基於塑土，系軒轅之洪裔。武承天以作主，熙大明以御世。灑
靈液以滂沱，扇仁風以遐被。踵姬文而築苑，包山澤以開制。植群
物以充務，躅四民之常稅。暨我皇之繼統，誕天縱之明叡。追鹿野
之在昔，興三轉之高義。振幽宗於已永，曠千載而可寄。於是命匠
選工，刊茲西嶺。注誠端思，仰橫神影。庶眞容之髣彿，耀金暉之
煥炳。即靈崖以構宇，竦百尋而直正。絙飛樑於浮柱，列荷華於綺
井。圖之以萬形，綴之以清永。若祗洹之瞪對，孰道場之塗迴。嗟
神功之所建，超終古而秀出。寔靈祗之協贊，故存貞而保吉。鑿仙
窟以居禪，闢重階以通術。澄清氣於高軒，佇流芳於王室。茂花樹
以芬敷，涌醴泉之洋溢。祈龍宮以降雨，伴膏液於星畢。若乃研道
之倫，行業貞簡。慕德懷風，杖策來踐。守應貞之重禁，味三藏之
淵典。或步林以經行，或寂坐而端宴。會眾善以並臻，排五難而俱
遣。道欲隱而彌彰，名欲毀而逾顯。伊皇興之所幸，每垂心於華囿。
樂在茲之閑敞，作離宮以榮築。固爽塏以崇居，枕平原之高陸，恬

〔註3〕《魏書·顯祖紀》史臣論，謂獻文帝「早懷厭世之心，終致宮闈之變」。《魏
書·皇后傳·文明皇后馮氏傳》部份又曰：「顯祖暴崩，時言太后爲之也。」
學者多以爲顯祖的退位與崩逝，皆因文明太后迫害所致。此論並見興膳宏〈高
允——北朝文學の先驅者〉，《中國學論集》，小尾博士古稀紀念號，1983 年
10 月。

仁智之所懷，眷山水以肆目。玩藻林以游思，絕鷹犬之馳逐。眷耆
年以廣德，縱生生以延福。慧愛內隆，金聲外發。功濟普天，善不
自伐。尚諮賢以問道，詢芻蕘以補闕。盡敬恭於靈寺，遵晦望而致
謁。奉請戒以畢日，兼六時而宵月。何精誠之至到，良九劫之可越。
資聖王之遠圖，豈循常以明教。希縉雲之上升，羨頂生之高蹈。思
離塵以邁俗，涉玄門之幽奧。禪儲宮以正位，受太上之尊號。既存
無而御有，亦執靜以鎮躁。觀天規於今日，尋先哲之遺誥。悟二乾
之重陰，審明離之並照。下寧濟於兆民，上剋光於七廟，一萬國以
從風，總群生而為導。正南面以無為，永措心於沖妙。夫道化之難
期，幸微躬之遭遇。逢扶桑之初開，邁長夜之始曙。顧衰年以懷傷，
懷負乘以危懼。敢布心以陳誠，效鄙言以自著。（《廣弘明集》卷二
十九）

鹿苑即鹿野苑，為太祖道武帝於天興二年（西元 399 年）所造，鹿苑之名，
因用釋迦牟尼成道後首次說法之道場名稱。《魏書・太祖紀》並記載鹿苑之廣
曰：「南因臺陰，北距長城，東包白登，屬之西山，廣輪數十里，鑿渠引武川
水注之苑中，疏為三溝，分流宮城內外」。顯祖曾在此建石窟寺，並於退位後
移居寺中翫覽玄籍。高允此賦正括寫鹿野苑的壯麗與顯祖其人的內德外功，
前半段敘述鹿野苑的建造及景物、功用，後半段稱揚顯祖勸學修德之力與超
凡之志，最後以慶幸逢生光明之世作結。顯祖的退位並非出於謙讓之德與崇
佛之心，乃是迫於情勢不得不爾，此一事實常參機要的四朝元老──高允必
知之甚詳，但賦文中全不及於此，只是歌頌顯祖措心沖妙而離塵邁俗，與《魏
書》所言「雅薄時務，常有遺世之心」相合，都是為長上正面文過，則此賦
之作，極可能受命於文明太后或孝文帝，為國家與王室形象而作，故而撰作
之時雖有複雜的背景，撰之之後仍不免於宮苑宏麗的鋪寫與歌功頌德。

〈觀象賦〉看似單純的天文記述，但實際上亦是政治產物。拓跋氏之統
治天下，既無可誇示的血統，又無神秘的宗教足資依附，唯一可利用的便只
有天命思想，因此不能不重視天文現象，並使其與政治結合，以收人心。自
太祖道武帝始，拓跋氏即不斷有借力於天文現象與天命思想的舉措，至世祖
太武帝時正欲廓定四表而周旋險夷，更需此類精神助力，而張淵正具有這種
轉天文成帝力的才能。《魏書・術藝傳》謂淵「明占候，曉內外星分」，嘗仕
姚興父子，為靈臺令，又入赫連昌，為太史令，世祖平統萬時見獲。本傳並

曰「世祖以淵爲太史令，數見訪問。」張淵既以明曉天文見重主上，爲邀寵或感恩而曲逢上意是極易理解的。〈觀象賦〉全文如下：

陟秀峰以遐眺，望靈象於九霄。覩紫宮之環周，嘉帝坐之獨標。瞻華蓋之陰藹，何虛中之迢迢。觀閣道之穹隆，想靈駕之電飄。爾乃縱目遠覽，傍極四維，北鑒機衡，南覿太微，三台嶕嶕以雙列，皇座同同以垂暉，虎賁執銳於前階，常陳屯聚於後闈。遂回情旋首，次目文昌，仰見造父，爰及王良。傅説登天而乘尾，奚仲託精於津陽。織女朗列於河湄，牽牛煥然而舒光。五車亭柱於畢陰，兩河俠井而相望。灼灼群位，落落幽紀，設官分職，罔不悉置。儲貳副天，庭延三吏。論道納言，各有攸司。將相次序以衛守，九卿珠連而內侍。天街分中外之境，四七列九土之異。左則天紀槍梧，攝提大角，二咸防奢，七公理獄。庫樓炯炯以灼明，騎官騰驤而奮足。天市建肆於房心，帝座磊落而電燭。於前則老人、天社、清廟所居。明堂配帝，靈臺考符。丈人極陽而慌忽，子孫嘩嘩於參嵎。天狗接狼以吠守，野雞伺晨於參墟。右則少微、軒轅，皇后之位，嬪御相次，尊卑有秩。御宮典儀，女史執筆。內平秉禮以伺邪，天牢禁慝而察失。於後則有車府、傳舍，鲍瓜、天津。扶匡照曜，麗珠珮珍。人星麗玄以閑逸，哭泣連屬而趨墳。河鼓震雷以碙磕，騰蛇蟠縈而輪囷。於是周章高昒，還旋辰極。既覬鉤陳中禁，復覿天帝休息。漸臺可昇，離宮可即。酒旗建醇醪之旌，女牀列窈窕之色。輦道屈曲以微煥，附路立于雲閣之側。其列星之表，五車之間，乃有咸池、鴻沼、玉井、天淵、建樹、百果、竹林在焉。江河炳著於上穹，素氣霏霏其帶天。神龜曜甲於清泠，龍魚摛光以映連。又有南門、鼓吹，器府之官，奏彼絲竹，爲帝娛歡。熊、羆綿絡於天際，虎、豹儵煜而暉爛。弧精引弓以持滿，狼星搖動於霄端。其外則有燕、秦、齊、趙，列國之名。雷電霹靂，雨落雲征。陳車策駕於氐南，天駟騁步於太清。園苑周回以曲列，倉廩區別而殊形。內則尚書、大理、太一、天一之宮。柱下著術，傳示無窮。六甲候大帝之所須，內廚進御膳於皇躬。天船橫漢以普濟，積水候災于其中。陰德播洪施以恤不足，四輔翼皇極而闡玄風。恢恢太虛，寥寥帝庭。五座並設，爰集神靈。乃命熒惑，伺彼驕盈。執法刺舉於南端，五侯議疑於水

衡。金、火時出以成緯，七宿匡衛而爲經。暐暐昱其並曜，粲若三春之榮。觀夫天官之羅布，故作則於華京。及其災異之興，出無常所。歸邪繽紛，飛流電舉。妖星起則殃及晉平，蛇乘龍則禍連周楚。或取證於逢公，或推變於衝午。乃有欽明光被，塡逆水府。洪波滔天，功隆大禹。此則冥數之大運，非治綱之失緒。蓋象外之妙，不可以粗理尋；重玄之內，難以熒燎覩。至於精靈所感，迅踰駭響。荊軻慕丹，則白虹貫日而不徹；衛生畫策，則太白食昴而擒朗。魯陽指麾，而曜靈爲之回駕。嚴陵來游，而客氣著於乾象。斯皆至感動於神祇，誠應效於既往。爾乃四氣鱗次，斗建辰移。雖無聲言，三光是知。星中定於昏明，影度以之不差。測水早於未然，占方來之安危。陰精乘箕，則大飆暮鼓；西南入畢，則淫雨滂沱。譬猶晉鍾之應銅山，風雲之從班螭。若夫冥車潛駕，時乘六虯。大儀回運，萬象俱流。北斗俄其西傾，群星忽以匿幽。望舒縱轡以騁度，靈輪決旦而過周。爾乃凝神遠矚，矖目八荒。察之無象，視之眇茫。狀若渾元之末判別，又似浮海而覩滄浪。幽遐迴以希夷，寸眸焉能究其傍。於是乎夜對山水，栖心高鏡。遠尋終古，攸然獨詠。美景星之繼晝，大唐堯之德盛。嘉黃星之靡鋒，明虞舜之不競。疇呂尚之宵夢，善登輔而翼聖。欽管仲之察微，見虛、危而知命。歎熒惑之舍心，高宋景之守政。壯漢祖之入秦，奇五緯之聚映。爾乃歷象既周，相佯巖際。尋圖籍之所記，著星變乎書契。覽前代之將淪，咸譴告於昏世。桀斬諫以星孛，紂酖荒而致彗。恆不見以周衰，枉蛇行而秦滅。諒人事之有由，豈妖災之虛設。誠庸主之難悛，故明君之所察。堯無爲猶觀象，而況德非乎先哲。（《魏書》卷十一〈術藝‧張淵傳〉）

其中以天文星象射喻帝王尊貴之處屢屢可見，如：

陟秀峰以遐眺，望靈象於九霄。觀紫宮之環周，嘉帝座之獨標。瞻華蓋之蔭藹，何虛中之迢迢。觀閣道之穹隆，想靈駕之電飄。

三台皦皦以雙列，皇座同同以垂暉。虎賁執銳於前階，常陳屯聚於後闈。

灼灼群位，落落幽紀，設官分職，罔不悉置。儲貳副天，庭延三吏。論道納言，各有攸司。將相次序以衛守，九卿珠連而內侍。

若非賦文中夾有注解，後人（甚至當代之人）恐難相信此賦只是單純的敘寫天文現象。事實上，注解的存在才是玄機。清嚴可均校輯《全上古三代秦漢三國六朝文》錄有此賦，但附注曰：「又見十六國春秋六十九，無注。」《十六國春秋》早於《魏書》，其可信度應高於《魏書》；而作賦兼及注，北魏前期鮮有前例，且張淵於賦前序中但曰作賦，未言作注，故注文若非史官所附，則爲後人所加，必非作者自撰。作者既未作注，第以賦文觀之，其意旨實借天象之偉以頌帝王，此又不離漢賦之典型矣。

　　上述賦作如前所析，恰可一分爲二，〈宣命賦〉、〈韋杜二族賦〉、〈大乘賦〉三篇乃潮流下的產物，而〈太華殿賦〉、〈鹿苑賦〉、〈觀象賦〉與兩篇同題的〈代都賦〉則逆潮而上，直承漢賦，使北魏前期的文學出現雙向發展的現象。事實上，這種雙向發展的現象，在北魏後期文學中仍舊存在，是北魏文學風格形成的重要關鍵。葉師慶炳嘗論文學史之時代劃分曰：

　　蓋政治上之朝代，一夕之間即可革易，而文學上之時代，則出於漸變。必俟新朝之政治措施影響於社會生活，然後透過生活於該一新社會之作家筆尖，始呈現新時代之文學風貌。是故以政治朝代爲畫分階段之文學史，往往出現政治上已改朝易代而文學風貌一仍舊觀，至數十年後始有新變之現象。（《中國文學史》上冊，頁 263。民國 71 年，台灣學生書局印行）

的爲卓論。由上論中可析出的要點有四，第一：文學史的時代劃分，發生重疊現象以致難以區別者，常在朝代交替之際；第二：朝代方始交替之初，新朝的文學現象多承依舊朝，如：唐初文風仍依宮體之輕靡，宋初文風因襲花間之綺麗；第三：發生文風重疊現象的，必是緊接的兩朝代；第四：脫離舊朝文風的途徑，必俟新朝政治措施影響於社會生活，然後透過生活於該一社會之作家筆尖，始呈現新時代之文學風貌。若以此四要點衡盱北魏前期賦作之產生逆溯現象，則可發現此一現象並非單純的只是文學史時代劃分的問題。其一，此一現象之發生距北魏開國已有數十年，並非在朝代交替之際；〔註 4〕其二，北魏立國時間應與東晉相接，但其文風顯然與東晉不同；其三，北魏前期的賦作雖呈現漢賦典型風格，但北魏與漢並非相鄰的兩朝代。因此，探究此一文學逆溯現

〔註 4〕拓跋珪立國，並以魏爲國號，其時在天興元年（西元 398 年）；而〈代都賦〉作於高宗文成帝時（西元 452～465 年）；〈鹿苑賦〉作於顯祖退位（西元 471年）之後；太華殿成於高宗太安四年（西元 458 年）秋七月，〈太華殿賦〉當作於其後；〈觀象賦〉未見明載作時，以本傳推之，應作於世祖神䴥二年（西元 429 年）之後，則諸賦之作，去立國之時至少已有三十年之久。

象，恐不得不歸因於政治措施。道武帝拓跋珪以魏代漢的心願，至其孫太武帝拓跋燾時仍持續貫徹中。除興學、立五經博士等可上擬於漢的文化政策外，並借助於天命之說，如世祖太平眞君七年（西元 446 年）夏四月戊子，鄴城毀五層佛圖，於泥像中得玉璽二，其文皆曰「受命於天，既壽永昌」，其一刻其旁曰「魏所受漢傳國璽」。這種天命之說在中國改朝換代是極爲普遍的、訴諸迷信的方法，但在科學不夠昌明的年代中，仍具有很大的力量。北魏自立國至漢璽之取得，相距已有近五十年的時間，拓跋氏在漢化政策施行半世紀之後，才採用此一重要的方法，若非迫於時勢困難不得不爾，則必是水到渠成時機成熟，爲確立國家地位而然。無論如何，此舉正顯示拓跋氏熱切的心願。上焉者如此積極於繼漢爲正統的措施，下焉者之附和風從，實極自然。文學家所能響應政策者，自以生花妙筆撰作投上所好的作品最爲便利，而對北魏前期的作家與統治者而言，漢賦可能比其他任何類型的文學作品，更符合當時的環境。因爲漢賦以誇飾爲能事，可以爲帝國錦上添花；而且賦大盛於漢，在漢文學中舉足輕重，北魏作家若能從事漢賦創作，再造風潮，對於政治上代漢爲魏的政策，更有相得益彰的效果。又如葉師慶炳所言，新的朝代產生文學新貌，必在數十年之後。以此觀北魏前期上擬漢賦的現象，正在其統治者施行政策有年，已可產生文學新變之時。故而北魏前期的文學產生局部上溯漢代的現象，實是源於政治需要。這部份的作品雖未能完全發揮鋪采摛文的特性，以致遜於漢賦的華麗，但因魏晉以來之時代風潮所及，其駢偶的句型與寓言寫物的用心，遂使北魏前期的文學，在樸實無華中憑添少許文采。

第二節　君權的提高與文學的關係

　　拓跋氏自力微初興，即致力於專制政權的完成，當時專制君主最大的敵人自然是完全獨立的部落勢力，故自力微以降諸帝皆致力於部落勢力之削弱。拓跋珪雖以諸部大人之助始得復國，但其既承祖宗餘蔭，又益以雄才大略，豈能甘心爲部落所掣肘，故即位之後仍繼承其祖宗未竟之志，致力於君權之提高與鞏固。部落勢力的削減，固需以武力爲之，但其時拓跋氏統治者的軍力尚需戒備外族，如：慕容氏等，故而拓跋氏轉思一力二用之法，先假部落之力對外，而隱忍離散部落的計畫，故登國元年（西元 386 年）五月讓弗侯部帥侯辰與乙弗部帥代題叛走，諸將追之，而帝曰：「侯辰等世修職役，

雖有小衍，宜且忍之，當今草創，人情未一，愚近者固應趄趄，不足追也。」
（《魏書・太祖紀》）又，同年八月，劉顯弟亢埿迎珪叔窟咄來逼南境，「於是
諸部騷動，人心顧望。帝左右于桓等，與諸部人謀爲逆以應之。事泄，誅造
謀者五人，餘悉不問。帝慮內難，乃北踰陰山，幸賀蘭部，阻山爲固。」（同
上）《魏書》卷十五〈昭成子孫窟咄傳〉又曰：「劉顯之敗，遣弟亢埿等迎窟
咄，遂逼南境，於是諸部騷動，太祖左右于桓等謀應之，同謀人單烏干以告。
太祖慮駭人心，沈吟未發。後三日，桓以謀白其舅穆崇，崇又告之。太祖乃
誅桓等五人，餘莫題等七姓，悉原不問。」魏初七姓即七部，道武捨之不罪，
是力有未迨非不欲也。其後拓跋珪利用對外戰爭的勝利，訂立「頒賜群臣將
士各有差」的方法，在每次戰勝後，按戰功分賞虜獲物，以利誘分散部落勢
力，更增強軍心。自此隨著對外戰爭的勝利，帝權日益擴張，[註5]部落勢力
相形日益削弱，遂於統一河北之後，離散諸部。《魏書》卷八十三上〈賀訥傳〉
曰，訥本總攝東部爲大人，「從太祖平中原，[註6]拜安遠將軍。其後離散諸
部，分土定居，不聽遷徙，其君長大人皆同編戶。訥以元舅，甚見尊重，然
無統領。」同書〈官氏志〉亦謂賀蘭等諸部，歲時朝貢，至太祖時，始同爲
編民。部落既經離散，屬籍地方，且不聽遷徙，對習於遊牧的部落組織自然
形成致命的打擊。從此之後，部落再無可憑藉的傳統力量以頡頏帝權，部落
份子的興衰榮辱完全與其他人民一樣，決之於帝王的好惡，因而除了伏首貼
耳作順臣順民之外，再無他策。拓跋氏自此集中君權後，並不代表北方其他
各族亦能俯首稱臣，以其爲尊，故而征戰之事仍不能息止。太祖道武帝之後，
經太宗明元帝拓跋嗣而至世祖太武帝拓跋燾。拓跋燾在無內顧之憂的情況
下，兼採漢人的謀略與鮮卑人的慓悍，行其征伐之功。自始光元年（西元424
年）至太延五年（西元 439 年）之間，先後擊逐柔然出漠北，亡夏國而取得
關中之地，滅後燕取得遼河流域，滅北涼取涼州等，結束十六國之亂，統一
黃河流域，成爲中國北方唯一的帝國。

〔註 5〕 太祖登國二年（西元 388 年），攻庫莫奚，大勝，獲雜畜十餘萬頭。登國三年
　　　　（西元 389 年），大破解如部、高車諸部，獲男女雜畜十餘萬口。登國四年（西
　　　　元 390 年），大破高車袁紇部，虜獲生口馬牛羊二十餘萬口。登國四年（西元
　　　　391 年），大破劉衛辰部，獲馬匹三十餘萬，牛羊四百餘萬頭。黃河以南各部
　　　　落皆來歸附，魏佔有河南廣大牧地，國富兵強。
〔註 6〕 此爲泛稱，河北爲中原舊地，拓跋珪於皇始三年（西元 398 年）攻破後燕城
　　　　中山，黃河以北諸州郡全爲魏有。是年，拓跋珪建都平城，天興二年（西元
　　　　399 年）改號稱帝，形成南北朝對立的基本形勢，故《魏書》曰「平中原」。

在拓跋氏從事君權的提高與鞏固的過程中，武力固然是主要力量，文字的功勞亦不可輕忽。《魏書·張袞傳》曰：

> （袞）純厚篤實，好學，有文才。太祖爲代王，選爲左長史。……
> 袞常參大謀，決策幃幄，太祖器之，禮遇優厚。……皇始初，遷給
> 事黃門侍郎。太祖南伐，師次中山。袞言於太祖曰：「寶憑三世之資，
> 城池之固，雖皇威震赫，勢必擒殄，然窮兵極武，非王者所宜。昔
> 酈生一說，田橫委質；魯連飛書，聊將授首，臣誠德非古人，略無
> 奇策，仰憑靈威，庶必有感。」太祖從之。袞遺寶書，喻以成敗。
> 寶見書大懼，遂奔和龍。既克中山，聽入八議，拜袞奮武將軍、幽
> 州刺史，賜爵臨渭侯。

文字先於兵馬，克敵於千里之外，此正《文心雕龍·檄移篇》所謂：

> 震雷始於曜電，出師先乎威聲。故觀電而懼雷壯，聽聲而懼兵威。

《魏書·許謙傳》又曰：

> （謙）少有文才，……登國初，遂歸太祖。太祖悅，以爲右司馬，
> 與張袞等參贊初基。慕容寶來寇也，太祖使謙告難於姚興。興遣將
> 楊佛嵩率眾來援，而佛嵩稽緩。太祖命謙爲書以遺佛嵩曰：「夫杖順
> 以翦遺，乘義而攻昧，未有非其運而顯功，無其時而著業。慕容無
> 道，侵我疆場，師老兵疲，天亡期至，是以遣使命軍，必望克赴。
> 將軍據方邵之任，總熊虎之師，事與機會，今其時也。因此而舉，
> 役不再駕，千載之勳，一朝可立，然後高會雲中，進師三魏，舉觴
> 稱壽，不亦綽乎。」佛嵩乃倍道兼行。太祖大悅，賜謙關內侯。

一封書信將求助於人的情勢，改爲與人立功的恩德，以一朝可立千載之勳的說辭，使楊佛嵩倍道兼行，爲拓跋珪解難，真是高明之至。無怪乎《北史·文苑傳》論及北魏定鼎沙朔之後的文學，即首推許謙。

而視檄文之佳者爲文學作品，《世說新語》已有先例。其〈文學篇〉第九六條載曰：

> 桓宣武北征，袁虎時從，被責免官。會須露布文，喚袁倚馬前令作。
> 手不輟筆，俄得七紙，殊可觀。東亭在側，極歎其才，袁虎云：「當
> 令齒舌閒得利。」

一○三條又載：

> 桓玄初并西夏，領荊、江二州，二府一國。于時始雪，五處俱賀，

五版並入。玄在聽事上，版至即答。版後皆粲然成章，不相揉雜。

而檄文的撰作方法與應具備的風格，劉勰詳說其要曰：

> 檄者，皦也。宣露於外，皦然明白也。張儀檄楚，書以尺二，明白之
> 文，或稱露布，播諸視聽也。夫兵以定亂，莫敢自專，天子親戎，則
> 稱恭行天罰；諸侯御師，則云肅將王誅。故分閫推轂，奉辭伐罪，非
> 唯致果爲毅，亦且屬辭爲武。使聲如衝風所擊，氣似欃槍所掃，奮其
> 武怒，總其罪人，懲其惡稔之時，顯其貫盈之數，搖奸宄之膽，訂信
> 慎之心，使百尺之衝，摧折於咫書，萬雉之城，顛墜於一檄者也。
>
> 凡檄之大體，或述此休明，或敍彼苛虐，指天時，審人事，算彊弱，
> 角權勢，標著龜于前驗，懸鞶鑑于已然，雖本國信，實參兵詐。譎
> 詭以馳旨，煒曄以騰說，凡此眾條，莫或違之者也。故其植義颺辭，
> 務在剛健，插羽以示迅，不可使辭緩，露板以宣眾，不可使義隱，
> 必事昭而理辨，氣盛而辭斷，此其要也。（《文心雕龍‧檄移篇》）

由此可知此類文字的作者，不僅需長於韜略，更重要的要具文才，方能敍事
生動，說理剴切，入之以情，動之以理。積極的效果，可以請軍援難，甚至
不費一兵一卒而下金湯之城；消極的目的，至少可以挫敵之銳，辱敵於先。《魏
書‧崔逞傳》又載曰：

> 逞少好學，有文才。……攜妻子亡歸太祖。張袞先稱美逞，及見，
> 禮遇甚重。……天興初，姚興侵司馬德宗襄陽戍，戍將郗恢馳使乞
> 師於常山王遵，遵以聞。太祖詔逞與張袞爲遵書以答。初，恢與遵
> 書云，「賢兄虎步中原」，太祖以言悖君臣之禮，敕逞、袞亦貶其主
> 號以報之。逞、袞乃云「貴主」。太祖怒曰：「使汝貶其主以答，乃
> 稱貴主，何若賢兄也！」遂賜死。

雖然崔逞之死，並非純粹只因此次文字之誤，﹝註7﹞但亦可見當時北魏統治者
對四方書檄的重視。不唯統治者可因之制敵機先，撰作者亦隨之得福致禍。

﹝註 7﹞崔逞之死，種因於前。《魏書‧崔逞傳》曰：「太祖攻中山未克，六軍乏糧，民
多匿穀，問群臣以取粟方略。逞曰：『取椹可以助糧。故飛鴞食椹而改音，詩
稱其事。』太祖雖銜其侮慢，然兵既須食，乃聽以椹當租。逞又曰：『可使軍
人及時自取，過時則落盡。』太祖怒曰：『內賊未平，兵人安可解甲仗入林野
而收椹乎？是何言歟！』以中山未拔，故不加罪。」拓跋珪以爲崔逞以飛鴞食
椹而改音之例，譏諷其族文化低落，因漢化而改觀，此正北魏統治者的自卑感
作祟。

而如崔逞者畢竟少數，事實上在《魏書》中屢載文士因撰作書檄而蒙擢用者，如前述許謙、張袞、封懿、鄧淵等，又如《魏書‧胡叟傳》曰，叟好屬文，既歸北魏，拜虎威將軍，賜爵始復男。家於密雲，與金城宗舒為友，又曰：

> 高宗時召叟及舒，並使作檄劉駿、蠕蠕文。舒文劣於叟，舒尋歸家。

以一篇檄文決定兩人不同的前途命運，其重要性可見一斑。而《魏書‧崔玄伯傳》所謂「自非朝廷文誥，四方書檄，初不染翰」，其自恃若斯，亦不難體會。是以北魏前期的重要作家，如高允、高閭等，皆有「軍國書檄」之作。

書檄之用於軍前，與碑銘頌贊等之用於戰後，皆為征伐顯威之用，於君權有炫揚之功。《魏書‧太祖紀》曰：

> 登國六年秋九月，帝襲五原，屠之。收其積穀，還紐垠川。於楜陽塞北，樹碑記功。

> 天興二年二月丁亥朔，諸軍同令，破高車雜種三十餘部，……還次牛川及薄山，並刻石記功，班賜從臣各有差。

《世祖紀》曰：

> 神麚四年冬十一月，北部敕勒莫弗庫若于，率其部數萬騎，驅鹿數百萬，詣行在所，帝國大狩以賜從者，勒石漠南，以記功德。

> 太平真君四年春正月己巳，征西將軍皮豹子等大破劉義隆將於樂鄉，擒其將王奐之、王長卿等，強玄明、辛伯奮棄下辨遁走，追斬之，盡虜其眾。庚午，行幸中山。二月丙子，車駕至于恆山之陽，詔有司刊石勒銘。是月，克仇池。

太祖、世祖二帝，正是北魏武功最盛之朝，而刊石勒銘，以記功德，古有先例。《左傳》襄公十九年，臧仲武謂季孫曰：

> 夫銘，天子令德，諸侯言時計功，大夫稱伐。

銘之為用，正所以昭德紀功，以示子孫。拓跋氏初定中原，雖武功之盛，不能黷武以服人，是以立銘勒石，近以揚功，遠以服眾，皆為提高君權而作。至高宗文成帝拓跋濬時，由於其祖太武帝已完成北方統一的工作，國家基業已定，罕有征伐之事，此一階段拓跋氏統治者炫揚功德的方式，又有不同。《魏書‧高宗紀》曰：

> 太安四年二月丙子，登碣石山，觀滄海，大饗群臣於山下，班賞進爵各有差。改碣石山為樂遊山，築壇記行於海濱。

太安四年冬十月辛卯，車駕次于車輪山，累石記行。

和平二年春三月，靈丘南有山，高四百餘丈。乃詔群官仰射山峰，
無能踰者。帝彎弧發矢，出山三十餘丈，過山南二百二十步，遂刊
石勒銘。

射山觀海而銘記其行，儼然太平盛世之帝王行止，令人不禁心生秦皇漢武之
思。此類文字的撰作仍需以文學之士擔任，因其兼褒讚，貴弘潤；取事必覈
以辨，摛文必簡而要，〔註8〕非有文才無以任之。《魏書·鄧淵傳》曰，淵子
穎有才學，與崔浩等參著作事，撰述國書。又曰：

駕幸漠南，高車莫弗庫若干〔註9〕率騎數萬餘，驅鹿百餘萬，詣行
在所。詔穎爲文，銘于漠南，以紀功德。

是以如高閭等有名於世的作家，史書敍及作品時，必包括碑銘頌讚之類。如
《魏書·趙逸傳》謂逸好學夙成，有文才。

凡所著述，詩、賦、銘、頌，五十餘篇。

頌之作與銘碑功能體製相近，《文心雕龍·頌讚篇》曰：

頌者，容也，所以美盛德而述形容也。

又曰：

原夫頌惟典雅，辭必清鑠，敷寫似賦，而不入華侈之區；敬慎如銘，
而異乎規戒之域，揄揚以發藻，汪洋以樹義，唯纖曲巧致，與情而
變，其大體所底，如斯而已。

北魏前期少數留存作品中，頌亦佔有相當份量。高宗文成帝拓跋濬有〈北征
頌〉，已佚；高允有〈徵士頌〉、〈北伐頌〉；高閭作〈至德頌〉、〈鹿苑頌〉；後
者已佚。二高之作，皆於顯祖之時。又有程駿者，少著令名，有史才，嘗作
〈慶國頌〉十六章，并序巡狩、甘雨之德；又奏〈得一頌〉十篇，始於固業，
終於無爲，後者不傳；〔註10〕崔浩有〈廣德殿碑頌〉，〔註11〕作於世祖時。今
存諸頌之辭如下：

徵士頌　高允

〔註 8〕詳見《文心雕龍·銘箴篇》。
〔註 9〕〈世祖紀〉作「庫若于」。
〔註10〕詳見《魏書》卷六十〈程駿傳〉。
〔註11〕《水經注》卷三〈河水注〉云：「魏太平眞君三年，刻石樹碑，勒宣時事。」
　　　　又云：「侍中司徒東郡公崔浩之辭也。」清嚴可均撰《全後魏文》亦錄之。

－55－

紫氣干霄，群雄亂夏，王羈徂征，戎車屢駕。掃盪遊氛，克翦妖霸，
四海從風，八垠漸化。政教無外，既寧且一，偃武櫜兵，唯文是恤。
帝乃旁求，搜賢舉逸，巖隱投竿，異人並出。疊疊盧生，量遠思純，
鑽道據德，遊藝依仁。旌弓既招，釋褐投巾，攝齊升堂，嘉謀日陳。
自東徂南，躍馬馳輪，僭馮影附，劉以和親。茂祖煢單，凤離不造，
克己勉躬，聿隆家道。敦心六經，遊思文藻，終辭寵命，以之自保。
燕常篤信，百行靡遺，位不苟進，任理栖遲。居沖守約，好讓善推，
思賢樂古，如渴如飢。子翼致遠，道賜悟深，相期以義，相和若琴。
並參幕府，俱發德音，優遊卒歲，聊以寄心。祖根運會，克光厥猷，
仰緣朝恩，俯因德友。功雖後建，祿實先受，班同舊臣，位並群后。
士衡孤立，內省靡疢，言不崇華，交不遺舊。以產則貧，論道則富，
所謂伊人，實邦之秀。卓矣友規，稟茲淑亮，存彼大方，擯此細讓。
神與理冥，形隨流浪，雖屈王侯，莫慶其尚。趙實名區，世多奇士，
山岳所鍾，挺生三李。矯矯清風，抑抑容止，初九而潛，望雲而起。
詵尹西都，靈惟作傳，垂訓皇宮，載理雲霧。熙雖中天，迹階郎署，
餘塵可挹，終亦顯著。仲業淵長，雅性清到，憲章古式，綢繆典誥。
時值險難，常一其操。納眾以仁，訓下以孝，化被龍川，民歸其教。
邁則英賢，侃亦稱選，聞達邦家，名行素顯。志在兼濟，豈伊獨善，
繩匠弗顧，功不獲展。劉、許履忠，竭力致窮，出能聘說，入獻其
功。輶軒一舉，撓燕下崇，名彰魏世，享業亦隆。道茂凤成，弱冠
播名，與朋以信，行物以誠。怡怡昆弟，穆穆家庭，發響九皋，翰
飛紫冥。頻在省闈，亦司于京，刑以之中，政以之平。猗歟彥鑒，
思參文雅，率性任真，器成非假。靡矜于高，莫恥于下，乃謝朱門，
歸迹林野。宗敬延譽，號為四儁，華藻雲飛，金聲凤振。中遇沈痾，
賦詩以訊，忠顯于辭，理出于韻。高滄朗達，默識淵通，領新悟異，
發自心胸。質侔和璧，文炳雕龍，耀姿天邑，衣錦舊邦。士元先覺，
介焉不惑，振袂來庭，始賓王國。蹈方履正，好是繩墨，淑人君子，
其儀不忒。孔稱游夏，漢美淵雲，越哉伯度，出類踰群。司言秘閣，
作牧河汾，移風易俗，理亂解紛。融彼滯義，渙此潛文，儒道以析，
九流以分。崔、宋二賢，誕性英偉，擢穎閭閻，聞名象魏。謇謇儀
形，遶遶風氣，達而不矜，素而能貴。潘符摽尚，杜熙好和，清不

潔流，渾不同波。絕希龍津，止分常科，幽而逾顯，損而逾多。張
綱柔謙，叔術正直，道雅洽聞，弼爲兼識。拔萃衡門，俱漸鴻翼，
發憤忘餐，豈要斗食。率禮從仁，罔怒于式，失不繫心，得不形色。
郎苗始舉，用均已試，智足周身，言足爲治。性協於時，情敏於事，
與今而同，與古曷異。物以利移，人以酒昏，侯生潔己，唯義是敦。
日縱醇醪，逾敬逾溫，其在私室，如涉公門。季才之性，柔而執競，
居彼南秦，申威致命。誘之以權，矯之以正，帝道用光，邊土納慶。
群賢遭世，顯名有代，志竭其忠，才盡其概。體襲朱裳，腰紐雙佩，
榮曜當時，風高千載。君臣相遇，理實難偕，昔因朝命，舉之克諧。
披衿散想，解帶舒懷，此忻如昨，存亡奄乖。靜言思之，中心九摧，
揮毫頌德，潸爾增哀。（《魏書》卷四十八〈高允傳〉）

北伐頌　高允

皇矣上天，降鑒惟德，眷命有魏，照臨萬國。禮化丕融，王猷允塞，
靜亂以威，穆民以則。北虜舊隸，稟政在蕃，往因時□，逃命北轅。
世襲凶軌，背忠食言，招亡聚盜，醜類實繁。敢率犬羊，圖縱猖蹶，
乃詔訓師，興戈北伐。躍馬裹糧，星馳電發，撲討虔劉，肆陳斧鉞。
斧鉞暫陳，馘翦厥旅，積骸填谷，流血成浦。元兇狐奔，假息窮墅，
爪牙既摧，腹心亦阻。周之忠厚，存及行葦，翼翼聖明，有兼斯美。
澤被京觀，垂此仁旨，封尸野獲，惠加生死。生死蒙惠，人欣覆育，
理貫幽冥，澤漸殊域。物歸其誠，神獻其福，遐邇斯懷，無思不服。
古稱善兵，歷時始捷，今也用師，辰不及浹。六軍克合，萬邦以協，
義著春秋，功銘玉牒，載興頌聲，播之來葉。（《魏書》卷四十八〈高
允傳〉）

至德頌　高閭

茫茫太極，悠悠遐古。三皇創制，五帝垂祜。仰察璿璣，俯鑒后土。
雍容端拱，惟德是與。夏殷世傳，周漢纂烈。道風雖邈，仍誕明哲。
爰暨三季，下凌上替。九服三分，禮樂四缺。上靈降鑒，思皇反正。
乃眷有魏，配天承命。功冠前王，德侔往聖。移風革俗，天保載定。
於穆太皇，克廣聖度。玄化外暢，惠鑒內悟。遺此崇高，挹彼沖素。
道映當今，慶流後祚。明明我皇，承乾紹煥。比誦熙周，方文隆漢。
重光麗天，晨暉疊旦。六府孔修，三辰貞觀。功均乾造，雲覆雨潤。

養之以仁，敦之以信。綏之斯和，動之斯震。自東徂西，無思不順。
禎候並應，福祿來格。嘉穀秀町，素文表石。玄鳥呈皓，醴泉流液。
黃龍蜿蜿，遊鱗奕奕。沖訓既布，率土咸寧。穆穆四門，灼灼典刑。
勝殘豈遠，期月有成。魏魏東岳，庶見翠旌。先民有言，千載一泰。
昔難其運，今易其會。沐浴淳澤，被服冠帶。飲和陶潤，載欣載賴。
文以寫意，功由頌宣。吉甫作歌，式昭永年。唐政緝熙，康哉垂篇。
仰述徽烈，被之管絃。（《魏書》卷五十四〈高閭傳〉）

慶國頌

乾德不言，四時迭序。於皇大魏，則天承祐。疊聖三宗，重明四祖。
豈伊殷周，遐契三、五。明明在上，聖敬日新。汪汪叡后，體治垂
仁。德從風穆，教與化津。千載昌運，道隆茲辰。歲惟巡狩，應運
遊田。省方問苦，訪政高年。咸秩百靈，柴望山川。誰云禮滯，遇
聖則宣。王業初定，中山是由。臨幸之盛，情特綢繆。仰歌祖業，
俯欣春柔。大哉肆眚，蕩民百憂。百憂既蕩，與之更初。邕邕億兆，
戶詠來蘇。忽有狂豎，謀逆聖都。明靈幽告，發覺伏誅。羿浞為亂，
祖龍千紀。狂華冬茂，有自來矣。美哉皇度，道固千祀。百靈潛翦，
姦不遑起，罪人得情。憲章刑律，五秩猶輕。於穆二聖，仁等春生。
除棄周漢，遐軌犧庭。周漢奚棄？忿彼苛刻。犧庭曷軌？希仁尚德。
徽音一振，聲教四塞。豈惟京甸，化播萬國。誠信幽贊，陰陽以調。
谷風扇夕，甘雨降朝。嘉生含穎，深盛熙苗。鰥貧巷詠，寡婦室謠。
聞諸詩者，雲漢賦宣。章句迥秀，英昭雅篇。矧乃盛明，德隆道玄。
豈唯雨施，神徵豐年。豐年盛矣，化無不濃。有禮有樂，政莫不通。
咨臣延躍，欣詠時邕。誰云易遇，曠齡一逢。上天無親，唯德是在。
思樂盛明，雖疲勿怠。差之毫釐，千里之倍。願言勞謙，求仁不悔。
人亦有言，聖主慎微。五國連兵，踰年歷時。鹿車而運，廟算失思。
有司不惠，蠶食役煩。民不堪命，將家逃山。宜督厥守，威德是宣。
威德如何？聚眾盈川。民之從令，實賴衣食。農桑失本，誰耕誰織？
飢寒切身，易子而食。靜言念之，實懷歎息。昔聞典諭，非位不謀。
漆室憂國，遺芳載臭。咨臣昏老，偏蒙恩祐。忽忘狂瞽，敢獻愚陋。
（《魏書》卷六十〈程駿傳〉）

廣德殿碑頌　崔浩

　　肅清帝道，振慴四荒。有蠻有戎，自彼氐羌。無思不服，重譯稽顙。
　　恂恂南秦，斂斂摧亡。峨峨廣德，奕奕焜煌。(《水經注》卷三〈河
　　水注〉)

諸作或典正，或清雅，或樸素，或蒼茫，皆有文致，至如「谷風扇夕，甘雨
降朝。嘉生含穎，深盛熙苗。」與夫「農桑失本，誰耕誰織？飢寒切身，易
子而食。」之句，實去古詩之風貌未遠。

　　今人曹道衡曾著文批評北魏初期的文學，提及較有文采的作品，都是由
南方或其他割據政權入魏的，如：宗欽、段承根等人的四言詩，而崔浩、高
允等人都在不同程度上受過涼州文士的影響。涼州文士的文學比諸北魏前期
作家，的確較為華麗，或說北魏文士受影響也極有可能，但是北魏自衛操的
〈桓帝功德頌碑〉，至於〈慶國頌〉諸作，這一連串的發展來看，與其說受他
人影響，不如說是北魏前期的文學，已從原發性的應用功能，漸次進入注重
作品的文辭在表情達意之外的修飾，一則這一類的作品多見於進呈帝王的紀
功顯德之用，唯有豐富的辭藻，才能顯現統治者的豐功偉業與昭德懿行。再
則書檄與銘頌等文體的應用與創作，雖然皆與提高君權有密切關係，但是書
檄多用於戰前，著重於理直氣壯，文辭之修飾尚在其次；而銘頌則多用於戰
後，為歌功頌德而必需便於記誦，為便於記誦而不得不於敘事之外，對文句
的對仗與音韻的和諧多所措意；加上頌銘的文體結構與四言詩近似，比詔令
奏議等散文更具文學價值，對作家而言，更具有發揮才能的空間。因此拓跋
氏為提高君權，無形中給予作家更多的撰作機會與鼓勵，是以此一時期中的
銘頌，無論在數量與質量上，都較其他的奏議詔令等類作品，有更好的表現。
這種現象與漢賦獨盛於漢武帝之世，頗有近似之處。曹道衡又說：「從拓跋珪
建立代國到元宏遷洛，北魏基本上沒有什麼作家。元宏遷洛以后，大力推行
漢化，北朝文學才粗有起色，但和南朝相比，數量仍少得多。」〔註12〕北魏
文學無論在發展的時間，或文化的基礎上，皆去漢人文學甚遠，與南朝相比，
自然黯然失色，但元魏之漢化，並非始自遷洛之後，北朝文學也非其時才「粗
有起色」，設若北魏前期毫無文學可言，唐李延壽撰作《北史》時大可一筆抹
去，何需曰：

　　泊乎有魏，定鼎沙朔。南屯河淮，西吞關隴。當時之士，有許謙、

〔註12〕詳見曹道衡〈試論北朝文學〉原載《文學評論》期刊，1982年3月號，頁110
　　　　～120。

> 崔宏、宏子浩、高允、高閭、游雅等，先後之間，聲實俱茂，詞義
> 典正，有永嘉之遺烈焉。

可見以唐代文學之盛，回顧前朝文學之時，亦不敢輕忽北魏前期文學之應有
地位。而所謂「聲實俱茂，詞義典正，有永嘉之遺烈焉」，正是唐代史家針對
北魏前期文學中，因為國家創建之需要而著重於實用功能，所衍生的現實主
義精神，以及北方在歷經戰火之後，家園殘破百廢待舉的現象，反映於作品
中而衍生的寫實主義風格，綜合之後，所作的允切評論。

第三節　羈北文士與文學的關係

少數民族以強悍的武力征服中國，其統治經驗本不充足，為學取統治經
驗，勢非引用文化先進的漢人不可，此為少數民族興盛的通例，拓跋氏並不
例外。當其侷處於塞北之時，即曾大力招引漢人，入據中原後，此種需要更
加迫切，尤其以與中原強宗大族的合作，為最重要的課題。因為中國北方自
五胡亂華之後，即陷入長期混亂之中，所能保存的局部地方秩序，全靠當地
士族維持，士族因此在無形中成為地方領袖。少數民族既入中原，若欲鞏固
統治權，自非假借此等士族之力不可。《魏書》卷一百一十三〈官氏志〉曰：
「（天賜二年）又制諸州置三刺史，刺史用品第六者，宗室一人，異姓二人，
比古之上中下三大夫也。郡置三太守，用七品者。縣置三令長，八品者。」
其中兼有拓跋氏宗室與鮮卑貴族，固無庸置疑，而「異姓二人」之中除鮮卑
貴族之外，應尚包括中原大姓。當時慣例：刺史，太守，令長往往以地方大
姓為之，則此「比古之上中下三大夫」之三長制，〔註13〕當即為拓跋宗室，
鮮卑貴族與中原大姓三大勢力的分權制。由此顯示中原士族勢力之大，使少
數民族君主不能忽視，亦可見其謀求與中原大族合作的用心。由於此一用心
與吸取政治經驗之需要，自道武定中山之後，即致力於漢人的任用。《魏書》
卷二〈太祖紀〉載曰，登國十年（西元395年）破慕容寶，「於俘虜之中擢其
才識者賈彝，賈閏，晁崇等與參謀議，憲章故實」，皇始元年（西元396年）
九月平并州，「初建台省，置百官，封拜公侯，將軍，刺史，太守，尚書郎以
下悉用文人。帝初拓中原，留心慰納，諸士大夫詣軍門者，無少長，皆引入

〔註13〕此為方便之說法，與孝文帝時李安世奏行之三長制不同，李安世之三長制詳
　　　　見《魏書》卷五十三〈李安世傳〉。

賜見，存問周悉，人得自盡，苟有微能，咸蒙敘用」；《魏書》卷三十二〈崔逞傳〉又載逞因故賜死之後，「司馬德宗荊州刺史司馬休之等數十人爲桓玄所逐，皆將來奔，至陳留南，分爲二輩，一奔長安，一歸廣固，太祖初聞休之等降，大悅，後怪其不至，詔袞州尋訪，獲其從者，問故，皆曰：『國家威聲遠被，是以休之等咸欲歸闕，及聞崔逞被殺，故奔二處。』太祖深悔之。自是士人有過者，多見優容」，更見其召引漢族士人用心之亟。但是在太祖時所引用的漢人多拔自俘虜之中，其學識修養難有一定的水準。《魏書》卷三〈太宗紀〉載曰，永興五年（西元 413 年）明元帝拓跋嗣曾「詔分遣使者求儁逸，其豪門強族爲州閭所推者，及有文武才幹、臨疑能決，或有先賢世胄、德行清美、學優義博、可爲人師者，各令詣京師，當隨才敘用，以贊庶政」。但可能效果不彰。因此世祖時始仍陸續下詔求賢，其中最著名的是神䴥四年（西元 431 年）九月之詔，其文曰：「頃逆縱逸，方夏未寧，戎車屢駕，不遑休息。今二寇摧殄，士馬無爲，方將偃武修文，遵太平之化，理廢職，舉逸民，拔起幽窮，延登雋乂，昧旦思求，想遇師輔，雖殷宗之夢板築，罔以加也。訪諸有司，咸稱范陽盧玄，博陵崔綽，趙郡李靈，河間邢穎，渤海高允，廣平游雅，太原張偉等，皆賢儁之胄，冠冕州邦，有羽儀之用。詩不云乎，『鶴鳴九皋，聲聞于天』，庶得其人，任之政事，共臻邕熙之美。易曰：『我有好爵，吾與爾靡之。』如玄之比，隱跡衡門，不耀名譽者，盡敕州郡以禮發遣。」（《魏書》卷四上〈世祖紀〉上）史稱此詔既下，「遂徵玄等及州郡所遣，至者數百人，皆差次敘用」。但據《魏書》卷四十八〈高允傳〉所載，此次詔求者四十二人，應命者三十五人。應命者分別爲：渤海高允、范陽盧玄、博陵崔綽、廣寧燕崇、廣寧常陟、渤海高毗、渤海李欽、博陵許堪、京兆杜銓、京兆韋閬、趙郡李詵、趙郡李靈、趙郡李遐、太原張偉、范陽祖邁、范陽祖侃、中山劉策、常山許琛、西河宋宣、燕郡劉遐、河間邢穎、渤海高濟、雁門李熙、廣平游雅、博陵崔建、西河宋愔、長樂潘天符、長樂杜熙、中山張綱、上谷張誕、雁門王道雅、雁門閔弼、中山郎苗、上谷侯辯、趙郡呂季才等，〔註14〕於是東至渤海，北極上谷，西盡西河，南窮中山，北魏勢力所及的中原世族，幾被網羅殆盡。又由〈高允傳〉得知崔浩曾荐舉冀、定、相、幽、幷五州之士數十人，各起家爲郡守，可見當時除詔令徵士外，朝士亦可荐士，顯然此一階段拓跋氏力圖與漢士族合作之心，較前尤爲積極。在此情形下，漢人從

〔註14〕見《魏書》卷四十八〈高允傳〉。台北，洪氏出版社，民國 66 年。

政的人數，自然越來越多，如僅就《魏書》列傳部份加以統計，北魏在太祖
時新用漢人只四十五人，至世祖時已增至九十人之多，此種成長率固然爲漢
人爭取了更多的政治與生存空間，但也間接對拓跋氏舊人──即代北大族造
成壓力，也因而引發了一連串的胡漢衝突，著稱於史的崔浩國史事件即爲其
一。

拓跋氏爲吸取統治經驗，以及爲便於統治而任用漢人，漢人士族欲藉統
治者以保持其身家地位而出仕，雙方各取所需，並皆有利，理應能合作無間，
而其實卻不然。在北魏早期，固然有拓跋氏與中原世家大族合作愉快的情形，
但其間亦不乏衝突存在。例如有些漢人並不十分情願出仕北魏，因此在太祖
時有盧溥者聚黨爲逆（《魏書》卷二十四〈張袞傳〉），太宗時「以郡國豪右大
爲民蠹，乃優詔徵之，民多戀本，而長吏逼遣，於是輕薄少年因相扇動，所
在集結。西河、建興盜賊並起，守宰討之不能禁」（《魏書》卷二十四〈崔玄
伯傳〉），是爲積極的抵抗；至如崔玄伯之不樂仕道武，必待執而見之；世祖
延和初辟召賢良，州郡多逼遣之，是爲無形的抗議。但不論是積極的抵抗，
或無形的抗議，在漢人出仕的質與量皆不斷提升之下，雙方似乎都能暫拋文
化自視與民族自尊所形成的嫌隙，共創新局。這種情勢在崔宏父子與拓跋氏
君主的親密關係上，顯示了高潮。清河崔氏是中原大族代表，崔宏、崔浩父
子更是清河崔氏中的望族。陳寅恪〈隋唐制度淵源略論稿〉謂：「其議定刑律
諸人之家世學術鄉里環境可以注意而略論之者，首爲崔宏、浩父子。此二人
乃北魏漢人士族代表及中原學術中心也。其家世所傳留者實漢及魏晉之舊
物。」〔註15〕崔氏父子以其聲望與學識出仕北魏，並且幾乎一手擘畫魏初的
立國規模，因此深受魏主的寵信。

《魏書》卷二十四〈崔玄伯傳〉曰：

> 太祖常引問古今舊事，王者制度，治事之則。玄伯陳古人制作之體，
> 及明君賢臣往代廢興之由，甚合上意。未嘗謇諤忤旨，亦不謟諛苟
> 容。及太祖季年，大臣多犯威怒，玄伯獨無譴者，由於此也。

又曰崔玄伯總裁北魏朝儀律令之撰作，「深爲太祖所任，勢傾朝廷」，甚至「與
舊功臣庾岳、奚斤等同班，而信寵過之」。崔玄伯卒於北魏明元帝泰常三年（西
元418年），《魏書》載敘其病篤及舉喪的情形曰：

〔註15〕見陳寅恪〈隋唐制度淵源略論稿〉，台北，中央研究院歷史語言研究所，民46
　　　年。

> 玄伯病篤，太宗遣侍中宜都公穆觀就受遺言，更遣侍臣問疾，一夜
> 數返。及卒，下詔痛惜，贈司空，謚文貞公。喪禮一依安城王叔孫
> 俊故事。詔群臣及附國渠帥皆會葬，自親王以外，盡令拜送。

如此生極恩寵，死極哀榮的情形，並且澤及子嗣。《魏書》卷三十五〈崔浩傳〉
稱：

> （浩）少好文學，博覽經史，玄象陰陽，百家之言，無不關綜，研
> 精義理，時人莫及。弱冠為直郎。天興中，給事秘書，轉著作郎。
> 太祖以其工書，常置左右。太祖季年，威嚴頗峻，宮省左右多以微
> 過得罪，莫不逃隱，避目下之變，浩獨恭勤不怠，或終日不歸。太
> 祖知之，輒命賜以御粥。其砥直任時，不為窮通改節，皆此類也。

又曰太宗時，「每至郊祠，父子並乘軒軺，時人榮之」。及世祖監國，居正殿
臨朝時，崔浩以唯一的漢人身份，與長孫嵩、奚斤、安同、穆觀、丘堆等代
北大族，同居輔相之位，總聽百僚諸政。世祖即位後，左右排毀崔浩，而「世
祖雖知其能，不免群議，故出浩，以公歸第」，但仍「及有疑義，召而問焉」。
本傳又曰：

> 世祖每幸浩第，多問以異事。或倉卒不及束帶，奉進蔬食，不暇精
> 美。世祖為舉匕箸，或立嘗而旋。其見寵愛如此。於是引浩出入臥
> 內，加侍中、特進、撫軍大將軍、左光祿大夫，賞謀謨之功。世祖
> 從容謂浩曰：「卿才智淵博，事朕祖考，忠著三世，朕故延卿自近。
> 其思盡規諫，匡予弼予，勿有隱懷。朕雖當時遷怒，若或不用，久
> 久可不深思卿言也。」

君臣之間信寵之深與忠謹勤事，幾乎已經泯除了種族文化上的隔閡，彷彿大
同世界幾乎是可以期望的。可是因為崔浩亟亟於實現他的政治理想——即在
拓跋君主之下，以中原士族為中心而行世族政治之實，〔註 16〕遂使北魏統治
階級與中原世族的關係急轉直下。崔浩世族政治理想的產生，或可視為自五
胡亂華以來，中原世族保護身家地位的企圖之延長，並沒有取拓跋氏而代之
的野心，〔註 17〕相反的，崔氏父子忠謹勤事，竭盡股肱之責，以取得魏主之

〔註 16〕歷來學者對崔活國史之獄的原因，曾有各種角度的探討。詳見逯耀東〈崔浩
　　　　世族政治的理想〉《從平城到洛陽——拓跋魏文化轉變的歷程》第二章。台北，
　　　　聯經出版公司，民國 70 年。
〔註 17〕詳見孫同勛《拓跋氏的漢化》，台北，台灣大學文史叢刊，民國 51 年。孫先
　　　　生大作為民國 49 年台灣大學歷史研究所碩士論文。

信賴。但在崔浩世族政治的兩大目標：維持門第的尊嚴和延續傳統文化的積極行動之下，大量荐舉中原世族。漢人投入北魏政權的人數激增，遂構成一股足以和代北大族分庭抗禮的力量，進而引起代北大族與中原士族的政治衝突，這兩大勢力的衝突焦點，便是國史之獄。國史之獄株連甚廣，《魏書》本傳載曰：「清河崔氏無遠近，范陽盧氏，太原郭氏，河東柳氏，皆浩之姻親，盡夷其族。」又曰：「其秘書郎吏已下盡死。」

此一事件之後，不僅使崔氏父子小心培植的漢人力量大受挫傷，並且影響所及，使拓跋君主大起戒心，不敢無限制的引用漢人，因此在高宗文成帝與顯祖獻文帝兩朝，新任漢臣人數大為減少，高宗朝只有三十一人，顯祖朝也不過二十四人，而且這些人大部份是以祖蔭與降附才出仕北魏，並無一人是出於君上主動的徵求與朝士的推荐，可見高宗、顯祖的政策已與世祖時大不相同。但不得不任用漢人佐理政事的客觀環境既未改變，就不得不有所假藉，仍舊任用一部份漢人，而無法把漢人完全排除於政治之外，這是高宗與顯祖兩朝雖不主動徵用漢人，而漢人仍能仕進的原因。另一方面，中原士族經過太祖道武帝以來的籠絡與壓迫，已知客觀形勢之不可與爭，逐漸消除抗爭之心，轉而依託合作，以保身家地位。因此，崔浩之見誅，實是胡漢對立轉變為胡漢合作的關鍵。此後再經孝文帝的調整，始能進行全面的漢化。

中原世族與北魏統治階級的關係，雖然因崔浩國史之獄的發生而由親和轉為疏漠，但是由於當政者的政策，與崔浩等主事者的大力作為，使得原本因局勢動亂而散居各地，或隱居巖穴的懷文抱質之士，都集中在北魏的政權之下。這些文士的集中，對北魏文學有著極大的提昇作用。

北魏前期的君主，亦有頗具文才者，如：太宗明元帝拓跋嗣與世祖太武帝拓跋燾即是。《魏書》卷三〈太宗紀〉載曰：

> 帝禮愛儒生，好覽史傳，以劉向所撰《新序》，《說苑》於經典正義多有所關，乃撰《新集》三十篇，採諸經史，該洽古義，兼資文武焉。

《魏書》卷四上〈世祖紀〉載曰：

> （神麚三年春正月癸卯）行幸廣寧，臨溫泉，作〈溫泉之歌〉。

《說苑》與《新序》在四庫全書中，皆入於子部儒家類。《新序》四庫提要引《崇文總目》云：「所載皆戰國秦漢間事」，又曰：「其內容大抵採百家傳記，以類相從」。《說苑》四庫全書本前錄曾鞏序文，曰「向采傳記百家所載行事

之迹以爲此書」，則二書內容，性質皆相近，同屬史傳類，〔註18〕但細察其文，頗有小說家之筆。拓跋嗣之《新集》；《隋志》已未著錄，可見亡佚其早。以本紀之言觀之，其內容，性質應與劉向二書類近而更嚴趨於史傳。拓跋燾的〈溫泉之歌〉今亦不傳，且毫無資料可詳知其內容風格，第以本紀行文觀之，當爲樂府之類，且極可能以鮮卑語歌唱。〔註19〕但是不論《新集》之類有史傳可依傍的再創作，或〈溫泉之歌〉之類因事起意有感而發的純創作，皆需具有相當的文才始能爲之。然而北魏前期雖然有頗具文才的帝王，但在永興五年太宗下詔求賢以前，並不見有任何團體性文學活動，反而因統一北方與漢化的實際需要，常見於饗宴群臣時，講武教戰或使各獻直言，以及集博士儒生比眾經文字等記載。直至世祖太武帝拓跋燾時，始有文學活動。《魏書》卷五十二〈趙逸傳〉載曰：

> 神䴥三年三月上巳，帝幸白虎殿，命百僚賦詩，逸製詩序，時稱爲善。

同書卷二十五〈長孫道生傳〉又曰：

> 世祖世，（道生）所在著績。……帝命歌工歷頌群臣，曰：「智如崔浩，廉如道生。」

如上所述，北魏前期已有團體性文學活動，而這些團體性文學活動，實與因政治需要而大量引用漢人有關。

《魏書》卷五〈高宗紀〉又載太安四年秋九月：

> 辛亥，太華殿成。丙寅，饗群臣，大赦天下。

《魏書》卷五十四〈游雅傳〉又曰，雅曾受詔爲〈太華殿賦〉，此賦之作縱非即席，必亦與饗宴群臣時差距不遠，而最有可能的是於太華殿落成之日受詔，而於饗宴之日進呈御覽或宣誦，因其間相隔只有兩日，時迫而見才，正可考驗文士。

在神䴥四年所徵用的文士中，雖因漢化之需要而著重於學術特長之人，但亦頗有兼具文才者如游雅之屬入列，高允作〈徵士頌〉時，雖未稱美其文學，而以「儒道以析，九流以分」頌揚其學術修養（《魏書》卷四十八〈高允傳〉），但游雅的文學專長卻不容忽視。至於〈徵士頌〉中直接稱揚其人文學

〔註18〕《四庫全書》入此二書於子部而不入於史部，殆一因承《隋志》之目，一因此二書內容多引《春秋》事而附以雜言小說之類，欲以爲諷戒，有成一家言之態勢，故入之於子。

〔註19〕請參見矢嶋徹輔〈北魏孝文帝の文學觀〉，日本《九州中國學會報》一六，頁17～31，1970 年 5 月。

的有：博陵崔綽，其頌辭曰：

> 敦心六經，遊思文藻。

河間邢穎，其頌辭曰：

> 華藻雲飛，金聲鳳振。中遇沈痾，賦詩以訊；忠顯于辭，理出于韻。

渤海高濟，其頌辭曰：

> 質侔和璧，文炳雕龍。

可見其人長於文學，著聲於時。而如高允，及其舉荐的高閭，更是北魏前期的文學大將，並稱二高，爲當時所服。及至太延五年（西元 439 年）世祖平涼州，涼州自來多士，張湛、宗敞、宗欽等原仕於沮渠牧犍之文士，皆轉而爲拓跋燾所用。〔註20〕據胡三省注《資治通鑑》所云：

> 永嘉之亂，中州之人避地河西，張氏禮而用之，子孫相承，衣冠不
> 墜，故涼州號爲多士。

可見涼州之士乃輾轉來自漢土，這些文士入魏的意義，除了爲北魏提昇文化的質量之外，更加強了崔浩實現世族政治理想的助力，因此崔浩特別接近與荐舉他們。《北史》卷二十一〈崔宏傳〉附〈崔浩傳〉曰：

> 浩有鑒識，以人倫爲己任。明元，太武之世，徵海內賢才，起自庆
> 陋，及所得外國遠方名士，拔而用之，皆浩之由也。至於禮樂憲章，
> 皆歸宗於浩。

所謂「徵海內賢才」，即指由崔氏父子推波助瀾的下詔求賢事，「所得外國遠方名士」，則必包括涼州之士。《資治通鑑》卷一二三〈宋紀〉五，文帝元嘉十六年冬十二月條曰：

> 魏主命崔浩監秘書事，綜理史職，以中書侍郎高允，散騎侍郎張偉
> 參典著作。浩啓稱：「陰仲達〔註21〕、段承根，涼土美才，請同脩國
> 史。」皆除著作郎。

《魏書》卷五十二〈張湛傳〉又曰：

> 司徒崔浩識而禮之。浩注《易》，敘曰：「國家西平河右，敦煌張湛、

〔註20〕《資治通鑑》卷一二三〈宋紀〉五，文帝元嘉十六年十二月條曰：「涼州自張
氏以來，號爲多士。沮渠牧犍尤喜文學，以敦煌闞駰爲姑臧太守，張湛爲兵
部尚書，劉昞、索敞、陰興爲國師助教，金城宋欽（《魏書》卷五二作「宗欽」）
爲世子洗馬，趙柔爲金部郎，廣平程駿、駿從弟弘爲世子侍講。魏主克涼州，
皆禮而用之。」

〔註21〕《魏書》作「陰仲達」。

> 金城宗欽、武威段承根三人，皆儒者，並有儁才，見稱於西州。每
> 與余論《易》，余以《左氏傳》卦解之，遂相勸爲注。故因退朝之餘
> 暇，而爲之解焉。」

由此觀之，崔浩本人雖不長屬文，〔註22〕但儼然是當時學術文化的宗主；以崔浩爲首，魏域徵得之士與涼州文士遂匯集一處。經由政治力量的集中，進而因境遇相近、文化相同而互相往來，終而引生文學活動乃極其自然之事。這些文士在文學上互爲往來的記載，屢見於《魏書》，如：卷五二〈胡叟傳〉曰高閭與叟交遊，又曰：

> 閭作〈宣命賦〉，叟爲之序。

同卷〈張湛傳〉曰湛「好學能文」，又曰：

> 每歲贈浩詩頌，浩常報答。及浩被誅，湛懼，悉燒之。

同卷〈宗欽傳〉載欽自涼州入魏，參與撰修國史，與高允有書、詩往返。另外，《魏書》卷四十八〈高允傳〉敘及允作〈名字論〉的因由曰：

> 時中書博士索敞與侍郎傅默、梁祚論名字貴賤，著議紛紜。允遂著
> 〈名字論〉以釋其惑，甚有典證。

傅默其人不載史傳，梁祚《魏書》有傳，唯未見載敞曾與〈名字論〉的撰作有關。《魏書》卷八十四〈梁祚傳〉雖不載祚曾否作〈名字論〉，但卻曰：

> 作〈代都賦〉，頗行於世。

高允亦有〈代都賦〉。再並觀高允與高閭皆有同題的〈鹿苑賦〉與〈北伐頌〉、〈北伐碑〉，此一現象顯示當時的文學活動，已不止於詩文往返或同聚一堂賦詩作頌，並且已有同題競作的情形。這種多樣性的文學活動，不但能激盪文士創作的意圖，使北魏文學自此快速前展，乃有其後孝文帝時的彬彬之盛；而且由於以崔浩爲首的文士集團，並不以文學爲主要目的，在文士詩文往返或競作過程中，亦未標舉任何風格形式，因此反而使此一階段的文學發展，迥異於南朝自曹魏以降所呈現的，以文學集團帶動的統一而緊密，宛如連環扣似的發展。由於此一時期的文學無論在作品形式，或作品的題材上皆未形成固定的潮流，因此不免在整體的風格上，予人以散渙的印象。但仔細品察現今存留的作品後，即不難發現其實這些文士在自由的創作空間下，反而更能無拘無束的以各種形式表達內心的情感與理念。這種不拘形式，完全發乎

〔註22〕《魏書》卷三五〈崔浩傳〉曰：「浩能爲雜說，不長屬文，而留心於制度、科
　　　　律及經術之言。」

自然眞朴的創作態度，更爲可喜可賀，因爲它所具有的多樣性，提供了文學發展更多的方向與可能，是蓬勃文學的契機。

北魏前期多樣性的文學風格，除了表現在著重功能的應用文體，如：賦、頌、箴、誄、銘、贊、表、論等多種形式的實踐之外，更見於現存少數詩作上。現存北魏前期的詩中，以高允的作品數量最多。《魏書》卷四十八〈高允傳〉謂：

> 允曾作〈塞上頌詩〉，有混欣戚，遺得喪之致。

「塞上頌」見於《淮南子・人間訓》，以塞翁失馬的故事，涵指人生得失禍福之無常，此或即高允人生觀之寫照，可惜詩作不傳。今傳高允詩作四首，分別是：〈答宗欽〉，載於《魏書》卷五二〈宗欽傳〉；〈詠貞婦〉彭城劉氏，載於《魏書》卷九二〈列女傳〉；〈羅敷行〉，載於《樂府詩集》卷二九；〈王子喬〉，載於《樂府詩集》卷二九。〈答宗欽〉詩凡十三章，其辭如下：

> 湯湯流漢，藹藹南都。載稱多士，載擢靈珠。邈矣高族，世記丹圖。
> 啓基郢城，振彩涼區。吾生朗到，誕發英風。紹熙前緒，奕世克隆。
> 方圓備體，淑德斯融。望傾群儁，響駭華戎。響駭伊何？金聲允著。
> 匡贊西藩，拯厥時務。肅志琴書，恬心初素。潛思淵渟，秀藻雲布。
> 上天降命，祚鍾有代。協燿紫宸，與乾作配。仁邁春陽，功隆覆載。
> 招延隱叟，永貽大賚。伊余櫟散，才至庸微。遭緣幸會，忝與樞機。
> 竊名華省，廁足丹墀。愧無螢燭，少益天暉。明升非諭，信漸難兼。
> 體卑處下，豈曰能謙。進不弘道，退失淵潛。既慚朱闕，亦愧閭閻。
> 史班稱達，楊蔡致深。負荷典策，載蹈於心。四轍同軌，覆車相尋。
> 敬承嘉誨，永佩明箴。遠思古賢，内尋諸己。仰謝丘明，長揖南史。
> 遐武雖存，高蹤難擬。夙興夕惕，豈獲恬止。世之圮矣，靈運未通。
> 風馬殊隔，區域異封。有懷西望，路險莫從。王澤遠灑，九服來同。
> 在昔平吳，二陸稱寶。今也克涼，吾生獨矯。道映儒林，義爲群表。
> 我思與之，均於紵縞。仁乏田蘇，量非叔度。韓生屬降，林宗仍顧。
> 千載曠遊，邁茲一遇。藻詠風流，鄙心已悟。年時迅邁，物我俱逝。
> 任之斯通，擁之則滯。結駟貽塵，屢空亦弊。兩間可守，安有回賜。
> 詩以言志，志以表丹。慨哉列頸，義已中殘。雖曰不敏，請事金蘭。
> 爾其勵之，無忘歲寒。

《全北魏詩》〔註23〕亦輯錄此詩，並於詩前附說旨意曰，高允爲著作郎，與

〔註23〕丁福保編纂之《全漢三國晉南北朝詩》之一，台北，藝文印書館，民國 64 年

崔浩同撰史，宗欽贈詩以相規諷，允答之。

〈詠貞婦彭城劉氏〉詩凡八章，其辭如下：

> 兩儀正位，人倫肇甄。爰制夫婦，統業承先。雖曰異族，氣猶自然。
> 生則同室，終契黃泉。封生令達，卓爲時彥。內協黃中，外兼三變。
> 誰能作配，克應其選。實有華宗，挺生淑媛。京野勢殊，山川乖互。
> 乃奉王命，載馳在路。公務既弘，私義獲著。因媒致幣，遘止一暮。
> 率我初冠，眷彼弱笄。形由禮比，情以趣諧。忻願難常，影跡易乖。
> 悠悠言邁，戚戚長懷。時值險屯，橫離塵網。伏鑕就刑，身分土壤。
> 千里雖遐，應如影響。良嬪洞感，發於夢想。仰惟親命，俯尋嘉好。
> 誰謂會淺，義深情到。畢志守窮，誓不二醮。何以驗之？殞身是效。
> 人之處世，孰不厚生？必存於義，所重則輕。結忿鍾心，甘就幽冥。
> 永捐堂宇，長辭母兄。茫茫中野，翳翳孤丘。葛藟冥蒙，荊棘四周。
> 理苟不昧，神必俱游。異哉貞婦，曠世靡疇。

《魏書‧列女傳》載此詩撰作之由，曰：

> 勃海封卓妻，彭城劉氏女也。成婚一夕，卓官於京師，後以事伏法。
> 劉氏在家，忽然夢想，知卓已死，哀泣不輟。諸嫂喻之不止；經旬，
> 凶問果至，遂憤歎而死。時人比之秦嘉妻。中書令高允念其義高而
> 名不著，爲之詩。

二詩皆以四言寫成；前者兼有頌揚與述志性質，後者則純爲詠史。今人曹道衡〈試論北朝文學〉[註24] 一文中評此二詩曰：「實在是枯燥無味的說教，毫無詩意。」可能過於苛刻。四言詩自《詩經》以來，極少有人能寫得好，此所以五言詩在漢末興起之後，四言詩即迅速沒落的原因之一。四言詩所特有典雅質樸的形式，在音律的變化和情思的抒寫上，本就難以充份表現作者的才性，是以鍾嶸曰：

> 夫四言，文約意廣，取效《風》、《騷》便可多得；每苦文繁而意少，
> 故世罕習焉。[註25]

四言詩的「文繁意少」，難有五言詩流轉的情韻，此一事實恐怕才高八斗的曹子

---

　　　9 月 3 版。
〔註24〕載《文學評論》1982 年 3 月號，頁 110～120。
〔註25〕見鍾嶸〈詩品自序〉。《詩品注──附詩選》頁 4，陳延傑注，台北，台灣開明
　　　書店，民國 62 年 10 月台 5 版。

建也難以轉寰。遍閱建安七子，太康詩人，乃至「才高詞盛，富艷難蹤」〔註26〕的謝靈運等所作四言詩，也未必能勝出高允多少。而〈答宗欽〉第十二章曰：

> 年時迅邁，物我俱逝。任之斯通，擁之則滯。結駟貽塵，屢空亦弊。
> 兩間可守，安有回、賜。

言淺意深，豈能只以「枯燥無味的說教」視之？

〈詠貞婦彭城劉氏〉第八章總結全詩曰：

> 茫茫中野，翳翳孤丘；葛虆冥蒙，荊棘四周。理苟不昧，神必俱游；
> 異哉貞婦，曠世靡疇。

蒼涼的意境，繫以對曠世貞婦的欽讚與祝禱，又豈能評爲「毫無詩意」？曹氏又評《樂府詩集》所收錄的高允兩首樂府詩曰：

> 《樂府詩集》載有他擬漢樂府之作，也說不上多少長處。如他的〈羅敷行〉……。這完全是簡述〈陌上桑〉上半首的梗概，著力於陳述羅敷的打扮，而失去了原作細緻動人的描寫和羅敷的機智，高尚的性格，讀起來味同嚼蠟。

高允〈羅敷行〉乃擬古樂府〈陌上桑〉（或名〈艷歌羅敷行〉、〈日出東南隅行〉）之作。古樂府〈陌上桑〉之辭如下：

> 日出東南隅，照我秦氏樓。秦氏有好女，自名爲羅敷。羅敷喜蠶桑，
> 採桑城南隅。青絲爲籠係，桂枝爲籠鈎。頭上倭墮髻，耳中明月珠。
> 緗綺爲下裙，紫綺爲上襦。行者見羅敷，下擔捋髭鬚，少年見羅敷，
> 脫帽著帩頭。耕者忘其犁，鋤者忘其鋤。來歸相怨怒，但坐觀羅敷。
> 使君從南來，五馬立踟躕。使君遣吏往，問是誰家姝？秦氏有好女，
> 自名爲羅敷。羅敷年幾何？二十尚不足，十五頗有餘。使君謝羅敷：
> 寧可共載下？羅敷前置辭：使君一何愚！使君自有婦，羅敷自有夫。
> 東方千餘騎，夫婿居上頭。何用識夫婿，白馬從驪駒。青絲繫馬尾，
> 黃金絡馬頭。腰中鹿盧劍，可直千萬餘。十五府小史，二十朝大夫。
> 三十侍中郎，四十專城居。爲人潔白皙，鬑鬑頗有鬚。盈盈公府步，
> 冉冉府中趨。坐中數千人，皆言夫婿殊。（《樂府詩集》卷二十八〈相
> 和歌辭〉三）

全詩內容由三部份構成：第一段寫主角羅敷的容貌姿態，以及里人愛慕其美艷之情形；第二段主要描寫羅敷拒絕使君的經過；第三段敘述羅敷向使君炫

〔註26〕鍾嶸語。同註25。

耀其夫出眾的人才。《樂府詩集》引《樂府解題》曰：

> 古辭言羅敷採桑，為使君所邀，盛誇其夫為侍中郎以拒之。

確說原詩為一敘事詩，敘事為原詩之特色。但高允的擬作卻捨棄此一特色，將重點放在原詩第一段羅敷的美貌上，並加強描寫。其詩曰：

> 邑中有好女，姓秦字羅敷。巧笑美回眄，鬢髮復凝膚。腳著花文履，
> 耳穿明月珠。頭作墮馬髻，倒枕象牙梳。姍姍善趨步，襜襜曳長裙。
> 王侯為之顧，駟馬自踟躕。

乍觀全詩，正合曹道衡所說：「完全是簡述〈陌上桑〉上半首的梗概，著力于陳述羅敷的打扮」。但是，在進一步觀察之後，自不難發現其中更有桃源。所謂擬作，必有模擬的對象，此一對象作品在常理上必為作者所熟悉與喜愛，高允既以〈陌上桑〉為模擬對象，必然也熟知此詩的內容，何以竟捨原詩討喜的敘事特色，而只敘寫女主角的美貌？欲解此惑，恐需從高允的性格，以及其所處的時代背景進行瞭解。高允擬作〈羅敷行〉的時間並未明載於史傳中，但在《魏書》本傳中稱允「性好音樂，每至伶人弦歌鼓舞，常擊節稱善」，則其古樂府之擬作，似隨時皆有可能。然而本傳中又曰，允拜中書令時，

> 司徒陸麗曰：「高允雖蒙寵待，而家貧布衣．妻子不立。」高宗怒曰：
> 「何不先言！今見朕用之，方言其貧。」是日幸允第，惟草屋數間，
> 布被縕袍，廚中鹽菜而已。高宗歎息曰：「古人之清貧豈有此乎！」
> 即賜帛五百匹、粟千斛。……時百官無祿，允常使諸子樵采自給。

又曰高祖時，允年漸期頤，高祖詔曰：

> 允年涉危境，而家貧養薄。可令樂部絲竹十人，五日一詣允，以娛
> 其志。

則高允擬作古樂府的時間，最可能在晚年生活漸優，甚至受賜絲竹之時。這時高允年事已高，原本保守的個性更加敬謹，對古樂府〈陌上桑〉的全面擬作，恐有諸多顧忌。因為〈陌上桑〉的詩旨，在稱揚羅敷不為使君所動的堅貞志節，即所謂不事二夫的烈女；並且在原詩的最後一段，借羅敷的敘述，盛誇自己夫婿的完好，顯示羅敷對夫婿的眷愛與以夫婿為榮的自滿。「烈女不事二夫，忠臣不事二主」的成語，本十分通俗，而自楚辭以來，慣以夫婦喻君臣的寫作傳統，亦極為平常。入據中原有年，且又積極於漢化的拓跋氏不可能不知道此成語與寫作傳統。國史事件的中心人物崔浩正因不能忘懷於中原文化的尊榮，雖食魏祿而別有懷抱，故而遭罹巨禍。國史之獄牽連之廣，

在漢人與鮮卑族人之間所造成的陰影，終北魏之世尚且不能平弭，高允既親身經歷此一事件，兼以個性保守行事敬謹，自不願再以文筆賈禍。性好音樂的高允，將此擬作重點集中於描述羅敷的美貌上，遂使之與原作相去殊遠。如此的取捨，既能滿足擬作的欲望，又可避免因文字而生事非，實不失爲兩全之宜。

高允〈羅敷行〉因捨棄原作的故事性，以及針對故事情節所作的動人的描述，故而雖未必如曹道衡所評「味同嚼蠟」，卻也確實缺乏婉轉的韻致。縱然如此，此詩在文學史上仍具有十分重要的地位，因爲它正是現存宮體詩之最古、最完整的作品。宮體詩正式成立於南朝梁簡文帝時，《南史・簡文帝本紀》云，帝辭藻艷發，「然傷於輕靡，時號宮體。」又《徐摛傳》云：「（摛）屬文好爲新變，不拘舊體。……文體既別，春坊盡學之，宮體之號，自斯而始。」簡文帝與其文學侍從，如徐摛、徐陵、庾肩吾、庾信父子，以及江淹、何遜等人的傾力寫作，使宮體詩在梁世盛極一時。但是，「宮體」之號雖始自梁簡文帝，宮體詩這種以描寫女子情態的艷詩，早在宋、齊時代，作者已多，例如：沈約、王融諸人的作品中，已屢見此類文體。至於宮體詩的風格，則來源更早，在晉、宋樂府辭，如：〈桃葉歌〉、〈碧玉歌〉、〈白紵詞〉等，頗多淫艷哀音。〔註 27〕其中通篇以美女姿容爲描寫主體的擬古樂府之作，自來首推沈約的〈日出東南隅行〉，其詩曰：

> 朝日出邯鄲，照我叢臺端。中有傾城艷，顧景織羅紈。延軀似纖約，
> 遺視若回瀾。瑤妝映層綺，金服炫彫欒。幸有同匡好，西仕服秦官。
> 寶劍垂玉貝，汗馬飾金鞍。縈場類轉雪，逸控似騰鸞。羅衣夕解帶，
> 玉釵暮垂冠。

此詩顯見以羅敷及其夫的容貌姿態爲描述重點，其風格與高允的〈羅敷行〉何其近似！更早於沈約（西元 441～513 年），而與高允（西元 390～487 年）同時的南朝詩人謝靈運（西元 385～433 年），亦有同題的擬作〈日出東南隅行〉一首，但只殘留八句：

> 柏梁冠南山，桂宮耀北泉。晨風拂幨幌，朝日照閨軒。美人臥屏席，
> 懷蘭秀瑤璠。皎潔秋松氣，淑德春景暄。

以內容觀之，謝詩亦以詠羅敷爲主，但因後半殘闕，無從評論。因此，若欲

〔註27〕詳見林師文月〈南朝宮體研究〉，收入《澄輝集》，台北，洪範書局，民國 72
年 2 月初版。

推論宮體詩之祖，無論從時間上，或從詠美女的重點上，都不能不歸屬高允。所不同的是，高允的宮體詩為偶然之作，其最初的動機可能一方面在於滿足古樂府擬作，另一方面則在避免因文字賈禍。

　　高允現存詩作中尚有一首擬同題古樂府〈王子喬〉，其詩曰：

　　　王少卿，王少卿，超升飛龍翔天庭。遺儀景，雲漢酬，光驚電逝忽若浮。騎日月，從列星，跨騰太廓踰窅冥。尋元氣，出天門，窮覽有無究道根。

《樂府詩集》所載同題古樂府，除高允之作外，尚有梁江淹，高允生，以及唐宋之間的作品。梁朝兩位詩人之作，全以五言句構成，與高允之以三七言句交錯而成的形式不同。古樂府〈王子喬〉原詩為：

　　　王子喬，參駕白鹿雲中遨，參駕白鹿雲中遨。下遊來，王子喬，參駕白鹿上至雲，戲遊遨。上建逋陰廣里，踐近高。結仙宮，過謁三臺，東遊四海五嶽山，上過蓬萊紫雲臺。三王五帝不足令，令我聖明應太平。養民若子事父明，當究天祿永康寧。玉女羅坐吹笛簫，嗟行聖人遊八極，鳴吐銜福翔殿側。聖主享萬年，悲吟皇帝延壽命。

正是以三、七言為基調，所組成的雜言體。以此觀之，相較於其他詩人的同題作品，高允的作品顯然最近原詩，最能保存古樂府的風貌。

　　由上所述，高允的作品，兼具質樸而理深、蒼涼而情摯，與夫典麗端重的風格；在文學史上兼具有復古與創新雙重意義，其重要性實不容忽視。〔註28〕

　　與高允有同事之誼的宗欽，亦有詩作傳世。宗欽曾於十六國時期仕北涼，為沮渠蒙遜中書郎、世子洗馬。拓跋燾平涼後，始仕於北魏，拜著作郎，與高允等人一同修撰國史。宗欽才名早著，《魏書》卷五十二〈宗傳〉曰：「欽少而好學，有儒者之風，博綜群言，聲著河右。」又稱欽在河西時，曾撰《蒙遜記》十卷，唯書不傳。《魏書》本傳中錄有宗欽四言詩兩首，其一為作於北涼時的〈東宮侍臣箴〉，另一即與高允互為贈答者。〈贈高允〉全詩共十二章，其辭如下：

　　　嵬峨恆嶺，混瀁滄溟。山挺其和，水燿其精。啟茲令族，應期誕生。

　　　華冠眾彥，偉邁群英。於穆吾子，含貞藉茂。如彼松竹，陵霜擢秀。

〔註28〕日人興膳宏曾著〈高允——北朝文學の先驅者〉一文，稱揚高允的文學成見。見《小尾博士古稀紀念中國學論集》昭和五十八年版，頁239～256，汲古書院刊。

味老思沖，玩易體復。戢翼九臯，聲溢宇宙。我皇龍興，重離疊映。
剛德外彰，柔明內鏡。乾象奄氣，坤厚山競。風無殊音，俗無異徑。
經緯曰文，著述曰史。斟酌九流，錯綜幽旨。帝用訓誥，明發虛擬。
廣闢四門，披延髦士。爾應其求，翰飛東觀。口吐瓊音，手揮霄翰。
彈毫珠零，落紙錦粲。墳無疑割，典無滯泮。山降則謙，含柔爲信。
林崇日漸，明升斯進。有逿夫子，兼茲四慎。弱而難勝，通而不峻。
南董逿矣，史功不申。固傾佞實，雄穢美新。遷以陵腐，邕由卓泯。
時無逸勒，路盈摧輪。尹佚謨周，孔明述魯。抑揚群致，憲章三五。
昂昂高生，纂我遐武。勿謂古今，建規易矩。自昔索居，沈淪西藩。
風馬既殊，標榜莫緣。開通有運，闇遇當年。披衿暫面，定交一言。
諮疑祕省，訪滯京都。水鏡叔度，洗吝田蘇。望儀神婉，即象心虛。
悟言禮樂，採研詩書。履霜悼遷，撫節感變。嗟我年邁，迅踰激電。
進乏田賜，退非回憲。素髮掩玄，枯顏落舊。文以會友，友由知己。
詩以明言，言以通理。盼坎迷流，覩艮闇止。伊爾虹光，四鱗曲水。

曹道衡於〈十六國文學家考略〉〔註29〕中，曾評曰：

> 宗欽作品見于《魏書》所載者，文學價值不能算很高，但從他贈高
> 允的詩看，文采比高允要好些。

其實宗欽的詩中，雖然偶爾有文采稍麗的句子，如：「嵬峨恆嶺，混瀁滄溟。
山挺其和，水燿其精。」「於穆吾子，含貞藉茂。如彼松竹，陵霜擢秀。」「口
吐瓊音，手揮霄翰。彈毫珠零，落紙錦粲。」但是，以全詩的整體風格論，
與高允四言詩的風格是一致的。〈宗欽傳〉中載有宗欽贈詩高允後，允答書曰：

> 既承雅贈，即應有答，但唱高則難和，理深則難詶，所以留連日月，
> 以至於今。

雖然有自謙與推崇等禮節上的必要成份在內，但所謂「理深難詶」，正是對宗
欽詩的評斷。

　　如高允與宗欽詩所凸顯的，辭句典雅而帶有深理的詩風，正是北魏前期
常見的文學風格之一。呈現這種風格的詩作，一則由於缺少華美的文采，難
以引人入勝；二則因爲所含具的說理成份使之近似南方的玄言詩，而其發生

〔註29〕〈十六國文學家考略〉一文，原載《文史》第 13、14 期，1982 年 3 月、7 月
　　　分上下兩次刊完，後收錄於曹氏所著《中古文學史論文集》，中華書局，北京，
　　　1986 年 7 月 1 版。

又在玄言詩之後，易使人誤為玄言詩之遺緒，故而歷來文學史家鮮少措意於此。實則北魏前期這種典雅而理深的作品，其發生因緣與玄言詩完全不同。玄言詩的發生，乃基於哲理的探求；而北魏詩之典雅理深，極可能是因政治環境使然。如前所述，拓跋氏建立北魏政權之後，由於統治上的便利而積極推行漢化，因推行漢化的需要而大量引用漢族文士，漢人的文化素養在中原士族的集中之後，在北魏朝野發生了具體的影響，漢化的步驟固然因而加快，胡漢之間的嫌隙亦日漸加深。這種因不同民族、不同文化所引生的猜忌，摻和了政治上無可避免的權力鬥爭，終於引發國史事件。國史事件對北魏文化所造成的損害，不只在於以崔浩為首的中原士族大量被殺之後，減弱了推行漢化的力量，而且影響及於文學的表現。由於統治階級一時無法摒除的猜忌心理，曾一度阻礙了文學作品的流傳，如《魏書》卷五十二〈張湛傳〉所載，湛與崔浩每歲皆有詩頌贈答，及浩被誅，湛懼而悉燒之。又因為有所顧忌，文人創作時便盡量收斂感情，故而加強了作品中敘事說理的成份。這種化情深為理深的作品風格，實與南朝玄言詩同中有異。

《魏書》卷五十二〈段承根傳〉中，尚有一首具有典雅而理深風格的四言詩，乃段承根為贈李寶而作。詩凡七章，其辭如下：世道衰陵，淳風殆緬。衢交問鼎，路盈訪璽。徇競爭馳，天機莫踐。不有真宰，榛棘誰揃。於皇我后，重明襲煥。文以息煩，武以靜亂。剖蚌求珍，搜巖采榦。野無投綸，朝盈逸翰。自昔涼季，林焚淵涸。矯矯公子，鱗羽靡託。靈慧雖奮，祅氛未廓。鳳戢崑丘，龍潛玄漠。數不常擾，艱極則夷。奮翼幽裔，翰飛京師。珥蟬紫闥，杖節方畿。弼我王度，庶績緝熙。自余幽淪，眷參舊契，庶庇餘光，優遊卒歲。忻路未淹，離轡已際。顧難分歧，載張載繼。聞諸交舊，累聖疊曜。淳源雖漓，民懷餘劭。思樂哲人，靜以鎮躁。藹彼繁音，和此清調。詢下曰文，辨訏曰明。化由禮洽，政以寬成。勉崇仁教，播德簡刑。傾首景風，遲聞休聲。

《魏書》卷三十九〈李寶傳〉曰：

> 李寶，字懷素，小字衍孫，隴西狄道人。私署涼王暠之孫也。父翻，字士舉，小字武疆，私署驍騎將軍，祁連、酒泉、晉昌三郡太守。寶沈雅有度量，驍勇善撫接。伯父歆為沮渠蒙遜所滅，寶徙於姑臧。歲餘，隨舅唐契北奔伊吾，臣於蠕蠕。其遺民歸附者稍至二千。寶傾身禮接，甚得其心，眾皆樂為用，每希報雪。屬世祖遣將討沮渠

無諱於敦煌，無諱捐城遁走。寶自伊吾南歸敦煌，遂修繕城府，規復先業。遣弟懷達奉表歸誠。世祖嘉其忠款，拜懷達散騎常侍、敦煌太守，別遣使授寶使持節、侍中、都督西垂諸軍事、鎮西大將軍、開府儀同三司、領護西戎校尉、沙州牧、敦煌公，仍鎮敦煌，四品以下聽承制假授。真君五年，因入朝，遂留京師。……太安五年薨，年五十三。

觀〈李寶傳〉所述，寶深有亡國之恨，而「甚爲敦煌公李寶所敬待」之段承根，於贈詩中雖略有所及，卻不敢深入其情。其詩之一曰：

世道衰陵，淳風殆緬。衢交問鼎，路盈訪璽。徇競爭馳，天機莫踐。不有真宰，榛棘誰揃。

其詩之三曰：

自昔淳季，林焚淵涸。矯矯公子，鱗羽靡託。靈慧雖奮，袄氛未廓。鳳戢崑丘，龍潛玄漢。

其餘五章，皆以勉其政、稱其德爲詩之敷衍。置身事外者讀此詩時，或易爲其表面說理成份所牽引，而以爲索然無味，但以李寶親身遭逢的亡國之恨，誦「林焚淵涸」、「鱗羽靡託」之句，能不中夜而起，繞室徘徊？而「天機莫踐」「不有真宰」，誰能揃此榛棘？既臣於魏，復國無期，「矯矯公子」，空有靈慧，此恨何時能已？如此深切的情感，礙於政治因素而不能一吐爲快，知交往復，亦只能於字裡行間尋求那份天知地知你知我知的真意真情，這樣的內斂，比可以言傳的痛苦，更令人同情慨嘆。

與上述文辭典雅而深情內斂的詩風迴異的，是另一批呈現自傷風格的作品。《魏書》卷三十八〈王慧龍傳〉曰：

慧龍自以遭難流離，常懷憂悴，乃作〈祭伍子胥文〉以寄意焉。

同書卷二十四〈崔玄伯傳〉亦載曰：

始玄伯因符堅亂，欲避地江南，於泰山爲張願所獲，本圖不遂，乃作詩以自傷，而不行於時，蓋懼罪也。及浩誅，中書侍郎高允受敕收浩家，始見此詩。允知其意，允孫綽錄於允集。

今傳劉昶五言詩一首，正是北魏前期自傷詩風的代表作。劉昶五言詩原無題，丁福保據《南史》敘事而名之曰〈斷句〉。劉昶，字休道，南朝宋文帝劉義隆之第九子。其姪劉子業立，疑昶有異志，見激而反，事敗奔魏。《南史·宋宗室及諸王傳·劉昶傳》曰：

　　昶知事不捷，乃夜開門奔魏，棄母妻，唯攜妾一人，作丈夫服騎馬
　　自隨。在道慷慨為斷句曰：「白雲滿障來，黃塵半天起。〔註30〕關山
　　四面絕，故鄉幾千里。」因把姬手南望慟哭，左右莫不哀哽。

綜合上述，北魏前期的詩作，就題材而言，舉凡宮體、遊仙、詠史、述志、
說理等皆有擷取；就體裁言，則五言、四言、雜言並作；而風格則典雅理深、
慷慨蒼茫兼具。這種繁富的風格，並不因流傳作品稀少而稍滅，反而因現存
作品的各成體貌風格，顯現出多樣性文學現象的契機。這種現象固然與中原
世族有不可分的關係，卻與南朝文學無涉。因為這些中原世族對南朝文學毫
無崇舉之意，反而有在異域另闢途徑之心，他們所承襲的大多是十六國時期
的文學養份，亦即輾轉接緒魏晉。因此，自魏晉而十六國，自十六國而北魏，
這是一股完全與南朝文學不同的發展脈絡、是北魏漢化運動下所引生的自發
性文學發展。

〔註30〕「黃塵半天起」，丁福保《全北魏詩》誤作「黃塵暗天起」。

第四章　北魏後期文學與漢化的關係

第一節　政治改革與文學的關係

　　北魏前期由於便於統治的實際需要，多方汲取中原文化以整備國家規模，並提高君權。但在河西人士未進入北魏以前，儒家思想在北魏並非唯一的政治養份，拓跋君主雖然對儒家學說的吸收，表現十分積極，如：拓跋珪常召崔宏「弔問今古舊事，治世之則」（《魏書》卷二十四〈崔玄伯傳〉）；拓跋嗣「愛儒生，好覽史傳」（《魏書》卷三〈太宗紀〉）並且召燕鳳、崔玄伯、封懿、梁超等「入講經傳」（《北史》卷二十一〈燕鳳傳〉）。但對法家、陰陽家等也有很高的興趣。因爲法家的思想既可以維持統治者的尊嚴，又適合拓跋氏部落時代的嚴刑峻法，所以公孫表「承旨上韓非書二十卷，太祖稱善」（《魏書》卷三十三〈公孫表傳〉）；李先奉召讀韓子連珠、太公兵法而受絹綵御馬之賜（同上，〈李先傳〉）。至於陰陽圖讖之術所以能投君主所好，是因爲拓跋部人文化原低，迷信色彩尚深，占卜之事正可方便統治者施政。

　　及至世祖拓跋燾統一北方，河西人士輾轉入魏，原本保留於河西的儒學，遂得與保留於中原的經術匯集一處。其時崔浩以信寵擅政，正欲有所作爲，飽學碩儒之士咸集其下，北方儒學一時之間頗有中興之盛。中原儒學曾於西晉末年，因五胡雲擾而一分爲三，其一仍舊保存於中原，幸賴部份愛好中原文化的胡主，如劉曜、石勒、苻堅等，以及留存北方的中原世族，如崔宏父子、高允、張偉等人的獎掖與傳習，而免於斷墜。其二則隨中原世族流居河西，如常爽、江式等人，即托身河西以傳家學。其三即隨晉室南遷而得以於

江南繼續發展。此時北魏三得其二，雖未必能與以正統自居的江南儒學匹敵，恐亦非可等閒視之。至孝文帝即位後，江南儒學隨王肅等人之北奔而注入魏土，更助長北方儒術的復興。《魏書》卷六十三〈王肅傳〉曰：

> 王肅，字恭懿，琅邪臨沂人，司馬衍丞相導之後也。父奐，蕭賾尚
> 書左僕射。肅少而聰辯，涉獵經史，頗有大志。……自謂《禮》、《易》
> 爲長，……父奐及兄弟並爲蕭賾所殺，肅自建業來奔。

《南史》載王肅從父王儉之傳曰：

> 儉弱年便留意三《禮》，尤善《春秋》，發言吐論，造次必於儒教，
> 由是衣冠翕然，並尚經學，儒教於此大興。(《南史》卷二十二〈王
> 儉傳〉)

可見王肅之家學淵源。王肅秉其宗賢之流風遺緒北來，逢魏主知遇，不唯傾其所學，參與北魏朝儀國典之議定，〔註1〕且使魏境儒學得以三流齊會而更爲興盛，甚至有凌駕南朝的趨勢。〔註2〕而其時北方統一，北魏進入一較安定繁榮的情況，兼以數代君主推行漢化的結果，拓跋族人的文化水準已有相當程度的提昇，無論是法家的嚴苛或是陰陽圖讖之術，皆已不合實際需要。〔註3〕孝文帝有鑑於此，因趁儒學興盛之勢，推崇儒學儒術，重用通經之士，以爲繼續推行漢化的主力。

由於孝文帝崇尚儒術，其時北魏廟堂之上多爲飽學碩儒之士。如：

> (房)景先，字光胄。幼孤貧，無資從師，其母自授《毛詩》、《曲
> 禮》。……晝則樵蘇，夜誦經史，自是精勤，遂大通贍。……時太常

〔註1〕 王肅參與北魏國典朝儀之制定，頗見於史，如：《南齊書》卷五十七〈魏虜傳〉：
「王肅爲虜制官品百司，皆如中國。」《陳書》卷二十六〈徐陵〉：「太清二年，
兼通直散騎常侍。使魏，魏人授館宴賓。是日甚然，其主客魏收嘲陵曰：『今
日之熱，當由徐常侍來。』陵即答曰：『昔王肅至此，爲魏始制禮儀；今我來
騁，使卿復知寒暑。』收大慚。」《北史》卷四十二〈王肅傳〉：「自晉氏喪亂，
禮樂崩亡，孝文雖釐革制度，變更風俗，其閒朴略，未能淳也。肅明練舊事，
虛心受委，朝儀國典，咸自肅出。」

〔註2〕 趙翼《二十二史箚記》卷十五〈北朝經學〉條：「北朝偏安竊據之國，亦知以
經行爲重。在上者既以此取士，士亦爭務於此以應上之求。故北朝經學，較
南朝稍盛。」

〔註3〕 孝文帝曾於太和九年正月，下詔焚毀圖讖祕緯之書，以破除迷信。其詔曰：「圖
讖之興，起於三季。既非經國之典，徒爲妖邪所憑。自今圖讖、祕緯反名爲
《孔子閉房記》者，一皆焚之。留者以大辟論。又諸巫覡假稱神鬼，妄說吉
凶，及委巷諸卜非墳典所載者，嚴加禁斷。」見《魏書》卷七上〈高祖紀〉。

劉芳，侍中崔光當世儒宗，歎其精博，光遂奏兼著作佐郎，修國史。
（《魏書》卷四十三〈房法壽傳附景先傳〉）

劉芳，字伯文，彭城人也。……芳才思深敏，特精經義，博聞強記，
兼覽《蒼》、《雅》，尤長音訓，辨析無疑。於是禮遇日隆，賞賚豐渥，
正除員外散騎常侍。俄兼通直常侍，從駕南巡，撰述行事，尋而除正。
王肅之來奔也，高祖雅相器重，朝野屬目。芳未及相見。高祖宴群臣
於華林，肅語次云「古者唯婦人有笄，男子則無」。芳曰：「推經《禮》
正文，古者男子婦人俱有笄。」肅曰：「〈喪服〉稱男子免而婦人髽，
男子冠而婦人笄。如此，則男子不應有笄。」芳曰：「此專謂凶事也。
《禮》：初遭喪，男子免，時則婦人髽、男子冠，時則婦人笄。言俱
時變，而男子婦人免髽、冠笄之不同也。又冠尊，故奪其笄稱。且互
言也，非謂男子無笄。又《禮·內則》稱：『子事父母，雞初鳴，櫛
纚笄總。』以茲而言，男子有笄明矣。」高祖稱善者久之。肅亦以芳
言為然，曰：「此非劉石經邪？」昔漢世造三字石經於太學，學者文
字不正，多往質焉。芳音義明辨，疑者皆往詢訪，故時人號為劉石經。
酒闌，芳與肅俱出，肅執芳手曰：「吾少來留意《三禮》，在南諸儒，
亟並討論，皆謂此義如吾向言，今聞往釋，頓袪平生之惑。」芳理義
精通，類皆如是。（《魏書》卷五十五〈劉芳傳〉）

張惠普，字洪賑，常山九門人。身長八尺，容貌魁偉。父暉，為齊
州中水縣令，隨父之縣，受業齊土，專心墳典，克屬不息。及還鄉
里，就程玄講習，精於《三禮》，兼善《春秋》，百家之說多所窺覽，
諸儒稱之。太和十九年，為主書，帶制局監，與劉桃符、石榮、劉
道斌同員共直，頗為高祖所知。（《魏書》卷七十八〈張惠普傳〉）

其他如：崔休、房亮、裴延儁、陽藻……等，非通經則達史，真可謂濟濟多
士。這些以才學進仕朝廷的文人，或參幃幄，或掌詔令，或贊庶政，或出任
各方，皆能銜才而馳，輔弼主上。是以魏收論曰：

高祖欽明稽古，篤好墳典，坐輿據鞍，不忘講道。劉芳、李彪諸人
以經書進，崔光、邢巒之徒以文史達，其餘涉獵典章，關歷詞翰，
莫不縻以好爵，動貽賞眷。於是斯文鬱然，比隆周漢。（《魏書》卷
八十四〈儒林傳〉序）

孝文帝因勢利導，特別推崇儒術以為推行漢化的主力，以儒家學說中所提供

的境界為漢化的目標，不僅為北魏儒學的興盛更添聲勢，並且也影響了北魏文學。

　　誠如魏收所論，孝文帝時斯文鬱然，比隆周漢。而造成這種盛況的，不只是因為飽學碩儒的進用，更有以文才見長之士，即所謂「關歷詞翰」者，孝文帝皆能縻以好爵。在孝文帝求賢的詔書中，頗有可印證魏收之論者，如：

　　〈太和十九年冬十月〉辛酉，詔州郡諸有士庶經行修敏，文思道逸，

　　才長吏治，堪幹政事者，以時發遣。(《魏書》卷七〈高祖紀〉下）

因此北魏廟堂之上，一時之間不唯博通經史之才齊聚，並且召來許多文思遒逸之輩，而兼通儒學與文學者，更比比皆是。如：《魏書》卷五十五〈游明根傳附游肇傳〉曰：

　　肇外寬柔，內剛直，耽好經傳，手不釋書。治《周易》、《毛詩》，尤精《三禮》。

又曰：

　　（肇）詩賦表啟凡七十五篇，皆傳於世。

同書同卷〈劉芳傳附劉懋傳〉曰：

　　懋聰敏好學，博綜經史。

又曰：

　　懋詩誄賦頌及諸文筆，見稱於時。

而最堪讚歎的是祖瑩，《魏書》卷八十二〈祖瑩傳〉曰：

　　瑩年八歲，能誦《詩》、《書》，十二，為中書學生。好學耽書，以晝繼夜，父母恐其成疾，禁之不能止。常密於灰中藏火，驅逐僮僕，父母寢睡之後，燃火讀書，以衣被蔽塞窗戶，恐漏光明，為家人所覺。由是聲譽甚盛，內外親屬呼為「聖小兒」。尤好屬文，中書監高允每歎曰：「此子才器，非諸生所及，終當遠至。」

時中書博士張天龍講《尚書》，選為都講。生徒悉集，瑩夜讀書勞倦，不覺天曉。催講既切，遂誤持同房生趙郡李孝怡《曲禮》卷上座。博士嚴毅，不敢還取，乃置禮於前，誦尚書三篇，不遺一字。講罷，孝怡異之，向博士說，舉學盡驚。後高祖聞之，召入，令誦五經章句，並陳大義，帝嗟賞之。瑩出後，高祖戲盧昶曰：「昔流共工於幽州北裔之地，那得忽有此子？」昶對曰：「當是才為世生。」以才名拜太學博士。徵署司徒、彭城王勰法曹行參軍。高祖顧謂勰曰：「蕭頤以王元長為子良法曹，今為汝用祖瑩，豈非倫匹也。」

敕令掌瑩書記。瑩與陳郡袁翻齊名秀出，時人為之語曰：「京師楚楚袁與祖，洛中翩翩祖與袁。」再遷尚書三公郎。尚書令王肅曾於省中詠悲彭城詩，云「悲平城，驅馬入雲中。陰山常晦雪，荒松無罷風。」彭城王勰甚嗟其美，欲使肅更詠，乃失語云：「王公吟詠情性，聲律殊佳，可更為誦悲彭城詩。」肅因戲勰云：「何意悲平城為悲彭城也？」勰有慚色。瑩在座，即云：「所有悲彭城，王公自未見耳。」肅云：「可為誦之。」瑩應聲云：「悲彭城，楚歌四面起；屍積石梁亭，血流雎水裡。」肅甚嗟賞之。勰亦大悅，退謂瑩曰：「即定是神口。今日若不得卿，幾為吳子所屈。」……瑩以文學見重，常語人云：「文章須自出機杼，成一家風骨，何能共人同生活也。」蓋譏世人好偷竊他文，以為己用。

　　至此於祖瑩一身，已可見儒學、文學，乃至文學批評的總合。而這種以儒學結合文學的現象，正是形成北魏後期文學風格的主要因素。

　　因為孝文帝推崇儒術，以為推行漢化的主力與漢化的目標，雖與北魏前期諸帝雜揉諸子的政策不同，但在「代漢為魏」的立國宗旨上，並未違背祖訓。非但未違祖訓，且有更進一步的實踐。例如：太和十六年正月丁酉，「詔祀唐堯於平陽，虞舜於廣寧，夏禹於安邑，周文於洛陽」，丁未，「改諡宣尼曰文聖尼父，告諡孔廟」；十九年四月，「庚申，行幸魯城，親祠孔子廟。辛酉，詔拜孔氏四人、顏氏二人為官」，「又詔選諸孔宗子一人，封崇聖侯，邑一百戶，以奉孔子之祀。又詔兗州為孔子起園柏，修飾墳壠，更建碑銘，褒揚聖德」（《魏書》卷七下〈高祖紀〉下）。這是對儒家做綜合性的崇揚，屬於政治範疇，但太和十八年祭比干墓則已非僅含政治意義而已。孝文帝在太和十八年將遷都洛陽的計劃付諸實際行動，南遷時曾兩次途經殷臣比干之墓，第一次在該年正月戊辰，《魏書‧高祖紀》只載曰「祭以太牢」，意義與前述祭祀儒家諸賢相同。第二次在同年多十一月甲申，《魏書》載曰：

　　　　經比干之墓，傷其忠而獲戾，視為弔文，樹碑而刊之。

既褒忠祭墓，又為文弔之，已是結合教化與文學雙重意義。此篇祭文不見於《魏書》，但《南齊書》卷五十七〈魏虜傳〉亦記此事，並引祭文中四句曰：

〔註4〕

〔註4〕《南齊書》卷五十七〈魏虜傳〉系此事於齊永明八年，即西元490年，合當北魏太和十四年，與《魏書》所載不合，今從《魏書》。又，元宏弔比干文今有碑拓本，收錄於清嚴可均較輯之《全上古三代秦漢三國六朝文》中《全後魏文》

> （元宏）遊河北至比干墓，作〈弔比干文〉云：「脫非武發，封墓誰
> 因？嗚呼介士，胡不我臣！」

可見孝文帝頗以武王自居，而文、武二王皆爲受儒家推崇的英明國君；並且
又提出以忠介之士爲臣子的願望，更標舉出儒家忠君愛國的政治思想。儒學
興於周而盛於漢，而且孔子又十分推崇《詩經》的政教功能，是以孝文帝有
倣效周世采詩之舉。《魏書》卷六十四〈張彝傳〉載彝曾於世宗宣武帝時上表
呈述采詩經過，並獻所采之詩七卷，其文曰：

> 高祖遷鼎成周，永茲八百，偃武修文，憲章斯改，實所謂加五帝、
> 登三王，民無德而名焉。猶且慮獨見之不明，欲廣訪於得失，乃命
> 四使，觀察風謠。臣時忝常伯，充一使之列，遂得仗節揮金，宣恩
> 東夏，周歷於齊魯之間，遍馳於梁宋之域，詢採詩頌，研檢獄情，
> 實庶片言之不遺，美刺之俱顯。而才輕任重，多不遂心。所採之詩，
> 並始申目，而值鑾輿南討，問罪宛鄧，臣復忝行軍，樞機是務。及
> 輦駕之返，膳御未和，續以大諱奄臻，四海崩慕，遂爾推遷，不及
> 聞徹。

張彝采詩，從太和二十一年開始，[註5] 但未能於孝文帝在世時完成。雖然如
此，這項采詩的行動，已對當時的文學產生實質上的影響，例如爲孝文帝知
待，稱讚其才「浩浩如黃河東注，固今日之文宗」的崔光，即在與張彝一同
巡方省察，宣揚風化，並采詩以知美刺的同時，「所經述敘古事，因而賦詩三
十八篇」（《魏書》卷五十五〈崔光傳〉）崔光詩的內容雖無由得知，但是以其
當時所負任務揣想，極有可能爲以文寓事，足以興觀群怨的作品。〈崔光傳〉
又曰：

> 光又爲百三郡國詩以答（李彪），國別爲卷，爲百三卷焉。

更無疑爲仿效《詩經》十五國風而來。而《詩經》的美刺功能，正是儒家對
漢賦的期待。孝文帝既在政治上遠承周漢，反映於文學的，即是《詩經》與
漢賦影響所及的，現實主義精神的呈現。這種現實主義的精神，亦正是形成
孝文帝文學觀的主要精神。

　　北魏孝文帝元宏不但雄才大略，是歷史上難得一見的英明君主，並且天
縱英才，學識文章，皆富煥過人。《魏書》卷七下〈高祖紀〉曰：

　　　卷七孝文帝之部。見宏業書局民國 64 年 8 月初版，頁 3551 上～3552 上。
〔註 5〕見《魏書》卷七上〈高祖紀〉上。

（高祖）雅好讀書，手不釋卷。五經之義，覽之便講，學不師受，
探其精奧。史傳百家，無不該涉。善談莊老，尤精釋義。才藻富贍，
好爲文章，詩賦銘頌，任興而作。有大文筆，馬上口授，及其成也，
不改一字。

本紀又曰：

帝幼有至性，年四歲顯祖曾患癰，帝親自吮膿。五歲受禪，悲泣不
能自勝。顯祖問帝，帝曰：「代親之感，内切於心。」顯祖甚歎異之。
文明太后以帝聰聖，後或不利於馮氏，將謀廢帝。乃於寒月，單衣
閉室，絕食三朝，召咸陽王禧，將立之，元丕、穆泰、李沖固諫，
乃止。帝初不有憾，唯深德丕等。撫念諸弟，始終曾無纖介，惇睦
九族，禮敬俱深。雖於大臣持法不縱，然性寬慈，每垂矜捨。進食
者曾以熱羹傷帝手，又曾於食中得蟲穢之物，並笑而恕之。宦者先
有譖帝於太后，太后大怒，杖帝數十，帝默然而受，不自申明。太
后崩後，亦不以介意。聽覽政事，莫不從善如流。哀矜百姓，恆思
所以濟益。天地、五郊、宗廟二分之禮，常必躬親，不以寒暑爲倦。
尚書奏案，多自尋省。百官大小，無不留心，務於周洽。每言：凡
爲人君，患於不均，不能推誠御物，苟能均誠，胡越之人亦可親如
兄弟，常從容謂史官曰：「直書時事，無諱國惡。人君威福自己，史
復不書，將何所懼。」南北征巡，有司奏請治道，帝曰：「粗修橋梁，
通輿馬便止，不須去草劃令平也。」凡所修造，不得已而爲之，不
爲不急之事損民力也。巡幸淮南，如在内地，軍事須伐民樹者，必
留絹以酬其直，民稻粟無所傷踐。諸有禁忌禳厭之方非典籍所載者，
一皆除罷。……性儉素，常服澣濯之衣，鞍勒鐵木而已。

《魏書》卷十三〈文明皇后馮氏傳〉又曰，文明太后之崩，「高祖毀瘠，絕酒
肉，不內御者三年。」同書卷二十一下〈彭城王元勰傳〉又曰：

高祖南討漢陽，假勰中軍大將軍，加鼓吹一部。勰以寵受頻煩，乃
面陳曰：「臣聞兼親疏而兩，並異同而建，此既成文於昔，臣願誦之
於後。陳思求而不允，愚臣不請而得。豈但今古云殊，遇否大異，
非獨曹植遠羨於臣，是亦陛下踐魏文而不顧。」高祖大笑，執勰手
曰：「二曹才名相忌，吾與汝以道德相親，緣此而言，無慚前烈。汝
但克己復禮，更何多及。」

綜觀上述史書所載，再參之以推崇儒學儒術，重用通經之士的事實，可知孝
文帝在學識上雖兼通儒、釋、道三家，但在生活的實踐上，卻一準於儒。孝
文帝不但在生活中以儒教爲準式，在文學的理念與創作上，亦以儒家重實用
的現實主義文學觀爲皈依。孝文帝的儒家文學觀數見於史，如：《魏書》卷六
十〈韓麒麟傳附韓顯宗傳〉曰：

> 高祖曾謂顯宗及程靈虬曰：「著作之任，國書是司。卿等之文，朕自
> 委悉，中省之品，卿等所聞。若欲取況古人，班馬之徒，固自遼闊。
> 若求之當世，文學之能，卿等應推崔孝伯。」又謂顯宗曰：「見卿所
> 撰燕志及在齊詩詠，大勝比衆之文。然著述之功，我所不見，當更
> 訪之監、令。校卿才能，可居中第。」又謂程靈虬曰：「卿比韓顯宗
> 復有差降，可居下上。」顯宗對曰：「臣才第短淺，猥聞上天，至乃
> 比於崔光，實爲隆渥。然臣竊謂陛下貴古而賤今，臣學微才短，誠
> 不敢仰希古人，然聖明之世，覩惟新之禮，染翰勒素，實錄時事，
> 亦未慚於後人。昔揚雄著太玄經，當時不免覆盎之談，二百年外，
> 則越諸子。今臣之所撰，雖未足光述帝載，稗暉日月，然萬祀之後，
> 仰觀祖宗巍巍之功，上觀陛下明明之德，亦何謝欽明於唐典，慎徽
> 於虞書。」高祖曰：「假使朕無愧於虞舜，卿復何如於堯臣？」顯宗
> 曰：「臣聞君不可以獨治，故設百官以贊務。陛下齊蹤堯舜，公卿寧
> 非二八之儔。」高祖曰：「卿爲著作，僅名奉職，未是良史也。」顯
> 宗曰：「臣仰遭明時，直筆而無懼，又不受金，安眠美食，此臣優於
> 遷固也。」高祖哂之。

韓顯宗指孝文帝貴古而賤今，其實也正是常見於一般人的觀念，這種觀念實
與儒家標榜古聖先賢的傳統密不可分；其後韓顯宗所謂「仰遭明時，直筆而
無懼」，亦是援用儒家經典《春秋》的典故。《魏書》卷五十五〈劉芳傳〉又
曰：

> 高祖遷洛，路由朝歌，見殷比干墓，愴然悼懷，爲文以弔之。芳爲
> 注解，表上之。詔曰：「覽卿注，殊爲富博。但文非屈宋，理慚張賈。
> 既有雅致，便可付之集書。」

可見孝文帝所期待的，是見於楚辭中兼具洗練的文辭，與直抒胸臆的深切情
感之風格，或是張衡、賈誼等人的漢賦中，含蘊深遠思想的特色。〔註6〕《魏

〔註6〕 詳見日人矢嶋徹輔〈北魏孝文帝の文學觀〉：《九州中國學會報》十六，頁17

書》本紀下又載太和八年甲辰之詔，其中有文曰：

> 直言極諫，勿有所隱，務令辭無煩華，理從簡實。〔註7〕

更是儒家簡樸重實用的文學觀之表露。基於儒家文學觀的推使，孝文帝的文學創作及其所領導的文學活動，皆極生活化；文學活動部份，本章第二節將有詳述，爲避免重複，在此不贅舉。其生活化的實用性文學創作，如《魏書》卷八十三上〈外戚·馮熙傳〉曰，孝文帝寵遇馮熙，及其薨，帝親服衰往迎靈柩。葬日，並「送臨墓所，親作誌銘」。同書同卷〈馮誕傳〉又曰：

> 高祖既深愛誕，除官日，親爲制三讓表并啓，將拜，又爲其章謝。……
>
> （及薨）帝又親爲作碑文及挽歌。

同書卷五十九〈劉昶傳〉並曰：

> （太和）十八年，昶除使持節、都督吳越楚彭城諸軍事、大將軍，固辭，詔不許，又賜布千匹。及發，高祖親餞之，命百僚賦詩贈昶，又以其文集一部賜昶。高祖因以所製文筆示之，謂昶曰：「時契勝殘，事鍾文業，雖則不學，欲罷不能。脫思一見，故以相示。雖無足味，聊復爲笑耳。」其重昶如是。

同書卷五十七〈崔挺傳〉又曰：

> （太和）十九年，車駕幸兗州，召挺赴行在所。及見，引諭優厚。
>
> 又問挺治邊之略，因及文章。高祖甚悅，謂挺曰：「別卿已來，倏焉二載，吾所綴文，已成一集，今當給卿副本，時可觀之。」

可見孝文帝在實用性散文方面的創作，遠多於純文學的詩賦，是以在短短兩年之內，所製文章即可都爲一集。再觀其以文集賜贈愛重之臣，及其對話，更不難察知孝文帝對自己所作實用性作品的自負。

　　孝文帝的儒家現實主義文學觀，並且影響及於當時的文學之士。《魏書》卷二十一下〈彭城王元勰傳〉即載曰：

> 高祖與侍臣昇金墉城，顧見堂後梧桐、竹曰：「鳳皇非梧桐不栖，非竹實不食，今梧桐、竹並茂，詎能降鳳乎？」勰對曰：「鳳皇應德而來，豈竹、梧桐能降？」高祖曰：「何以言之？」勰曰：「昔在虞舜，鳳皇來儀；周之興也，鸑鷟鳴於岐山。未聞降桐食竹。」高祖笑曰：

〜31：1970 年 5 月。

〔註7〕《魏書》卷七下〈高祖紀〉下曰：「自太和十年已後詔冊，皆帝之文也。」則太和十年以前之詔冊，有非帝之所出者，唯無法辨明，姑歸之於孝文帝。

「朕亦未望降之也。」後宴侍臣於清徽堂。日晏,移於流化池芳林
之下。高祖曰:「向宴之始,君臣肅然,及將末也,觴情始暢,而流
景將頹,竟不盡適,戀戀餘光,故重引卿等。」因仰觀桐葉之茂,
曰:「『其桐其椅,其實離離,愷悌君子,莫不令儀』,今林下諸賢,
足敷歌詠。」遂令黃門侍郎崔光讀暮春群臣應詔詩。至勰詩,高祖
仍為之改一字,曰:「昔祁奚舉子,天下謂之至公,今見勰詩,始知
中令之舉非私也。」勰對曰:「臣露此拙,方見聖朝之私,賴蒙神筆
賜刊,得有令譽。」高祖曰:「雖琢一字,猶是玉之本體。」勰曰:
「臣聞詩三百,一言可蔽。今陛下賜刊一字,足以價等連城。」

又曰:

> 高祖令勰為露布,勰辭曰:「臣聞露布者,布於四海,露之耳目,必
> 須宣揚威略,以示天下。臣小才,豈足大用。」高祖曰:「汝豈獨親
> 詔,亦為才達,但可為之。」及就,尤類帝文,有人見者,咸謂御
> 筆。高祖曰:「汝所為者,人謂吾製,非兄則弟,誰能辨之。」勰對
> 曰:「子夏被蚩於先聖,臣又荷責於來今。」

元勰之「一言可蔽」,其實是斷章取義的用法,但是其兄弟二人之語稱虞舜,
歌詠《詩經》,亦可見證其對於儒家典故與儒家所崇尚的文學作品,相當閑熟
與推舉。而元勰之自謙小才,不足以作露布,必待孝文帝鼓勵之後始為之,
更可見出對實用性文章的重視。同書卷六十〈程駿傳〉又載,沙門法秀謀反
伏誅後,駿上〈慶國頌〉十六章,其頌之前有表,申言曰:

> 臣聞《詩》之作也,蓋以言志。邇之事父,遠之事君,關諸風俗,
> 靡不備焉。上可以頌美聖德,下可以申厚風化,言之者無罪,聞之
> 者足以誠。

更直接標舉「詩以言志」的儒家文學觀,與孝文帝互為呼應。

　　北魏後期的文學,在孝文帝的儒家政策與儒家文學觀的影響下,產生大
量反映現實與發揮政教功能的作品。其中以賦為主流,例如《魏書》卷六十
八〈甄琛傳附密傳〉曰:

> (甄密)清謹少嗜欲,頗涉書史。太和中,奉朝請。密疾世俗貪競,
> 乾沒榮寵,曾作〈風賦〉以見意。

同書卷七十二〈陽尼附固傳〉曰:

> 初,世宗委任群下,不甚親覽,好桑門之法。尚書令高肇以外戚權

　　寵，專決朝事，又咸陽王禧等並有釁故，宗室大臣，相見疏薄；而

　　王畿民庶，勞弊益甚。固乃作南、北二都賦，稱恆代田漁聲樂侈靡

　　之事，節以中京禮儀之式，因以諷諫。辭多不載。

又曰，固與中尉王顯有隙，顯因事奏免固官職。

　　（固）既無事役，遂闔門自守，著〈演賾賦〉，以明幽微通塞之事。

同書卷二十一下〈彭城王元勰傳〉曰，世宗時咸陽王禧漸以驕矜，頗有不法

而深忌勰等，因進讒於上，勰因此釋位歸第。本傳又曰：

　　勰因是作〈蠅賦〉以諭懷，惡讒構也。

同書卷十九中〈任城王傳附元順傳〉曰，城陽王徽因事與順大為嫌隙，乃間

順於靈太后，出順外職。順疾徽等間之，遂為〈蠅賦〉。

〈風賦〉、〈南都賦〉、〈北都賦〉及元勰〈蠅賦〉今皆不傳，〔註8〕〈演賾賦〉

與元順〈蠅賦〉俱見《魏書》本傳。〈演賾賦〉之末段曰：

　　嗟域中之默默兮，詎擄寫其深情。情盤桓而猶豫兮，志狐疑而未決。

　　久放蕩而不還兮，心惆悵而不悅。憶慈親於故鄉兮，戀先君於丘墓。

　　回遊駕而改轅兮，縱歸轡而緩御。僕眷眷於短街兮，馬依依於趺步。

　　還故園而解羈兮，入茅宇而返素。耕東皋之沃壤兮，釣北湖之深潭。

　　養慈顏於婦子兮，競獻壽而薦甘。朝樂酣於濁酒兮，夕寄忻於素琴。

　　誦風雅以導志兮，蘊六籍於胸襟。敦儒墨之大教兮，崇逸民之遠心。

　　播仁聲於終古兮，流不朽之徽音。進不求於聞達兮，退不營於榮利。

　　泛若不繫之舟兮，湛若不用之器。不潔其身兮，不屑於位。不拘小

　　節兮，不求曲備。資靈運以託己兮，任性命之遭隨。既聽天而委化

　　兮，無形志之兩疲。除紛競而靖默兮，守沖寂以無為。寄後賢以籍

　　賞兮，寧怨時之弗知。

〈蠅賦〉全文如下：

　　余以仲秋休沐，端坐衡門，寄想琴書，託情紙翰，而蒼蠅小蟲，往

　　來牀几，疾其變白，聊為賦云：遐哉大道，廓矣洪氣。肇立秋夏，

　　爰啟冬春。既含育於萬性，又芻狗而不仁。隨因緣以授體，齊美惡

〔註8〕　不傳於今而見載於《魏書》的賦作，尚有邢產〈孤蓬賦〉，見卷六十五；裴宣

　　　　〈懷田賦〉，見卷四十五；裴景融〈鄴都賦〉、〈晉都賦〉，見卷六十九；……

　　　　等多篇，因無法見其原作，又無序言或史家的有關說明，無法討論，故略而

　　　　不述。

而無分。生茲穢類，靡益於人。名備群品，聲損眾倫。欰脛纖翼，紫首蒼身。飛不能迥，聲若遠聞。點緇成素，變白為黑。寡愛蘭芳，偏貪穢食。集桓公之屍，居平叔之側。亂雞鳴之響，毀皇宮之飾。習習戶庭，營營榛棘。反覆往還，譬彼讒賊。膚受既通，譖潤罔極。緝緝幡幡，交亂四國。於是妖姬進，邪士來，聖賢擯，忠孝摧。周昌拘於牖里，天乙囚於夏臺。伯奇為之痛結，申生為之蒙災。鴟鴞悲其室，採葛懼其懷。小弁隕其涕，靈均表其哀。自古明哲猶如此，何況中庸與凡才。若夫天生地養，各有所親。獸必依地，鳥亦憑雲，或來儀以呈祉，或自擾而見文。或負圖而歸德，或銜書以告真。或夭胎而奉味，或殘軀以獻珍。或主皮而興禮，或牢牽以供神。雖死生之異質，俱有益於國人。非如蒼蠅之無用，唯構亂於蒸民。

又有盧元明所作〈劇鼠賦〉，收錄於《初學記》卷二十九，雖不知其作賦原委，然而觀其文意，亦與陽固、元順之作，同為譏諷時事者；其辭如下：

劇鼠賦

跖實排虛，巢居穴處。唯飲噬於山澤，悉潛伏於林籔。故寢廟有處，茂草別所。矧乃微蟲，乖群異侶。干紀而進，於情難許。爾雅所載，厥類多種。詳其容質，並不足重。或處野而隔陰山，或同穴而鄰嶓冢；或飲河以求飽腹，或噉烟而游森篧。然今者之所論，出於人家之壁孔。嗟乎在物，最為可賤。毛骨莫充於玩賞，脂肉不登於俎膳。故淮南輕舉，遂嘔腸而莫追；東阿體拘，徒稱仙而被譴。其為狀也，憯恢咀吁，睢離睒瞗，鬚似麥穗半垂，眼如豆角中劈，耳類槐葉初生，尾若杯酒餘瀝。乃有老者，羸髖疥癩，偏多奸計。眾中無敵，託社忌器。妙解自惜，深藏厚閉。巧能推覓，或尋繩而下，或自地高擲，登機緣櫃，盪扉動帟。忉忉終朝，轟轟竟夕。是以詩人為辭，實云其碩。盜干湯之珍俎，傾留之香澤；傷繡領之斜製，毀羅衣之重襲。曹舒由是獻規，張湯為之被謫。亦有閑居之士，倦游之客，絕弔慶以養真素，摒左右而尋詩易；庭院肅清，房櫳虛寂。爾乃群鼠乘間，東西擅擲，或床上捋髭，或戶間出額，貌甚舒暇，情無畏惕。又領其黨與，欣欣奕奕，欰覆箱盒，騰踐茵席，共相侮慢，特無宜適。嗟天壤之含弘，產此物其何益。

諸賦或直抒胸臆，或采比興，皆質朴而有深意。

　　陽固另有〈刺讒〉〈疾嬖幸〉〔註9〕詩二首，全詩以四言寫成，頗帶楚辭色彩。其辭如下：

刺讒詩

　　巧佞！巧佞！讒言興兮。營營習習，似青蠅兮。以白爲黑，在汝口兮。汝非蝮蠆，毒何厚兮。巧佞！巧佞！一何工矣。司間司伺，言必從矣。朋黨噂沓，自相同矣。浸潤之譖，傾人墉矣。成人之美，君子貴焉。政人之惡，君子恥焉。汝何人斯？譖毀日繁。予實無罪，騁汝詭言。番番緝緝，讒言側入。君子好讒，如或弗及。天疾讒說，汝其至矣。無妄之禍，行將及矣。泛泛游鳧，弗制弗拘。行藏之徒，或智或愚。維予小人，未明茲理。毀與行俱，言與釁起。我其懲矣，我其悔矣。豈求人兮，忠恕在己。

疾嬖幸詩

　　彼諂諛兮，人之蠹兮。刺促昔粟，罔顧恥辱，以求媚兮。邪干側入，如恐弗及，以自容兮。志行褊小，好習不道。朝挾其車，夕承其輿。或騎或徒，載奔載趨。或言或笑，曲事親要。正路不由，邪徑是蹈。不識大猷，不知詁言。其朋其黨，其徒實繁。有詭其行，有佞其音。蓬蔯戚施，邪媚是欽。既詭且妠，以逞其心。是信是任，敗其以多。不始不慎，末如之何。習習宰嚭，營營無極。梁丘寡智，王鮒淺識。伊戾、息夫，異世同力。江充、趙高，甘言似直。豎刁、上官，擅生羽翼。乃如之人，憯爽其德。豈徒喪邦，又亦覆國。嗟爾中下，其親其昵。不謂其非，不覺其失。好之有年，寵之有日。我思古人，心焉若疾。凡百君子，宜其慎矣。覆車之鑒，近可信矣。言既備矣，事既至矣。反是不思，維塵及矣。

誅伐邪佞，激昂剀切，與其賦作之風格相同，皆能針砭時事。這種由賦延伸而來，能反映現實，具有諷諭功能的特色，正是北魏後期詩的風格，而且詩中含帶的感情又比賦更爲豐沛。如《魏書》卷六十〈韓顯宗傳〉曰，顯宗年少而功高，頗自矜伐，尚書張彝奏免其官，高祖詔以白衣守諮議，以懲其浮驕。本傳曰：

〔註9〕《魏書》載此二詩之題爲〈刺讒〉〈疾嬖幸〉，《北史》作〈刺讒〉〈疾嬖倖〉，而丁福保所輯《全北魏詩》則所〈刺讒〉〈疾倖〉，少一「嬖」字；逯欽立所輯《先秦漢魏晉南北朝詩》與丁氏同。

顯宗既失意，遇信向洛，乃為五言詩贈御史中尉李彪曰：「賈生謫長
沙，董儒詣臨江。愧無若人跡，忽尋兩賢蹤。追昔渠閣游，策駑廁
群龍。如何情願奪，飄然獨遠從？痛哭去舊國，銜淚居新邦。哀哉
無援民，嗷然失侶鴻。彼蒼不我聞，千里告志同。」〔註10〕

寫政治上失意的牢騷，感情強烈而筆力剛勁。《魏書》卷七十九〈鹿悆傳〉又
曰：

（悆）初為真定公元子直國中尉，恆勸以忠廉之節。嘗賦五言詩曰：
「嶧山萬丈樹，雕鏤作琵琶。由此材高遠，弦響藹中華。」又曰：「援
琴起何調？幽蘭與白雪。絲管韻未成，莫使弦響絕。」子直少有令
問，悆欲其善終，故以諷焉。

文字清朗，而殷殷期許，溢於言表。同書同卷〈馮元興傳〉又載曰，肅宗時
元興為元乂腹心，而卑身克己不預權勢之傾軋。後元乂以政爭敗而賜死，元
興亦被廢。乃為〈浮萍詩〉以自喻。其詩曰：

有草生碧池，無根綠水上。脆弱惡風波，危微苦驚浪。

同書同卷〈董紹傳〉曰，紹於世宗、肅宗之世迭有戰功，爾朱氏洛陽之亂後，
紹與賀拔岳牧馬於高平，感於遭逢，悲而賦詩。其詩曰：

走馬山之阿，馬渴飲黃河。寧謂胡關下，復聞楚客歌。

同書卷十一〈前廢帝紀〉又載，帝為爾朱氏所脅，出繼九五，尋被廢。帝既
失位，乃賦詩曰：

朱門久可患，紫極非情玩。顛覆立可待，一年三易換。時運正如此，
唯有修真觀。

同書卷十九上〈濟陰王元暉業傳〉又曰，魏末高氏專權，暉業以時運漸謝，
不復圖全，唯事飲啗。嘗賦詩曰：

昔居王道泰，濟濟富群英。今逢世路阻，狐兔鬱縱橫。

這些作品或感懷時事，或傷歎遭逢，皆意深而情切；而文辭質樸，風格蒼勁。
更有一類臨終而作的詩，抱憾含悲，淒涼已極。如楊衒之《洛陽伽藍記》卷
一〈永寧寺〉條載曰，爾朱兆曾囚莊帝於寺，甚見侮虐，旋縊亡。莊帝臨終
作五言詩曰：

權去生道促，憂來死路長；懷恨出國門，含悲入鬼鄉。隧門一時閉，

〔註10〕〈贈中尉李彪詩〉丁福保《全北魏詩》誤為韓延之作。逯欽立《先秦漢魏晉
南北朝詩》〈北魏詩〉之部錄此詩，亦承其誤。

幽庭豈復光？思鳥吟青松，哀風吹白楊；昔來聞死苦，何言身自當！

《魏書》卷十九下〈南安王傳附元熙傳〉又載，劉騰與元叉之幽囚靈太后，熙起兵反之，兵敗。臨刑爲五言詩示其僚吏，並別知友。其詩曰：

義實動君子，主辱死忠臣。何以明是節？將解七尺身。

平生方寸心，殷勤屬知己。從今一銷化，悲傷無極已。

元熙尚有與知故訣別之書，中言：

昔李斯憶上蔡黃犬，陸機想華亭鶴唳，豈不以恍惚無際，一去不還者乎？今欲對秋月，臨春風，藉芳草，蔭花樹，廣召名勝，賦詩洛濱，其可得乎？

正是其詩之最佳注解。

上述反映現實，譏切時事，文辭質朴而感情眞摯的風格，本是北魏後期文學的主風，但自孝文帝崩逝後，北魏朝廷無法貫徹儒家政策，綱紀日弛，兼以代北六鎮因漢化而遭疏隔，遂因文化差異而叛變。六鎮之亂迅速瓦解了北魏的政治架構，而儒家治術非但不能施用於廟堂之上，儒家思想也不再能維繫在野民心。代之而起的是老莊思想與佛家思想。在中華文化中，太平盛世與孔孟，亂世與老莊，本已是不可分隔而互爲起伏的兩組結合；而佛家思想自漢末東來，在北魏境內早已因世宗、靈太后等主政者的崇信而大盛。老莊的高蹈，佛家的出世，在北魏末年的亂局中，成爲社會普遍的信仰；而老莊思想中的藝術精神，與佛教信仰中華美的體貌，影響及於文學，遂使北魏後期文學質朴眞摯的本風，呈現變格。

北魏後期文學作品中，如《魏書》卷六十五〈李平傳附子諧傳〉所載，元顥入洛，以李諧爲給事黃門侍郎。顥敗，除名，乃爲〈述身賦〉；同書卷八十五〈文苑・邢昕傳〉又載，昕於太昌中爲中尉所劾，免官，乃爲〈述躬賦〉。〈述躬賦〉今不傳，第以賦名觀之，內容當與〈述身賦〉近似。〈述身賦〉見於《魏書》本傳，內容以述志爲旨而間及於時事，其文辭亦頗素樸，然其歸言於內求自保，託身物外，則已寓含老莊，違異儒家諷諭之文學觀。其末段之辭如下：

探宿志以內求，撫身途而自計。不詭遇以邀合，豈釣名以干世。獨浩然而任己，同虛舟之不繫。既未識其所以來，亦豈知其所以逝。於是得喪同遣，忘懷自深。遇物栖息，觸地山林。雖因西浮之迹，何異東都之心。願自託於魚鳥，永得性於飛沉。庶保此以獲沒，不

再罪於當今。

此類作品由於尚能保留文辭上的質朴，可視爲由儒過渡爲釋老的中間作品，《魏書》卷九十〈逸士‧李謐傳〉所載五言詩正可爲此類作品的代表。其詩曰：

> 周孔重儒教，莊老貴無爲。二途雖如異，一是買聲兒。生乎意不愜，
> 死名用何施。可心聊自樂，終不爲人移。脫尋余志者，陶然正若斯。

更進一步者，如：李騫〈釋情賦〉，以「擊壤而頌，結草而嬉。援巢父以戲潁，追許子而升箕」終篇；裴伯茂〈豁情賦〉，以「究覽莊生，具體齊物，物我兩忘，是非俱遣」爲序；封肅爲〈還園賦〉，史稱其辭甚美；袁翻作〈思歸賦〉，文如錯花，奇光爛爛。〔註 11〕則非徒以老莊思想爲骨骼而已，更以華麗文辭爲體膚；其中鄭道昭四首帶有遊仙色彩的作品，最堪爲此中代表。〔註 12〕其辭曰：

登雲峰山觀海島

> 山遊悅遙賞，觀滄眺白沙。雲路沈仙駕，靈章飛玉車。金軒接日綵，
> 紫蓋通月華。騰龍躍星水，翩鳳映煙家。往來風雲道，出入朱明霞。
> 霧帳芳宵起，蓬臺植漢邪。流精麗旻部，低翠曜天葩。此矚寧獨好，
> 斯見理如麻。秦皇非徒駕，漢武豈空嗟。

於萊城東十里與諸門徒登青陽嶺太基山上四面及中嶺掃石置仙壇詩

> 尋日愛丘素。嗟月開靖場。東峰青煙寺。西嶺白雲堂。朱陽臺望遠。
> 玄靈崖色光。高壇周四嶺。中明起前崗。神居杳漢眇。接景拂霓裳。
> □微三四子。披霞度仙房。瀟瀟步林石。繚繚歌道章。空谷和鳴磬。
> 風岫吐浮香。冷冷□虛唱。鬱鬱遶松梁。伊余莅東國。杖節牧齊疆。
> 乘務惜暫暇。遊此無事方。依巖論李老。斟泉語經莊。長文聽遠義。
> 門徒森山行。躊躇念歲述。幽衿獨扶桑。栖槃時自我。豈云蹈行藏。

與道俗□人出萊城東南九里登雲峰山論經書詩

> 靖覺鏡□津。浮生厭人職。辟志訪□遊。雲峻期登涉。拂衣出州□。
> 緩步入煙域。苔替□逕□。籠聚星路逼。霞□□□太。鳳駕緣虛垠。
> 披衿接九賢。合蓋高嶺極。崢嶸非一□。林巒迭峻嶓。雙闕承漢開。

〔註 11〕並見《魏書》：卷三十六〈李順附孫騫傳〉；卷八十五〈文苑‧裴伯茂傳〉；同
卷〈文苑‧封肅傳〉；卷六十九〈袁翻傳〉。

〔註 12〕據逯欽立《先秦漢魏晉南北朝詩》所輯。

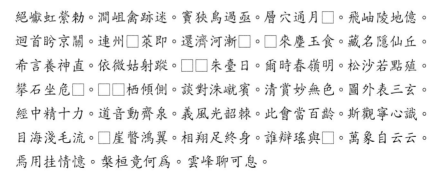

絕巇虹縈勒。澗岨禽跡迷。竇狹鳥過巫。層穴通月□。飛岫陵地億。
迴首盻京關。連州□菜即。還濟河漸□。□來塵玉食。藏名隱仙丘。
希言養神直。依微姑射蹤。□□朱臺日。爾時春嶺明。松沙若點殖。
攀石坐危□。□□栖傾側。談對沬嵻賓。清賞妙無色。圖外表三玄。
經中精十力。道音動齊泉。義風光韶棘。此會當百齡。斯觀寧心識。
目海淺毛流。□崖瞥鴻翼。相翔足終身。誰辯瑤與□。萬象自云云。
焉用挂情憶。槃桓竟何爲。雲峰聊可息。

詠飛仙室詩

巖堂隱星霄，遙簷駕雲飛。鄭公乘日至，道士投霞歸。

這種脫離現實的作品，愈至北魏末年愈見多產，終至喧賓奪主，皆以變格爲
主風。

第二節　經濟改革與文學的關係

北魏建國之初，經濟方面仍以畜牧業爲主要取給來源。所以如此之故，
一則因爲其時拓跋氏以時遷徙，逐水草而居的部落習俗未除，對於財富的評
估，多著眼於牲畜與人力的多寡；一則因爲國家體制初建，且北方尚未統一，
軍事仍然是對內鞏固統治，對外擴張勢力的主要力量。當時爲鼓勵戰功，無
論謀臣將士，皆以征伐時所掠得之人口與雜畜爲班賜品，如：許謙「從征衛
辰，以功賜僮隸三十戶」；長孫肥屢立戰功，「賞賜奴婢數百口，畜物以千計」；
王建從征有功，「賜奴婢數十口，雜畜數千」；安同迭典庶事，使功居多，「賜
以妻妾及隸戶三十，馬二匹，羊五十口」，張濟頻從車駕北伐，謀功居多，「賞
賜奴婢百口，馬牛數百，羊二十餘口」；李先進策破敵，「賞奴婢三口，馬牛
羊五十頭」。〔註13〕而《魏書》卷三十五〈崔浩傳〉中又載，世祖拓跋燾時欲
舉兵伐劉宋，因崔浩諫阻而罷。崔浩發論時曾提及當時以擄掠物爲班賜品的
情形，其言曰：「在朝群臣及西北守將，從陛下征討，西滅赫連，北破蠕蠕，
多獲美女珍寶，馬畜成群。南鎮諸將聞而生羨，亦欲南抄，以取資財。」可
見雖然班賜數量不大，卻已達到鼓勵戰功的效果。這種方法，不但成爲變相
的承認擄掠乃合法取得私人財產的形式之外，也阻礙了農業的發展。

〔註13〕以上皆見《魏書》：卷二十四〈許謙傳〉、卷二十六〈長孫肥傳〉、卷三十〈王
　　　　建傳〉、同卷〈安同傳〉、卷三十三〈張濟傳〉、同卷〈李先傳〉。

　　拓跋氏在以盛樂為都城的時代，即已有農業活動。據《魏書》卷二〈太祖紀〉所載，登國元年（西元 386 年）拓跋珪即代王位時，即「息眾課農」；登國九年（西元 394 年），曾「使東平公元儀屯田於河北五原，至於楉楊塞外」，〔註 14〕此次屯田頗有收穫，因〈太祖紀〉又載，翌年秋天後燕慕容寶來寇五原，需「造舟收穀」，《資治通鑑》卷一百八〈晉紀〉孝武帝太元二十年（西元 395 年）秋七月之條亦曰：「燕軍至五原，降魏別部三萬餘家，收穄田百餘萬斛。」〔註 15〕太祖天興元年（西元 398 年）又曾「詔給內徙新民耕牛，計口受田」；天興三年（西元 400 年）並曾「躬耕籍田，率先百姓」，且「自後比歲大熟，匹中八十餘斛」，但因「是時戎車不息，雖頻有年，猶未足以久贍」。〔註 16〕可見拓跋珪時，對農業發展所做的努力，雖然有實質收穫，又「大得人心」，〔註 17〕但是一時之間，並不能扭轉固有的民族習性。《魏書》卷二十八〈和跋傳〉另載曰，貴族和跋因罪赴刑，與其弟毗訣曰：「灅北地瘠，可居水南，就耕良田，廣為產業。」但這種重視農業經濟的現象，畢竟是屬於少數例外。太宗拓跋嗣尚能稍繼太祖之業，〈太宗紀〉載永興五年（西元 413 年）有計口授田之舉，〈食貨志〉又載其詔敕有司勸課留農者，曰：「凡庶民之不畜者祭無牲，不耕者祭無盛，不樹者死無槨，不蠶者衣無帛，不績者喪無衰。教行三農，生殖九穀；教行園圃，毓長草木；教行虞衡，山澤作材；教行藪牧，養蕃鳥獸；教行百工，飭成器用；教行商賈，阜通貨賄；教行嬪婦，化治絲枲；教行臣妾，事勤力役。」可知仍是農耕與畜牧並重。但是，世祖拓跋燾即位後，以統一北方為志業，遂重牧輕農。《資治通鑑》卷一百二十五〈宋紀〉文帝元嘉二十七年（西元 450 年）秋七月條載曰，宋軍北伐，魏群臣請遣兵救緣河穀帛，而拓跋燾卻答曰：「國人本著羊皮褲，何用綿帛！」〈食貨志〉又載曰：「世祖即位，開拓四海，以五方之民各有其性，故修其教不改其俗，齊其政不易其宜，納其方貢以充倉廩，收其貨物以實庫藏，又於歲時取鳥獸之登於俎用者以牣膳府。」顯見當時國庫的收入，主要仍取自四方納貢，其中又以牲畜為主要項目。又由於拓跋燾時，已粗備國家規模，安內與攘外

〔註 14〕《魏書》卷一百一十〈食貨志〉亦載此事，唯「楉楊」作「楉陽」。或有做「楉陽」者。
〔註 15〕「穄」為小米之一種。《說文解字》曰：「䵖也。從禾，祭聲。」段玉裁注曰：「黍之不粘者也。」
〔註 16〕天興三年所引之文，見《魏書》卷一百一十〈食貨志〉。
〔註 17〕見《魏書》卷十五〈元儀傳〉。

同等重要，對於留守的官員也需有所撫恤，因此，原用於出征武將與從征謀臣的班賜戰利品以爲獎勵的辦法，遂沿用於其他留守的在朝文武官。《魏書》卷四〈世祖紀〉中即屢見此類記載，如：始光三年（西元 426 年），「班軍實以賜將士，行、留各有差」；始光四年，「賜留台文武生口、繒帛、馬牛各有差」；神䴥四年（西元 431 年），「車駕還宮，飲至策勳，告於宗廟，賜留台百官各有差」等。這種辦法沿用日久，遂成百官無祿的定制。

　　北魏早期百官皆無俸祿，唯取給於民。所謂取給於民，其實正是征伐四方時，以戰利品班賜群臣的遺規。這對於有從征經驗，或善於交結的官吏而言，可能不以爲意，甚至習以爲常，如《魏書》卷二十四〈崔玄伯傳附崔寬傳〉曰：

> 寬性滑稽，誘接豪右、宿盜魁帥，與相交結，傾衿待遇，不逆微細。是以能得民庶忻心，莫不感其意氣。時官無祿力，唯取給於民。寬善撫納，招致禮遺，大有受取，而與之者無恨。

但是以廉潔自守者，卻因此而貧苦異常，如《魏書》卷四十八〈高允傳〉曰：

> （允之拜中書令）司徒陸麗曰：「高允雖蒙寵待，而家貧布衣，妻子不立。」高宗怒曰：「何不先言！今見朕用之，方言其貧。」是日幸允第，惟草屋數間，布被縕袍，廚中鹽菜而已。高宗歎息曰：「古人之清貧豈有此乎！」即賜帛五百匹、粟千斛，拜長子忱爲綏遠將軍、長樂太守。允頻表固讓，高宗不許。初與允同徵游雅等多至通官封侯，及允部下吏百數十人亦至刺史二千石，而允爲郎二十七年不徙官。時百官無祿，允常使諸子樵采自給。

官吏沒有固定俸祿，自然無法安於吏治。〈食貨志〉載曰：

> 高宗時，牧守之官，頗爲貨利。太安初，遣使者二十餘輩循行天下，觀風俗，視民所疾苦。詔使者察諸州郡墾殖田畝、飲食衣服、閭里虛實、盜賊劫掠、貧富強劣而罰之，自此牧守頗改前弊，民以安業。

雖然說自此「民以安樂」，但在孝文帝繼位之初，仍然不斷有官吏貪污，致使人民聚眾而反的情事。〔註18〕是以孝文帝在延興二年（西元 472 年）十二月下詔曰：「書云：『三載一考，三考黜陟幽明。』頃者已來，官以勞升，未久而代，牧守無恤民之心，競爲聚斂，送故迎新，相屬於路，非所以固民治，

〔註18〕人民聚眾而反的事，如：延興元年九月，青州高陽民封辯自號齊王，聚黨千餘人而反；十一月司馬小君聚眾反於平陵；延興二年正月，統萬鎮胡民相率北叛；七月，光州民孫晏等聚黨千餘人叛……詳見《魏書》卷七〈高祖紀〉。

隆治道也。自今牧守溫仁清儉、克己奉公者，可久於其任。歲積有成，遷位一級。其有貪殘非道、侵削黎庶者，雖在官甫爾，必加黜罰。著之於令，永為彝準。」延興三年（西元 473 年）二月又「詔縣令能靜一縣劫盜者，兼治二縣，即食其祿；能靜二縣者，兼治三縣，三年遷為郡守。二千石能靜二郡，上至三郡，亦如之，三年遷為刺史。」可見其改革吏治之殷切。另一方面，北魏的武功，在世祖拓跋燾底定北方後告一段落，四方納貢雖仍保有，但數量有限，而用以鼓勵戰功的掠奪行為，又不適用於戰後和平歲月，兼以廣大的土地無人耕種，因此，不但國庫沒有固定收入，地方更連年飢荒。吏治不清，與經濟不穩定，成為傷北魏國脈的兩大害，也是促使孝文帝進行一連串經濟改革的重要原因。

在孝文帝的經濟改革中，以均田制與三長制最重要。兩制均起議於李沖，但在此之前，如：太祖天興元年（西元 398 年），太宗永興五年（西元 413 年），皆有計口授田之詔，已如前述。太和元年（西元 477 年），孝文帝詔敕在所督課田農，無令人有餘力，地有遺利，皆為均田制的先聲。均田制之施行乃本於先秦儒家井田的理想，有為民制產以均貧富之意，而三長制正為均田制推行之便而先之，簡而言之，三長制即為一種校正戶口，釐清戶籍，以統計人口的方法。蓋其時州郡之民，或因戰亂離散，或因年儉流移，棄賣田宅，漂居異鄉，事涉數世。其後或因饑饉而不得蔭附大族以取溫飽，或得返舊墟，而廬井荒毀，桑榆改植，強宗豪右又橫加偽冒侵奪，而事已歷遠，無證可據，遂肆侵凌。致使富強者业兼山澤，而貧弱者絕望一廛。不唯貧富不均，且令國庫稅收不能盡歸公上。故李沖之議，先立三長，審正戶籍，以出包蔭之戶，繼而行均田，與牧守均給天下之田，還受以生死為斷。期令虛妄之民，斷念於覬覦，守分之士，永免於凌辱。〔註 19〕史稱三長制與均田制施行時，「初，百姓咸以為不若循常，豪富并兼者尤弗願也。事施行後，計省昔十有餘倍。於是海內安之。」太和十二年（西元 488 年），又採李彪之議，定稅則，立農官，「自此公私豐贍，雖時有水旱，不為災也。」〔註 20〕孝文帝另一項主要

〔註 19〕均田制與三長制之內容，詳見《魏書》卷七〈高祖紀〉、卷五十三〈李沖傳〉、卷一百一十〈食貨志〉。又據《魏書・高祖紀》載，均田制之頒行在太和九年，三長制則於太和十年施行，但經學者考正，三長制之施行應在均田制之前。詳參繆鉞《讀史存稿》，坊間本，頁 50～56，〈北魏立三長制年月考〉；錢穆《國史大綱》第二十章〈變相的封建勢力下之社會形態〉等。

〔註 20〕引文部份見《魏書》卷一百一十〈食貨志〉；李彪之議，詳見同書卷六十二〈李

的經濟改革，則是太和八年（西元 484 年）所實行的官吏俸祿制。《魏書‧高祖紀》曰，其年六月丁卯，詔曰：

> 置官班祿，行之尚矣。周禮有食祿之典，二漢著受俸之秩。逮于魏晉，莫不丰稽往憲，以經綸治道。自中原喪亂，茲制中絕，先朝因循，未遑釐改。朕永鑒四方，求民之瘼，夙興昧旦，至於憂勤。故憲章舊典，始班俸祿。罷諸商人，以簡民事。戶增調三匹、穀二斛九斗，以爲官司之祿。均預調爲二匹之賦，即兼商用。雖有一時之煩，終克永逸之益。祿行之後，贓滿一匹者死。變法改度，宜爲更始，其大赦天下，與之惟新。

九月戊戌，又詔曰：

> 俸制已立，宜時班行，其以十月爲首，每季一請，於是內外百官，受祿有差。

俸祿制施行後，曾遭部份習於舊俗的貴族反對，如淮南王元他即曾奏求依舊斷祿，文明太后乃召令群臣論議，中書監高閭上表力陳，遂從閭議。《魏書》卷五十四〈高閭傳〉載其奏陳俸祿制應行之表，曰：

> ……又洪波奔激，則隄防爲厚，姦悖充斥，則禁網須嚴。且飢寒切身，慈母不保其子；家給不足，禮讓可得而生。但廉清之人，不必皆富；豐財之士，未必悉賢。今給其俸，則清者足以息其濫竊，貪者足以感而勸善；若不班祿，則貪者肆其姦情，清者不能自保，難易之驗，灼然可知，如何一朝便欲去俸，淮南之議，不亦謬乎？

顯見俸祿制可以革姦巧，平民怨，肅貪保清廉的政治意義，正與三長、均田兩制相同。而此三項重要的經濟改革，不只解決了治安與民生雙重問題，更推進北魏的文學發展，這一層附帶的意義恐怕是當時文學泰斗之一的高閭，甚至是銳情文學的孝文帝所始料未及者。

　　文學與經濟雖然無法構成絕對的因果關係，但是二者之間互相牽引的現象，卻不容忽視。設若文士三餐尚且無法爲繼，何暇顧及創作？北魏前期文學之寂寥，除了配合其政治措施的現實因素之外，未嘗沒有經濟因素在內。所謂「行有餘力，則以學文」，北魏文人在生活無法獲得保障的情況下，自然無法創作更多實用性以外的作品。反觀同時期的江左文壇，正是由元嘉進入永明，山水文學鼎盛的時期。這些宋齊之際的文士，雖有因政治黑暗，社會

彪傳〉。

紊亂而生的苦悶，但是在優渥的生活中，仍能日夕登山臨水，尋幽訪勝，從事於極貌以寫物情，窮力而追新辭的創作，以轉移生活的重心。而這樣的生活，以及作爲後援的豐厚的經濟條件，正是北魏文人所不能企及的。蓋當時主領南朝文壇的文士，大多出身世家大族，這些世家大族隨晉室南渡後，不僅成爲南朝政權的中堅份子，更以特有的身份地位在江南新興地區形成頗具歷史特色的莊園經濟。以有名的王、謝家族爲例，琅邪王氏直至梁天監中，在鍾山的舊墅一處，即有良田八十餘頃；陳郡謝氏，宋元嘉中猶有貲財鉅萬，田業十餘處，奴僮數百人。〔註21〕而元嘉詩人謝靈運出身之富貴，更爲人所熟知。《宋書》卷六十七〈謝靈運傳〉曰：

> 靈運因父祖之資，生業甚厚。奴僕既眾，義故門生數百，鑿山浚湖，功役無已。

又曰：

> 靈運父祖並葬始寧縣，并有故宅及墅，遂移籍會稽，修營別業，傍山帶江，盡幽居之美。

北齊顏之推曾論江南文士曰：

> 吾見世中文學之士，若指諸掌，及有試用，多無所堪。居承平之世，不知有喪亂之禍；處廟堂之下，不知有戰陳之急；保俸祿之資，不知有耕稼之苦，肆吏民之上，不知有勞役之勤，故難以應世經務也。

又曰：

> 江南朝士，因晉中興，南渡江，卒爲羈旅，至今八九世，未有力田，悉資俸祿而食耳。假令有者，皆信僮僕爲之，未嘗目觀起一撥土，耘一株苗；不知幾月當下，幾月當收，安識世間餘務乎？（《顏氏家訓·涉務篇》）

這樣痛惜多於譏訕的陳述，一方面可以作爲南朝文人長期生活於養尊處優的環境中，是以作品傾向唯美主義的佐證，另一方面正可以說明南朝文人何以能從容於文學活動的原因。

北魏文人的文學活動，雖在崔浩時已漸具雛型，但是直至太和八年實行俸祿制之後，方更見活躍，這種現象顯然是因生活安定所致。〔註22〕而主領

〔註21〕參見王仲犖《魏晉南北朝史》上冊第六章第三節中〈自耕小農經濟的繼續衰頹〉部份。坊間本，頁422～424。

〔註22〕參見矢嶋徹輔〈北魏孝文帝の文學觀〉，《九州中國學會報》十六，頁17～31，

北魏後期文學活動的主要人物，即是孝文帝本身。《魏書·高祖紀》稱：

　　（高祖）才藻富贍，好爲文章，詩賦銘頌，任興而作。有大文筆，
　　馬上口授，及其成也，不改一字。

又曰：

　　愛奇好士，情如飢渴。待納朝賢，隨才輕重，常寄以布素之意。

可知孝文帝才華天縱，又禮賢愛士。由於先天對於文學的愛好，與儒家實用文
學觀的影響，以孝文帝爲首的文學活動，幾乎都是隨機而發，無處無時無事不
可賦詩以序懷申意。《魏書》中屢有孝文帝與群臣從事文學活動的記載，如：

　　太和十三年秋七月丙寅，幸靈泉池，與群臣御龍舟，賦詩而罷。（卷
　　七〈高祖紀〉）

　　（太和十六年冬十二月），詔延四廟之子，下逮玄孫之胄，申宗宴於
　　皇信堂，不以爵秩爲列，悉序昭穆爲次，用家人之禮。高祖曰：「行
　　禮已畢，欲令宗室各言其志，可率賦詩。」特令澄爲七言連韻，與
　　高祖往復賭賽，遂至極歡，際夜乃罷。（卷十九〈任城王·元澄傳〉）

　　至北邙，遂幸洪池，命澄侍昇龍舟，因賦詩以序懷。（同上）

　　（元澄）從征至懸瓠，以篤疾還京。駕餞之汝濱，賦詩而別。（同上）

　　車駕還洛……命黃門侍郎崔光、郭祚、通直郎邢巒、崔休等賦詩言
　　志。（同上）

　　（南安王元楨）出爲鎮北大將軍，相州刺史。高祖餞楨於華林都亭。
　　詔曰：「從祖南安，既之蕃任，將曠違千里，豫懷惆戀。然今者之集，
　　雖曰分歧，實爲曲宴，並可賦詩申意。射者可以觀德，不能賦詩者，
　　可聽射也。當使武士彎弓，文人下筆。」（卷十九〈南安王·元楨傳〉）

　　宴侍臣於清徽堂。日晏，移於流化池芳林之下。高祖曰：「向宴之始，
　　君臣肅然，及將末也，觴情始暢，而流景將頹，竟不盡適，戀戀餘
　　光，故重引卿等。」因仰觀桐葉之茂，曰：「『其桐其椅，其實離離，
　　愷悌君子，莫不令儀』，今林下諸賢，足敷歌詠。」遂令黃門侍郎崔
　　光讀暮春群臣應詔詩。至勰詩，高祖仍爲之改一字，曰：「昔祁奚舉
　　子，天下謂之至公，今見勰詩，始知中令之舉非私也。」勰對曰：「臣
　　露此拙，方見聖朝之私，賴蒙神筆賜刊，得有令譽。」高祖曰：「雖

琢一字，猶是玉之本體。」勰曰：「臣聞《詩》三百，一言可蔽。今
陛下賜刊一字，足以價等連城。」（卷二十一〈彭城王·元勰傳〉）

幸代都，次于上黨之銅鞮山。路旁有大松樹十數根。時高祖進傘，
遂行而賦詩，令人示勰曰：「吾始作此詩，雖不七步，亦不言遠。汝
可作之，比至吾所，令就之也。」時勰去帝十餘步，遂且行且作，
未至帝所而就。詩曰：「問松林，松林經幾冬？山川何如昔，風雲與
古同。」（同上）

（鄭道昭）從征沔漢，高祖饗侍臣於懸瓠方丈竹堂，道昭與兄懿俱
侍坐焉。樂作酒酣，高祖乃歌曰：「白日光天無不曜，江左一隅獨未
照。」彭城王勰續歌曰：「願從聖明兮登衡會，萬國馳誠混江外。」
鄭懿歌曰：「雲雷大振兮天門闢，率土來賓一正歷。」邢巒歌曰：「舜
舞干戚兮天下歸，文德遠被莫不思。」道昭歌曰：「皇風一鼓兮九地
匝，戴日依天清六合。」高祖又歌曰：「遵彼汝墳兮昔化貞，未若今
日道風明。」宋弁歌曰：「文王政教兮暉江沼，寧如大化光四表。」
高祖謂道昭曰：「自比遷務雖猥，與諸才儁不廢詠綴，遂命邢巒總集
敍記。當爾之年，卿頻丁艱禍，每眷文席，常用慨然。」（卷五十六
〈鄭道昭傳〉）

太和十八年，（劉昶）除使持節，都督吳越楚彭城諸軍事，大將軍。……
及發，高祖親餞之，命百僚賦詩贈昶，又以其文集一部賜昶。高祖
因以所製文筆示之，謂昶曰：「時契勝殘，事鍾文業，雖則不學，欲
罷不能。脫思一見，故以相示。雖無足味，聊復爲笑耳。」（卷五十
九〈劉昶傳〉）

在上述文學活動中，至少可產生詩作八首以上，可惜今存者，唯孝文帝與元
勰、宋弁等人所作之〈懸瓠方丈竹堂饗待臣聯句詩〉，與元勰之〈應制賦銅鞮
山松詩〉。此二詩一則宏偉而樸實，一則蒼莽沈鬱，皆與南朝作品之清麗截然
不同，正顯露北方文學的質樸本風。

除了孝文帝之外，在北魏後期的文學活動中，擔任領導人物的帝后宗室尚
有文明太后等多人，今依身份尊卑、活動時間先後、生卒之早晚，次列如下：

文成文明皇后馮氏

太后曾與高祖幸靈泉池，燕群臣及藩國使人，諸方渠帥，各令爲其

方舞。高祖帥群臣上壽，太后忻然作歌，帝亦和歌，遂命群臣各言
其志，於是和歌者九十人。(《魏書》卷十三〈皇后列傳〉)

馮后爲漢人，乃孝文帝祖母，史稱文明太后。文明太后頗具文學修養，其本
傳載曰：

太后以高祖富於春秋，乃作〈勸戒歌〉三百餘章，又作〈皇誥〉十
八篇，文多不載。

《魏書》卷十四〈元丕傳〉又載曰，太后嘗爲丕造甲第，第成，視幸之，率
百官文武饗落焉。

太后親造〈勸戒歌〉辭以賜群官，丕上疏贊謝。

其作品今皆不傳，但只觀其名，已可知所具有的實用風格。

宣武靈皇后胡氏

太后與肅宗幸華林園，宴群臣于都亭曲水，令王公已下各賦七言詩。
太后詩曰：「化光造物含氣貞。」帝詩曰：「恭己無爲賴慈英。」王
公已下賜帛有差。(《魏書》卷十三〈皇后列傳〉)

胡后爲肅宗之母，史稱靈太后，多才藝，崇佛而行不修。

節閔帝元恭

普泰二年正月乙酉，中書舍人元翽獻酒肴，帝因與元翌及孝通等宴，
兼奏絃管，命翽吹笛，帝亦親以和之。因使元帝等嘲，以酒爲韻。
孝通曰：「既逢堯舜君，願上萬年壽。」帝曰：「平生好玄默，慚爲
萬國首。」帝曰：「卿所謂壽，豈容徒然！」便命酌酒賜孝通，仍命
更嘲，不得中絕。通即豎忠爲韻，帝曰：「卿不忘忠臣之心。」翽曰：
「聖主臨萬機，享世永無窮。」孝通曰：「豈唯被草木，方亦及昆蟲。」
翌曰：「朝賢既濟濟，野苗又芃芃。」帝曰：「君臣體魚水，書軌一
華戎。」孝通曰：「微臣信慶渥，何以答華嵩？」(《北史》卷三十六
〈薛孝遇傳〉)

孝靜帝元善見

帝好文學，美容儀。嘉辰宴會。多命群臣賦詩，從容沈雅，有孝文
風。(《魏書》卷十二〈孝靜紀〉)

元羅

羅望傾四海，于時才名之士王元景、邢子才、李獎等咸爲其賓客，

從遊青土。(同上，卷十六〈元羅傳〉)

元熙

> 熙既蕃王之貴，加有文學，好奇愛異，交結偉俊，風氣甚高，名美
> 當世，先達後進，多造其門。始熙之鎮鄴也，知友才學之士袁翻、
> 李琰、李神儁、王通兄弟、裴敬憲等咸餞於河梁，賦詩告別。(同上，
> 卷十九下〈元熙傳〉)

元愉

> 愉好文章，頗著詩賦。時引才人宋世景、李神儁、祖瑩、邢晏、王
> 遵業、張始均等共申宴喜，招四方儒學賓客嚴懷真等數十人，館而
> 禮之。(同上，卷二十二〈元愉傳〉)

元暉業

> 暉業嘗大會賓客，有人將何遜集初入洛，諸賢皆贊賞之。(《北齊書》，
> 卷三十八〈元文遙傳〉)

元懌

> 懌愛賓客，重文藻，海內才子，莫不輻輳，府僚臣佐，並選儁民。
> 至於清晨明景，騁望南臺，珍羞具設，琴笙並奏，芳醴盈罍，嘉賓
> 滿席。使梁王愧兔園之遊，陳思慚雀臺之燕。(《洛陽伽藍記》卷四
> 〈沖覺寺〉條)

元彧

> 彧博通典籍，辨慧清悟，風儀詳審，容止可觀。……性愛林泉，又
> 重賓容。至於春風扇揚，花樹如錦，晨食南館，夜遊後園，僚案成
> 群，俊民滿席，絲桐發響，羽觴流行，詩賦並陳，清言乍起，莫不
> 飲其玄奧，忘其褊郄焉。是以入彧室者，謂登僊也。(同上，卷四〈法
> 雲寺〉條)

從上述文學活動中，可參證風格者，唯餘靈太后與肅宗母子於華林園都亭曲
水所賦七言詩二句，及節閔帝元恭於普泰二年與元翌、薛孝通等人所作之聯
句詩。靈太后與肅宗之詩句平和典雅，而節閔帝等人的聯作，則於典雅中，
顯露北魏文學一貫的現實主義風格。此詩中之「平生好玄默，慚為萬國首」，
即為節閔帝自述其志，與其退位時所作詩：「朱門久可患，紫極非情翫。顛覆
立可待，一年三易換，時運正如此，惟有脩真觀。」正可互為印證。而元翌

所言。「朝賢既濟濟，野草又芃芃」，寧非指陳當時朝中賢才與亂臣雜處之情況？最後節閔帝與薛孝通聯句曰：「君臣體魚水，書軌一華戎」，「微臣信慶渥，何以答華嵩」，恐亦不僅是一種期望，更是對亂臣賊子的一種提醒。除了帝后宗室之外，北魏後期的文人，彼此之間亦常自成一文學團體，時有文學活動進行。如《魏書》卷六十二〈李彪傳〉稱：

> （彪）與邢巒詩書往來，迭相稱重。

同書卷六十七〈崔光傳〉又稱：

> 光太和中，依宮商角徵羽本音而爲五韻詩，以贈李彪，彪爲十二次詩以報光。光又爲百三郡國詩以答之，國別爲卷，爲百三卷焉。

而同書卷六十〈韓顯宗傳〉亦收有顯宗贈李彪之五言詩。可見李彪與邢巒、崔光，韓顯宗等爲詩文之交的情況。又如《魏書》卷六十六〈崔光韶傳〉載曰：

> （光韶）入爲司空從事中郎，以母老解官歸養，賦詩展意，朝士屬和者數十人。

《魏書》卷七十七〈高謙之傳〉亦載，謙之好文章，所著文章百篇，別有集錄。又曰：

> 與袁翻、常景、酈道元、溫子昇之徒，咸申款舊。

其中常景爲北魏後期之文學大家，與李騫等人，亦時有文學上的來往。《魏書》卷八十五〈文苑・裴伯茂傳〉載曰，伯茂少有風望，文藻富贍。又曰：

> 伯茂卒後，殯於家園，友人常景、李渾、王元景、盧元明、魏季景、李騫等十許人於墓傍置酒設祭，哀哭涕泣，一飲一酹曰：「裴中書魂而有靈，知吾曹也。」乃各賦詩一篇。

而李騫與盧元明，魏收亦有詩文往返。〔註23〕另外，《魏書》卷三十八〈王慧龍傳〉曰，慧龍曾孫遵業，風儀清秀，涉歷經史，曾與其弟延業並應詔作〈釋奠侍宴詩〉。時人語曰：「英英濟濟，王家兄弟。」又曰：

> 遵業有譽當時，與中書令陳郡袁翻，尚書琅琊王誦並領黃門郎，號曰三哲。

而《魏書》卷九十三〈恩倖・徐紇傳〉曰，紇頗以文詞見稱。又曰：

> 時黃門侍郎太原王遵業、琅琊王誦並稱文學，亦不免爲紇秉筆，求其指授。

〔註23〕見《魏書》卷三十六〈李騫傳〉。

如此縱橫交錯的交往，以及頻繁熱烈的交學活動，不僅呈現了北魏後期文壇的風貌，也為北魏自孝文帝以來快速的文學發展，提供了力證。

北魏後期由於合理的經濟改革不僅促進社會的安定，文人生活亦因而獲得保障；而文學活動在前有帝王提倡，後無生活顧慮之下轉趨活絡。文學活動的頻繁熱烈，更直接提高北魏文人的創作力與普遍性，增廣對於形式題材等多方面的嘗試角度。僅以詩而言，這些進步，可以下列情況參證：

一、數量明顯增加——孝文帝以前，北魏詩可見於今者，僅有高允四首、宗欽一首、段承根一首、游雅一首、劉昶一首，共計五家八首。但在孝文帝以後，增至四十三家五十八首，分別為：孝文帝元宏與彭城王元勰、鄭道昭、鄭懿、邢巒、宋弁之〈懸瓠方丈竹堂饗侍臣聯句詩〉，韓顯宗〈贈中尉李彪詩〉，王肅〈悲平城〉，元勰〈應制賦銅鞮山松詩〉，李謐〈神士賦歌〉，鄭道昭〈於萊城東十里與諸門徒登青陽嶺太基山上四面及中嶺掃石置仙壇詩〉、〈與道俗口人出萊城東南九里登雲峰山論經書詩〉、〈登雲峰山觀海島詩〉、〈詠飛仙室詩〉，陽固〈刺讒詩〉、〈疾嬖倖詩〉，孝明帝元詡與靈太后之〈幸華林園宴群臣於都亭曲水賦七言詩〉殘句，孝莊帝元子攸〈臨終詩〉，節閔帝元恭〈退位詩〉，與薛孝通、元翩、元翌等之〈聯句詩〉，馮元興〈浮萍詩〉，蕭綜〈聽鐘鳴〉、〈悲落葉〉，崔巨倫〈五月五日詩〉，董紹〈高平牧馬詩〉，盧元明〈晦日汎舟應詔詩〉，王由〈賦別〉殘句，李騫〈贈親友〉，及〈贈明少遐詩〉殘句，祖瑩〈悲彭城〉，鹿悆〈諷真定公詩〉二首，李諧〈釋奠詩〉、〈江浦賦詩〉，常景〈讚四君詩〉四首，褚緭〈戲為詩〉，溫子昇〈白鼻騧〉、〈結襪子〉、〈安定侯曲〉、〈燉煌樂〉、〈涼州樂歌〉二首、〈擣衣詩〉、〈從駕幸金墉城詩〉、〈春日臨池詩〉、〈詠花蝶詩〉、〈相國清河王挽歌〉，濟陰王元暉業〈感遇詩〉，中山王元熙〈絕命詩〉二首，高孝緯〈空城雀〉，王容〈大堤女〉，王德〈春詞〉，周南〈晚妝詩〉殘句，宋道璵〈贈張始均詩〉殘句，馮太后〈青臺歌〉殘句，王肅妻謝氏〈贈王肅詩〉，陳留長公主〈代答詩〉。其中包括聯句詩二首與殘句六首。較諸前期增加七倍有餘；若以完整作品論，亦較前期增加六倍多，其創作力之快速提昇，恐非同時期之南朝文學所能比擬。更值得注意的是，在這四十三家中，有四家為女姓，其中王肅妻謝氏生長於江南，為世家之女，其文學素養自不能與北朝女子相比論。其餘三家分別為馮太后，靈太后與陳留長公主。雖然以身份言，皆為帝室王家，以比例言只佔百分之七，代表性與比重，皆嫌薄弱，但就北魏的文化水準而言，已足以看出其時文學的普遍

性。

二、形式轉趨繁複——就現存資料而論，孝文帝以前的北魏詩，僅有四言，五言與樂府三種型式。其中以四言詩爲主，在八首中有四首之多（比例爲百分之五十），且皆爲長篇之作，如，高允〈詠貞婦彭城劉氏詩〉共八章，每章八句；〈答宗欽詩〉共十三章，每章八句；宗欽〈贈高允詩〉共七章，每章亦皆八句。其餘分別爲五言詩二首（佔百分之二十五），樂府詩二首（亦佔百分之二十五）。孝文帝以後的北魏詩，在四言、五言與樂府之外，另增七言與雜言，共爲五種。其中轉以五言詩爲主流，現存五十八首作品中佔有三十七首（比例爲百分之六十四弱），而在北魏前期居主流地位的四言詩，則僅有四首（比例爲百分之七弱），且僅有陽固〈刺讒〉、〈疾幸〉二作爲長篇，前者四十四句，後者六十二句皆不分章，其餘二首皆爲短篇，李諧〈釋尊詩〉爲六句，袁曜〈釋尊詩〉爲十四句；其餘作品分別爲：七言三首，雜言六首，樂府九首。五言詩的大量創作，以及型式的廣泛運用，不只證明北魏後期文人在創作技巧上的進步，也證明他們在文學創作上所作的嘗試更爲廣泛。

三、題材更爲豐富——在僅存的八首北魏前期詩中，大致可區分其題材爲：詠史，如：高允〈詠貞婦彭城劉氏詩〉；述志說理，如：宗欽〈贈高允詩〉；宮體，如：高允〈羅敷行〉；遊仙，如：高允〈王子喬〉；寫景傷流離，如：劉昶〈斷句〉等。至北魏後期，更增加臨終詠懷，如：元子攸〈臨終詩〉；詠物，如：高孝緯〈空城雀〉；諷諭，如：李騫〈諷眞定公詩〉；釋奠，如：李諧〈釋奠詩〉；與擬古，如：常景〈讚四君詩〉等多種，顯見文人關注的範圍，已不再拘於實際生活中。

四、呈現多貌性風格——北魏前期詩的風格，典雅質朴，能反映現實，特具現實主義風格，至後期而詩風呈現多貌性變化。除仍承沿前期的現實主義風格之外，更具有唯美主義的風格傾向。如李騫〈贈親友〉：

> 幽棲多暇日，總駕萃荒坰。南瞻帶宮雉，北睇拒畦瀛。流火時將末，
> 懸炭漸云輕。寒風率已厲，秋水寂無聲。層陰蔽長野，凍雨暗窮汀。
> 侶浴浮還沒，孤飛息且驚。三祀俄終歲，一九曾未營。閑居同洛涘，
> 歸身款武城。稍旅原思翟，坐夢尹勳荊。監河愛斗水，蘇子惜餘明。
> 益州達友趣，廷尉辯交情。豈若忻蓬蓽，收志偶沈冥。（《魏書》卷
> 三十六〈李騫傳〉）

史曰，騫爲尙書左丞，坐事免，論者以爲非罪。騫作詩贈親友盧元明、魏收，

述其失職之心情。其詩文辭質朴，寫景蒼涼而情感深沈，是前期風格的延續。
又如溫子昇〈從駕金墉城〉：

> 茲城實佳麗，飛甍自相並。膠葛擁行風，岧嶢閱流景，御溝屬清洛，
> 馳道通丹屏，湛淡水成文，參差樹交影，長門久已閉，離宮一何靜，
> 細草緣玉階，高枝陰桐井，微微夕渚暗，肅肅暮風冷，神行揚翠旗，
> 天臨肅清警，伊臣從下列，逢恩信多幸，康衢雖已泰，阻力將安騁。
>
> （《初學記》卷二十四）

雖然寫景華麗，但在作品中流轉的氣氛卻十分清冷肅穆，兼以詩末傳達的中
心思想，在在令人感受其寫實的風格。但溫子昇的作品整體風格並不一致，
如〈春日臨池〉：

> 光風動春樹，丹霞起暮陰，嵯峨映連壁，飄颻下散金，徒自臨濠渚，
> 空復撫鳴琴，莫知流水曲，誰辯遊魚心。（《藝文類聚》卷九）

〈詠花蝶〉：

> 素蝶向林飛，紅花逐風散，花蝶俱不息，紅素還相亂。芬芬共襲予，
> 葳蕤從可玩，不慰行客心，遽動離居歎。（《文苑英華》卷三百二十
> 九）

則明顯呈現出唯美的風格。類似這種風格的作品，尚有：盧元明〈晦日汎舟
應詔詩〉：

> 輕灰吹上管，落冥飄下帶，遲遲春色華，婉婉年光麗。（《藝文類聚》
> 卷四）

這些作品的共同特色，便是文辭華美，意象光麗，但欠缺深情。至如王容〈大
堤女〉：

> 寶髻耀明璫，香羅鳴玉珮，大堤諸女兒，一一皆春態。入花花不見，
> 穿柳柳陰碎，東風拂面來，由來亦相愛。（《古詩類苑》卷九十三）

這些作品則不僅文辭華美而已，其輕綺靡麗的風格，直是南朝宮體的再版。
這種呈現浪漫主義風格的作品，是北朝文學受南朝文學影響的部份，也是較
為後人所熟悉者。另外，在北魏後期詩中，尚有一部份作品，如：李諧〈江
浦賦詩〉：

> 帝獻二儀合，黃華千里清，邊笳城上響，寒月浦中明。（《太平廣記》
> 卷百七十三）

溫子昇〈擣衣詩〉：

長安城中秋夜長，佳人錦石搗流黃；香杵紋砧知近遠，傳聲遞響何淒涼。七夕長河爛，中秋明月光；蠨蛸塞邊絕侯鴈，鴛鴦樓上望天狼。（《詩紀》卷百九）

〈涼州樂歌〉二首：

遠遊武威郡，遙望姑臧城；車馬相交錯，歌吹日縱橫。

路出玉門關，城接龍城急；但事絃歌樂，誰道山川遠。（《初學記》卷八）

意象蒼莽，深具邊塞詩的風格。

第三節　北來南士與文學的關係

北魏文學在孝文帝時，呈現鼎盛的局面。其中固然以孝文帝本身愛好文學，以及政治與經濟的革新爲主要原因，但是北來南士的影響，亦不容忽視。所謂影響，並非如一般人所認知的，移植南朝文學作品中的綺章麗句，而是在文體與技巧上從事根本的學習。這種學習，非但提高了北魏文人的創作技巧，並且使北魏文學免於南朝文學輕靡之風的侵蝕，仍能保有質樸的本風。

在北魏後期的文學作品中，有兩種體裁值得特別注意，其一爲七言詩，另一爲雜言詩。在文學史上，雜言詩早在漢魏時，無論在民間樂府或文人創作中皆曾出現。但在西晉武帝時，荀勗與張華等人重定樂歌，以爲漢魏樂歌中的雜言部份，由於字句不齊整，不適於和樂而加以改良。據《宋書·樂志》載曰：

晉武泰始五年，尚書奏使太僕傅玄、中書監荀勗、黃門侍郎張華各造正旦行禮及王公上壽酒食舉樂哥詩。詔又使中書郎成公綏亦作。

張華表曰：「按魏上壽食舉詩及漢氏所施用，其文句長短不齊，未皆合古。蓋以依詠弦節，本有因循，而識樂知音，足以制聲，度曲法用，率非凡近所能改。二代三京，襲而不變，雖詩章詞異，興廢隨時，至其韻逗曲折，皆繫於舊，有由然也。是以一皆因就，不敢有所改易。」荀勗則曰：「魏氏哥詩，或二言，或三言，或四言，或五言，與古詩不類。」以問司律中郎將陳頏，頏曰：「被之金石未必皆當。」故勗造晉歌，皆爲四言，唯王公上壽酒一篇爲三言五言，此則華、勗所明異旨也。（《宋書》卷十九〈樂一〉）

從此在文人創作的樂府詩中，即鮮少有雜言的作品，而只保存在少數的民歌

中。朝廷所用之郊廟歌辭之屬概皆四言，文人創作則仍依俗，多以五言爲之。至於七言詩的發展，則一向多蹇。七言詩之祖，一般公推西漢武帝時之柏梁台聯句詩，其後至東漢時，始有張衡〈四愁詩〉與王逸〈琴思楚歌〉爲繼，但柏梁聯句眞僞莫辨，張、王二詩尚非全體，〔註 24〕故而七言詩之成立，不得不待魏曹丕之〈燕歌行〉。然曹丕之世，五言騰踔，此一新體，竟遭忽視，樂府中亦僅有〈繆襲舊邦〉與〈韋昭克皖城〉爲七言。兩晉詩人，罕見製作。七言之體，幾成絕響。直至南朝劉宋鮑照〈擬行路難〉之作，始重開發展的機運。

鮑照（？～西元 466 年）〈擬行路難〉共有十八首，其中第一、三、十二、十三首爲通篇七言，其他十四首爲雜用三、五、七言之雜言體，因此鮑照此詩，不唯上承曹丕〈燕歌行〉之七言體，亦傳紹中絕於張華、荀勗等人之雜言樂歌。〈行路難〉之體裁，據郭茂倩《樂府詩集》的解說爲：

> 《樂府解題》曰：「〈行路難〉，備言世路艱難及離別悲傷之意，多以君不見爲首。」按《陳武別傳》曰：「武常牧羊，諸家牧豎有知歌謠者，武逐學〈行路難〉。」則所起亦遠矣。（《樂府詩集》卷七十〈雜曲歌辭〉十）

郭氏所引《陳武別傳》，先見於《藝文類聚》卷十九，其文曰：

> 《陳武別傳》曰：「陳武，字國本，休屠胡人。常騎驢牧羊，諸家牧豎十數人，或有知歌謠者，武遂學〈太山梁父吟〉、〈幽州馬客吟〉及〈行路難〉之屬。

陳武之年代難以確定，今人曹道衡據《陳武別傳》引錄於《藝文類聚》中的位置，謂其文在《魏志》與《文士傳》之間，其人大概爲三國時人。〔註 25〕而晉人袁山松曾仿作此體，《世說新語・任誕篇》第四十三條注引《續晉陽秋》曰：

> 袁山松善音樂，北人舊歌有〈行路難曲〉，辭頗疏質，山松好之，乃

〔註 24〕詳見葉師慶炳《中國文學史》上冊，頁 100～102，學生書局，民國 71 年 8 月學 1 版；劉大杰《中國文學發展史》，頁 250～251，華正書局，民國 65 年 12 月初版。

〔註 25〕《藝文類聚》中《陳武別傳》引文之前，載錄《三國志・魏志》之文，述管輅事跡；其後所引之《文士傳》，述魏人李康之事跡。詳見曹道衡〈略論南北朝文學的評價問題〉，《中古文學論文集》，頁 67，中華書局，北京，1986 年 7 月第 1 版。

　　爲文其章句，婉其節制，每因酒酣，從而歌之。聽者莫不流涕。初，

　　羊曇善唱樂，桓伊能挽歌，及山松以〈行路難〉繼之，時人謂之三

　　絕。〔註26〕

則此樂歌之作，不當晚於三國，陳武爲三國時人應爲可信。陳武〈行路難〉之形式，不見詳說，但以鮑照擬作觀之，只有兩種可能，即非七言體，則爲三、五、七言並用之雜言體。而在鮑照以前，這兩種型式皆屢見於在十六國時期的北方民歌中，其中通篇七言者，如：姚萇時之〈鉅鹿公主歌〉：

　　官家出遊雷大鼓，細乘犢車開後戶。

　　車前女子年十五，手彈琵琶玉節舞。

　　鉅鹿公主殷照女，皇帝陛下萬幾主。（《樂府詩集》卷第二十五〈橫

　　吹曲辭〉五）

及不知作者國別之〈地驅樂歌〉：

　　月明光光星欲墮，欲來不來早語我。（同上）

〈雀勞利歌辭〉：

　　雨雪霏霏雀勞利，長觜飽滿短觜饑。（同上）

〈捉搦歌〉：

　　粟穀難舂付石臼，弊衣難護付巧婦。

　　男兒千凶飽人手，老女不嫁只生口。

　　誰家女子能行步，反著袂襌後裙露。

　　天生男女共一處，願得兩個成翁嫗。

　　華陰山頭百丈井，下有流水徹骨冷。

　　可憐女子能照影，不見其餘見斜領。

　　黃桑柘屐蒲子履，中央有系兩頭繫。

　　小時憐母大憐婿，何不早嫁論家計。（同上）

又如前秦苻堅之秘書郎趙整所作之〈琴歌〉爲三、七言並用，其辭曰：

　　阿得脂，阿得脂，博勞舊父是仇綏。

　　尾長翼短不能飛，遠徙種人留鮮留，

〔註26〕唐人修《晉書》，直引《世說》之文以成之，其文曰：「山松少有才名，博學
　　有文章，著《後漢書》百篇。衿情秀遠，善音樂，舊歌有〈行路難〉曲，辭
　　頗疏質，山松好之，乃文其辭句，婉其節制，每因酣醉縱歌之，聽者莫不流
　　涕。初，羊曇善唱樂，桓伊能挽歌，及山松〈行路難〉繼之，時人謂之『三
　　絕』。」，見《晉書》卷八十三〈袁瓌附袁山松傳〉。

一旦緩急語阿誰。(《晉書》卷一一四〈符堅載記下〉)

不知作者之〈隔谷歌〉亦爲三、七言並用，其辭曰：

> 兄在城中弟在外，弓無弦，箭無括。
>
> 食糧乏盡若爲活？救我來！救我來！
>
> 兄爲俘虜受困辱，骨露力疲食不足。
>
> 弟爲官吏馬食粟，何惜錢刀來我贖。(《樂府詩集》卷第二十五〈橫
>
> 吹曲辭〉五)

〈東平劉生歌〉：

> 東平劉生安東子，樹木稀，屋裡無人看阿誰。(同上)

十六國時期的七言或雜言樂歌，皆爽朗剛健，正與《世說新語》所稱「曲辭頗疏質」相合。

這種體裁的歌謠，輾轉至北魏時仍時有所見，以下依歌謠出現流傳的時間先後敘列之。七言體部的謠諺民歌，如：

詰汾力微諺

> 詰汾皇帝無婦家，力微皇帝無舅家。(《魏書》卷一〈序紀〉)

《魏書》曰，聖武帝拓跋詰汾，嘗田於山澤，欻見輜軿自天而下，既至，見美婦人自稱天女，受命來相偶配。至旦，請還，期年復會於此，言終而別。及期，帝至先田處，果見天女，以所生男授帝曰，此君之子也，當世爲帝王。此子即始祖神元皇帝力微，故時人作諺云云、

柳楷引謠

> 鸞生十子九子毈，一子不毈關中亂。(《北史》卷二十九〈蕭寶夤傳〉)

《北史》曰，北魏末年時山東、關西寇賊充斥，王師屢北，人情沮喪，蕭寶夤自以出師累年，糜費尤廣，一旦覆敗，慮見猜責，內不自安，朝廷頗亦疑阻。及遣御史中尉酈道元爲關中大使，寶夤以爲密欲取己，將有異圖，而遲疑不能決，乃問於河東柳楷，楷曰，大王齊明帝子，天下所屬，今日之舉，實允人望，且謠言云云，武王有亂臣十人，亂者理也，大王將理關中，何所疑慮。寶夤遂於道元行達陰盤驛時，密遣其將郭子恢等攻殺之，遂反。

時人爲安豐中山濟南三王語

> 三王楚楚盡琳瑯，未若濟南備圓方。(《魏書》卷十八〈臨淮王譚附
>
> 彧傳〉)

《魏書》曰，濟南王彧少與從兄安豐王延明、中山王熙並以宗室博古文學齊名。尚書郎范陽盧道將謂吏部清河崔休曰，三人才學雖無優劣，然安豐少於造次，中山皁白太多，未若濟南風流況雅，時人乃爲諺語頌之。

元嘉中魏地童謠

> 軺車北來如穿雉，不意虜馬飲江水，虜主北歸不濟死，虜欲渡江天
> 不從。（《南史》卷十八〈臧熹附質傳〉）

《南史》曰，宋元嘉二十七年魏太武帝圍汝南，戍主陳憲固守告急，文帝遣質輕往壽陽，與安蠻司馬劉康祖等救憲。後太武率大眾數十萬向彭城，以質爲輔國將軍北救。始至盱眙，就質求酒。質封溲便與之，太武怒甚，築長圍一夜便合。質報太武書。引魏地童謠以激之。

時人爲祖瑩袁翻語

> 京師楚楚袁與祖，洛陽翩翩祖與袁。（《魏書》卷八十二〈祖瑩傳〉）

《魏書》曰，范陽祖瑩，與陳郡袁翻齊名秀出，時人爲之語云云。

清河民爲宋世良謠

> 曲堤雖險賊何益，但有宋公自屏跡。（《北史》卷二十六〈宋隱附世
> 良傳〉）

《北史》曰，北魏西河人宋世良善治，爲陽平郡守，郡東南有曲堤，成公一姓阻而居之，群盜多萃於此。世良施八條之制，盜奔他境。百姓爲謠以慶之。

時人爲上高里歌

> 洛陽城北上高里，殷之頑民昔所止。今日百姓造甕子，人皆棄去住
> 者恥。（《洛陽伽藍記》卷五〈凝玄寺〉條）

《洛陽伽藍記》載曰，洛陽城東北有上高里，殷云頑民所居處也。高祖名聞義里。遷京之始，朝士住其中，迭相譏刺，竟皆去之。唯有造瓦者止其內，京師瓦器出焉。世人作歌云云。

北軍爲韋叡歌

> 不畏蕭娘與呂姥，但畏合肥有韋武。（《南史》卷五十一〈臨川靖惠
> 王宏傳〉）

《南史》曰，梁臨川靖惠王蕭宏爲揚州刺史，天監四年奉詔督都諸軍侵魏。宏以帝之介弟，所領皆器械精新，軍容甚盛，北人以爲百數十年所未有。軍次洛口，前軍剋梁城。宏部分乖方，多違朝制，諸將欲乘勝深入，宏聞魏援

近，畏懦不敢進，召諸將欲議旋師。群議不一，停軍不前。魏人知其不武，遺以巾幗，並歌曰云云，武謂韋叡也。

洛陽童謠

名軍大將莫自牢，千軍萬馬避白袍。（《梁書》卷三十二〈陳慶之傳〉）

《梁書》曰，大通初，武帝遣飈勇將軍陳慶之送魏北海王元顥還北主魏，轉戰而前，連破魏軍，顥入洛陽宮，御前殿，改元大赦。于時上黨王元天穆來攻，慶之又大破之。慶之麾下悉著白袍，所向披靡，先是洛陽人作歌云云。至是果驗。

祖珽引魏世謠

河南種穀河北生，白楊樹頭金雞鳴。（《北齊書》卷十一〈河間王孝琬傳〉）

《北齊書》曰，高孝琬以文襄高澄之世嫡，驕矜自負。河南王高孝瑜爲武成帝高湛所酖，諸王在宮內莫敢舉聲，唯孝琬大哭而出。又怨執政，爲草人射之。和士開與祖珽譖之。初，魏世謠言云云，祖珽因以說曰：「河南、河北，河間也。金雞鳴，孝琬將建金雞而大赦。」高湛頗惑之。

楊衒之引語

洛陽男兒急作髻，瑤光女尼奪作婿。（《洛陽伽藍記》卷一〈瑤光寺〉條）

《洛陽伽藍記》曰，北魏孝莊帝永安三年，爾朱兆入洛陽，縱兵大掠，時有秀容胡騎數十人入瑤光寺淫穢，自此頗獲譏訕。京師作諺譏之。

闞駰引語

沛國龍穴至山乘，詐託旅使若奔喪，道遇寇抄失資糧。（《太平御覽》卷三百五十九）

逯欽立《全北魏詩》引《十三州志》曰，山乘縣人俗貪僞，好持馬鞍行邑，故語云云。

這些謠諺民歌，由於出自民間，文辭質樸無華，內容又切合時事，最富現實主義精神，而由其運用的語辭句式，也可看出當時文學型式流行之一斑。以南朝文學之盛，自劉宋至蕭梁，與北魏相當的百年之間，如此整齊的七言謠諺民歌，竟只有七首，〔註27〕可見七言體在南朝民間使用的普遍程

〔註27〕《全宋詩》載兩首，宋時謠：「上車不落爲著作，體中何如作祕書。」童謠：

度，遠不如北魏。至於當時文人對於七言體使用情形，亦是南不如北。在同一時期之中，南朝只有梁沈約與蕭子雲各有燕射歌辭〈需雅〉八曲，及沈約所作鼓吹曲辭〈忱威〉一曲，其他並未見有創作七言詩的資料。而據《魏書》所載，北魏高祖孝文帝曾於太和十六年，詔延四廟之子，下逮玄孫之冑，申宗宴於皇信堂，並特令元澄為七言連韻，與高祖往復賭賽。〔註28〕其後又於征沔漢途中饗侍臣於懸瓠方文竹堂，並與鄭道昭等作七言聯句歌。〔註29〕蕭宗孝明帝時，靈太后胡氏與蕭宗幸華林園，宴群臣於都亭曲水，令王公以下各賦七言詩。〔註30〕可見在孝文帝時，北魏的貴冑與文士皆對七言詩相當閑熟，並且常於聚會時作為活動項目之一，比南朝更生活化。這種情形很可能是因為七言體之保存於民間樂歌中的部份，如陳武〈行路難〉之類，在五胡亂華時，輾轉流傳於十六國之間，由於其風格質樸，正合少數民族直爽之性情，所以不但被接受、保留，而且有更進一步的創作。這些民歌在拓跋氏統一北方時，便自然而然匯集於北魏轄區，隨時間的推移，廣為民間所用。至於北魏上層社會的熱衷七言詩，一方面固然是因為民間流傳的關係，另一方面，可能也是因為有意的模仿漢武帝柏梁台聯句的形式，加強各民族對其漢化的印象。

　　七言體在北魏的盛行，乃直接沿承自漢魏民歌，但雜言體的獨成一格，卻不得不與北來南士分功。十六國之後，南北皆有雜言樂府流傳於民間，但南歌柔艷曲折，而北歌爽朗直率。北魏雜言樂歌今存者，除了高允的遊仙詩〈王子喬〉與溫子昇富有邊塞詩氣息的〈擣衣歌〉之外，尚有文明太后所作之〈青台歌〉，其殘句之辭曰：

　　　　青台雀，青台雀，緣山採花額頸著。(《太平御覽》卷百七十八)

以及〈李波小妹歌〉：

　　　　李波小妹字雍容，褰裙逐馬如卷蓬，左射右射必疊雙。婦女尚如此，
　　　　男子那可逢！(《魏書》卷五十三〈李孝伯附李安世傳〉)

　　　　「可憐可念尸著服，孝子不在日代哭，列管暫鳴死滅族。」《全齊詩》載一首，
　　　　都人歌：「三人共宅夾清漳，張南周北對中央。」《全梁詩》載四首，普通中
　　　　童謠：「青絲白馬壽陽來。」三餘童謠：「夫子之居在三餘。」時人為何子朗
　　　　語：「人中奭奭何子朗。」巴東行人為庾子輿語：「謠預如帆本不通，瞿塘水
　　　　退為庾公。」
〔註28〕詳見《魏書》卷十九中〈任城王澄傳〉。
〔註29〕詳見《魏書》卷五十六〈鄭義附道昭傳〉。
〔註30〕詳見《魏書》卷十三〈宣武靈皇后胡氏傳〉。

《魏書》曰，廣平人李波，宗族強盛，殘掠生民，公私咸患。百姓爲之語云云。刺史李安世設方略誘波等殺之，州內肅平。

咸陽王歌

可憐咸陽王，奈何作事誤。金床玉几不能眠，夜蹋霜與露。洛水湛湛彌岸長，行人那得渡。(《魏書》卷二十一上〈咸陽王‧元禧傳〉)

《魏書》曰，高祖孝文帝崩，禧受遺詔輔政。性驕奢，貪淫財色，姬妾數十，意尚不已，昧求貨賄，奴婢千數，田業鹽鐵偏於遠近，世宗覽政，禧意不安，遂謀反，禧被擒獲，送華林都亭，世宗親問事源，遂賜死私第，其宮人作歌哀之。

楊白花　靈太后胡氏

陽春二三月，楊柳齊作花。春風一夜入閨闥，楊花飄蕩落南家。含情出戶腳無力，拾得楊花淚沾臆。秋去春還雙燕子，願銜楊花入窠裏。(《樂府詩集》卷七十三〈雜曲歌辭〉十三)

《梁書》卷三十九〈王神念附楊華傳〉曰，楊華，武都仇池人也。父大眼，爲魏名將。華少有勇力，容貌雄偉，魏胡太后逼通之，華懼及禍，乃率其部曲來降。胡太后追思之不能已，爲作楊白華歌辭，使宮人晝夜連臂蹋足歌之，辭甚悽惋焉。《南史》卷六十三〈王神念附楊華傳〉曰，華本名白花。

悲平城　王肅

悲平城，驅馬入雲中，陰山常晦雪，荒松無罷風。(《魏書》卷八十二〈祖瑩傳〉)

悲彭城　祖瑩

悲彭城，楚歌四面起，屍積石梁亭，血流睢水裏。(同上)

《魏書》曰，北魏尚書令王肅曾於省中詠悲平城詩，彭城王勰甚嗟其美，欲使肅更詠，乃失語云：「王公吟詠情性，聲律殊佳，可更爲誦〈悲彭城詩〉。」肅因戲勰云：「何意〈悲平城〉爲〈悲彭城〉也？」勰有慚色。祖瑩在坐，即云：「所有〈悲彭城〉，王公自未見耳。」肅云：「可爲誦之。」瑩應聲爲誦，肅甚嗟賞之。

應制賦銅鞮山松　元勰

問松林，松林幾經冬，山川何如昔，風雲與古同。(《魏書》卷二十一下〈彭城王勰傳〉)

《魏書》曰，高祖孝文帝幸代都，次于上黨之銅鞮山。路傍有大松樹十數根。時高祖進傘，遂行而賦詩，令人示勰曰：「吾始作此詩，雖不七步，亦不言遠。汝可作之，比至吾所，令就之也。」時勰去帝十餘步，遂且作且行，未至帝所而就。其辭云云。

聽鐘鳴　蕭綜

聽鐘鳴，當知在帝城。參差定難數，歷亂百愁生。去聲懸窈窕，來響急徘徊。誰憐傳漏子，辛苦建章臺。

聽鐘鳴，聽聽非一所。懷瑾握瑜空擲去，攀松折桂誰相許。昔朋舊愛各東西，譬如落葉不更齊。漂漂孤雁何所栖，依依別鶴夜半啼。

聽鐘鳴，聽此何窮極。二十有餘年，淹留在京域。窺明鏡，罷容色，雲悲海思徒搉抑。（《梁書》卷五十五〈豫章王綜傳〉）

悲落葉　蕭綜

悲落葉，連翩下重疊。落且飛，縱橫去不歸。

悲落葉，落葉悲，人生譬如此，零落不可持。

悲落葉，落葉何時還？夙昔共根本，無復一相關。（《梁書》卷五十五〈豫章王綜傳〉）

《洛陽伽藍記》卷二〈龍華寺〉條載曰，龍華寺有鐘一口，撞之聞五十里。太后以鐘聲遠聞，遂移在宮內，置凝閒堂前，講內典沙門打為時節。初，蕭衍子豫章王綜來降，聞此鐘聲，以為奇異，遂造聽鐘歌三首，行傳於世。《梁書》曰，綜在北魏不得志嘗作〈聽鐘鳴〉、〈悲落葉辭〉，以申其志。〈聽鐘鳴〉與〈悲落葉辭〉除見載於《梁書》之外，並收錄於《藝文類聚》中，唯稍有異同。其辭曰：

聽鐘鳴

歷歷聽鐘鳴，當知在帝城，西樹隱落月，東窗見曉星，霧露朏朏未分明，烏啼哑哑已流聲，驚客思，動客情，客思鬱縱橫，翩翩孤雁何所棲，依依別鶴半夜啼，今歲行己暮，雨雪向淒淒，飛蓬旦夕起，楊柳尚翻低，氣鬱結，涕滂沱，愁思無所託，強作聽鐘歌。

悲落葉

悲落葉，聯翩下重疊，重疊落且飛，從橫去不歸，長枝交蔭昔何密。

黃鳥關關動相失，夕葉雜凝露，朝花翻亂日，亂春日，起春風，春

> 風春日此時同，一霜兩霜猶可當，五晨六旦已颷黃。乍逐驚風舉，
> 高下任飄颺，悲落葉，落葉何時還，夙昔共根本，無復一相關，各
> 隨灰土去，高枝難重攀。

二首均較《洛陽伽藍記》與《梁書》所引爲整麗，應爲後人綜合其意而改略
之作。上述諸作中，前四首風格各異，後五首風格卻極爲統一，正是北魏詩
中獨樹一幟的作品。而這類作品的形式，與投奔入魏的南士王肅極有關係。

　　王肅爲北魏重臣，北魏的政治文化，多倚之創革。王肅在南朝時，曾娶
謝莊之女爲妻，而與鮑照同時的謝莊（西元 421～466 年），亦曾措意於當時
少見的雜言體詩。《藝文類聚》卷二〈天部〉下〈賦〉條，載宋謝莊〈雜言詠
雪〉其辭曰：

> 火洲滅，日壑清。龍關沙蒸，河繳雲驚。暑未沈而井閟，寓方霾而
> 海溟。始葐蒀以蕤轉，終徘徊而煙曳。狀素鏡之晨光，寫全波之夜
> 晰。

稍後沈約（西元 441～513）亦有雜言體之作，《藝文類聚》卷一〈天部〉上〈賦〉
條，載沈約〈八詠〉之一〈會圃臨東風〉：〔註31〕

> 臨春風，春風起春樹。遊絲暖如網，落花紛似霧。先汎天津池，還
> 過細柳枝。蝶逢飛搖漾，驚值羽參差。揚桂枻，動芝蓋，開燕裾，
> 吹趙帶。趙帶飛參差，燕裾合復離。容儀已照灼，春風復迴薄。氛
> 氳桃李花，青跗含素萼。即爲風所開，復爲風所落。搖綠帶，扤紫
> 莖，舞春雪，雜流鶯。迎行雨於高唐，送歸鴻於碣石。拂明鏡之冬
> 塵，解羅衣之秋襲。既鏗鏘以動佩，又氛氳而流射。始搖颺以入閨，
> 終徘徊而緣隙。明珠簾於繡户，散芳塵於綺席。佳人不在茲，春風

〔註31〕明張溥《漢魏六朝百三家集‧沈隱侯集》亦錄此詩，詳列八詠之名，本文從
之。然其辭與《藝文類聚》稍異。其辭如下：
臨春風，春風起春樹，遊絲暖如網，落花紛似霧。先泛天淵池，還過細柳枝，
蝶逢飛播颺，燕值羽差池。揚桂枻，動芝蓋，開燕裾，吹趙帶，趙帶飛參差，
燕裾合且離。迴簪復轉黛，顧步惜容儀，容儀已炤灼，春風復迴薄。氛氳桃
李花，青跗含素萼，既爲風所開，復爲風所落。播綠帶，抗紫莖，舞春雪，
襍流鶯，曲房開兮金鋪響，金鋪響兮妾思驚。梧檟未陰，淇川始碧，迎行雨
於高唐，送歸鴻於碣石。經洞房，響紈素，感幽閨，思帷鬠。想芳園兮可以
遊，念蘭蕡兮漸堪摘。拂明鏡之冬塵，解羅衣之秋襲。既鏗鏘以動佩，又絪
縕而流射，始搖颺以入閨，終徘徊而緣隙，鳴珠簾於繡户，散方塵於綺席。
是時悵思歸，安能久行役，佳人不在茲，春風誰爲惜。

爲誰惜。

這兩首雜言詩可能因爲字句不齊，故被歸於賦類。其型式與北魏文士所作之
三、五言並用之雜言詩不盡相同，但以三言爲首之方式，已有類似之處。沈
約又仿南朝民歌〈華山畿〉之體，作有〈六憶詩〉四首，今本《漢魏六朝百
三家集・沈隱侯集》錄其辭曰：

> 憶來時，灼灼上階墀，勤勤敍別離，慊慊道相思，相看常不足，相
> 見乃忘饑。憶坐時，點點羅帳前，或歌四五曲，或弄兩三絃，笑時
> 應無比，嗔時更可憐。憶食時，臨盤動容色，欲坐復羞坐，欲食復
> 羞食，含哺如不饑，擎舉似無力。憶眠時，人眠彊未眠，解羅不待
> 勸，就枕更須牽，復恐傍人見，嬌羞在燭前。

《樂府詩集》四十六〈清商曲辭〉三，收錄〈華山畿〉二十五首，其中第一
首爲原曲，其辭曰：

> 華山畿，君既爲儂死，獨生爲誰施。歡若見憐時，棺木爲儂開。

郭茂倩於詩前引《古今樂錄》詳說本事，又曰：「〈華山畿〉者，宋少帝時懊
惱一曲，亦變曲也。」宋少帝在位極促（西元 423～424 年），距沈約之生約
二十年，其時也近，其事也哀艷，甚合南士所好，而且沈約於聲律又特有所
好，民歌之仿作，實極自然。而王肅亦閑於聲律，在南朝時曾參與宋世朝樂
的修定。《宋書》卷十九〈樂志一〉曰，宋侍中繆襲奏議朝樂，王肅時爲散騎
常侍，亦參論其中。肅引古參今，甚有見的，繆襲等朝臣咸同其議。有司上
奏，詔如肅之議以定朝樂。《宋書》又曰：「肅私造宗廟詩頌十二篇，不被歌。」
可見王肅對聲律甚有研究。而其身爲謝莊之婿，又生在沈約之後，對於謝、
沈的作品應有接觸；兼以親逢南士對江左民歌好奇爭仿的風潮，難免受有影
響，其後北奔，遂攜南風入魏土。而北魏文士對雜言詩的形式又早已習慣，
王肅帶來的新形式，只是強化原本毫無定制的雜言體，趨向以三言開首，下
接五首，如〈悲平城〉之類的整齊形式。但需注意的是，北魏文士雖然學習
南朝文學的型式，其內容則與南人不同，故風韻迴異。如〈悲平城〉、〈悲彭
城〉與〈應制賦銅鞮山松〉，皆爲弔古之作，風格蒼莽悲涼；〈聽鐘歌〉與〈悲
落葉〉則蕭瑟淒清，曲抑不得申志之情，彷彿迴蕩於辭句之間，千古難消。
至於〈悲平城〉以外四首雜言詩，則各具風格。文明太后之〈青台歌〉爲殘
句，未得見其全篇眞貌，但可見之短短數句，已有清朗之氣迴於其中。〈李波
小妹歌〉則坦率爽直，完全是草原民歌的氣概。〈咸陽王歌〉直寫其事，暢抒

其憫，在北人梗概的風神中，又別有悽惋之情，〈楊白花〉則柔艷宛如南人之作。自〈李波小妹歌〉至〈楊白花〉，似乎可見北魏詩逐漸南化的趨象，而〈楊白花〉之柔艷更顯見受南風浸染之深。

事實上，北魏文學受南朝影響，並非遲至靈太后時才有，只是在靈太后主政，敗壞朝綱，又因崇佛而導生奢靡之風，終而斷送北魏命祚之前，北魏文人對於南朝文學的影響，居於有條件的接受，在篩取適合的部份之後，再轉化爲北魏獨有的風格。如上所述，王肅挾帶其在南方時所閑知的文學形式北上，經北魏文人的吸收轉化，成爲具有北人風格特色的文學作品，而這些作品的文學價值，遠遠超過南朝同一型式的文學作品。另外，北魏文人在技巧上，也曾有類似汰蕪存精的學習。

在南北朝對峙期間，雙方時戰時和，但文人之間的交往卻始終未曾斷絕，因此對於彼此的文學現象，多能熟知。據《文鏡祕府論》所載，沈約的「四聲論」北傳後，曾在北魏文壇引起不同的反響。《文鏡祕府論》天卷〈四聲論〉載曰：

> 魏定州刺史甄思伯，一代偉人，以爲沈氏〈四聲譜〉不依古典，妄自穿鑿，乃取沈君少時文詠犯聲處以詰難之。又云：「若計四聲爲紐，則天下眾聲無不入紐，萬聲萬紐，不可止爲四也。」

《魏書》卷六十八〈甄琛傳〉則載曰，琛字恩伯，頗學經史，稱有刀筆。所著文章，時有理詣。其〈磔四聲〉等著作，頗行於世。可見北魏文人對南朝文學並非照單全收，而是有所取有所不取。而南朝文士對北朝文人的文學見解，亦不敢等閒視之，故而沈約在甄琛的批駁之後，有〈答甄公論〉以爲辯。〔註32〕相對的，北魏有名的文學家常景，是四聲論的擁護者。據《文鏡祕府論》所載，常景曾作〈四聲贊〉贊同沈約的理論，其辭曰：

> 龍圖寫象，鳥跡摛光，辭溢流徵，氣靡輕商。四聲發彩，八體含章，浮景玉苑，妙響金鏘。（天卷〈四聲論〉）

常景不但贊成沈約的理論，而且以實際的創作行動響應之，在〈蜀四賢贊〉中，即可見其運用聲律之跡。常景於孝文帝時親見擢用，後轉爲門下錄事。《魏書》卷八十二〈常景傳〉曰，景淹滯門下積歲，不至顯官。以蜀司馬相如、王褒、嚴君平、楊子雲等四賢，皆有高才而無重位，乃託意以讚之。其讚詠

〔註32〕詳見《文鏡祕府論》天卷〈四聲論〉。台北，河洛圖書出版社，65 年 3 月台景印初版，頁 32～33。

四賢之辭曰：

司馬相如贊

> 長卿有艷才，直致不群性。鬱若春煙舉，皎如秋月映。遊梁雖好仁，
> 仕漢常稱病。清貞非我事，窮達委天命。

王襃贊

> 王子挺秀質，逸氣干青雲。明珠既絕俗，白鵠信驚群，才世苟不合，
> 遇否途自分。空枉碧雞命，徒獻金馬文。

嚴君平贊

> 嚴公體沈靜，立志明霜雪。味道綜微言，端著演妙說。才屈羅仲口，
> 位結李強舌。素尚邁金貞，清標陵玉徹。

揚雄贊

> 蜀江導清流，揚子挹餘休。含光絕後彥，覃思邈前修。世輕久不賞，
> 玄談物無求。當塗謝權寵，置酒獨閒遊。

以上四作雖名為「贊」，實則為四首五言八句的詩，且每首中的第三、四句和第五、六句皆為對仗；除部份句子平仄聲調與後來的律詩稍有出入外，基本上已是近體詩的格式。尤其是第一首〈司馬相如贊〉，雖非嚴格的律詩，卻可明顯見出運用平仄相對法之軌跡。此類詩體頗盛於蕭梁之後，《玉台新詠》收錄甚多；然《玉台新詠》所收之詩，卻無與常景近似之題材，〔註33〕此正說明北魏文人學習南朝文人創作技巧上的長處之後，鎔以平實的題材、樸素的文辭與深刻的感情，使其作品在內容與風格皆異於南朝作品的理智態度。

　　北魏文人對於南朝文學除了在文學作品的形式與創作技巧上，進行截長補短或轉化融合的根本學習之外，在題材上也曾有所取法。例如，常景〈四賢贊〉即可能仿效劉宋顏延之（西元 384～456 年）的〈五君詠〉與鮑照的〈蜀四賢詠〉。而《魏書》本傳又稱，蠕蠕國主阿那瓌之奔漠北，孝明帝令常景出塞，經瓷山，臨瀚海，宣敕勒眾而返。又曰：

> 景經涉山水，悵然懷古，乃擬劉琨〈扶風歌〉十二首。

　　永嘉詩人劉琨（西元271～318 年）生逢亂世，作品充滿故宮禾黍之悲，英雄末路之感。〈扶風歌〉一首，為其代表作，其辭曰：

〔註33〕參見曹道衡〈試論北朝文學〉，《中古文學史論文集》頁 89～90，北京，中華
　　　　書局，1986 年 7 月第 1 版。

朝發廣莫門，暮宿丹水山。左手彎繁弱，右手揮龍淵。顧瞻望宮闕，
俯仰御飛軒。據鞍長歎息，淚下如流泉。繫馬長松下，廢鞍高岳頭。
烈烈悲風起，泠泠澗水流。揮手長相謝，哽咽不能下。浮雲為我結，
歸鳥為我旋。去家日已遠，安知存與亡。慷慨窮林中，抱膝獨摧藏。
麋鹿遊我前，猨猴戲我側。資糧既乏盡，薇蕨安可食。攬轡命徒侶，
吟嘯絕巖中。君子道微矣，夫子固有窮。惟昔李騫期，寄在匈奴庭。
忠信反獲罪，漢武不見明。我欲竟此曲，此曲悲且長。棄置勿重陳，
重陳令心傷。

鍾嶸評其曰：「善為悽戾之辭，自有清拔之氣，既體良才，又罹厄運，故善敘喪亂，多感恨之詞」，〔註34〕的為允論。《魏書》本傳又稱，孝昌年間，蕭綜自南來降，徐州清復。遂遣景持節馳與行合，都督觀機部分。又曰：

景經洛汭，乃作銘焉。

《洛陽伽藍記》卷三〈宣陽門〉條之下載有其辭，曰：

浩浩大川，泱泱清洛，導源熊耳，控流巨壑，納穀吐伊，貫周淹亳；
近達河宗，遠朝海若。兆唯洛食，實曰土中。上應張柳，下據河嵩。
寒暑攸叶，日月載融。帝世光宅，函夏同風。前臨少室，卻負太行；
制巖東邑，崝岏恢西疆。四險之地，六達之莊；恃德則固，失道則
亡。詳觀古列，考見丘墳；乃禪乃革，或質或文。周餘九裂，漢季
三分；魏風衰晚，晉景彫矄。天地發輝，圖書受命；皇建有極，神
功無競。魏籙仰天，玄符握鏡。靈運會昌，龍圖受命。乃睠書軌，
永懷寶定。敷茲景跡，流美洪謨。襲我冠冕，正我神樞。水陸兼會，
周鄭交衢。爰勒洛汭，敢告中區。

文辭樸實，而對仗工整，於質朴的風格中，別有典雅之氣，正與〈四賢贊〉之風格相合。因此其〈擬扶風歌〉十二首雖已亡佚，但以劉琨原作的風格，史書指稱因懷古而作，以及常景本人作品風格三者之總和推測，亦應為敘離亂，記身世，感時移，傷事異之作。而這種質朴風格，一直是北魏文學的傳統，並未因取法南朝文人運用的題材而改變。

綜合以上所述，北魏文學自太和以來，在作品的形式、創作的技巧與寫作的題材上，皆受有南方文學的影響，但這些影響並未使北魏文學改變風貌，成為南朝文學的附屬品，反而因為北魏文人能堅持原有的文學傳統，再取他

〔註34〕見鍾嶸《詩品》卷中〈晉太尉·劉琨〉條。

人之長補己之短，故使北魏文學有了長足的進步。而北魏文人之所以能夠如此，一方面固然有地理因素存在，即江南水勢煙渺風光明美而促生的敘事抒情文學，其委婉含蓄的表達方式並不適合北方土厚水深的環境，以及長年生活於馬上的草原民族所具有的曠達坦直的性情，另一方面更是因為政治因素使然。

　　促使北魏文人在受南朝文學影響之後，仍能保有質朴本風的政治因素，又可分為內在與外在兩種。內在的政治因素即孝文帝積極漢化的過程中所崇尚的儒學儒術，影響及於文學，遂產生注重實用的儒家文學觀與文學作品。終孝文帝之世，乃至世宗宣武帝之時，北魏文學皆受儒家文學觀之主掌，故能免於南朝文學綺靡之風的浸染。至於外在的政治因素，乃源生於當時南北對峙的情勢。自北魏泰常五年至武定六年（西元 420～548 年）。即至北齊篡魏的前一年的一百二十八年間，是北魏和南朝對峙的時代，其間經歷江南的宋、齊、梁三個朝代。在一百二十八年中，前後有五十四年的時間，雙方互有使節性來，有外交關係存在。〔註 35〕然而這段期間所維持的外交關係，並不穩固，往往因為南方朝代的迅速遞嬗，或北方勢力的南移，而打破和平均勢。因此，在這五十四年時斷時續的外交關係中，並不是每年雙方都派使節，

〔註35〕北魏與南朝互通使節的五十四年，詳如下：
　　（一）拓跋燾時代：自泰常六年十月（宋永初二年，西元 421 年），宋遣沈範，索季孫到北魏報使，到正平元年十月（宋元嘉廿八年，西元 451 年），北魏遣殿中將軍法祐通宋，前後三十年間，其中有十六年雙方互有使節往來。
　　（二）拓跋濬時代：自和平元年正月（宋大明四年，西元 460 年），北魏遣散騎常侍馮闡聘宋，到和平四年（宋大明七年，西元 463 年），北魏遣游明根聘宋，前後四年間，互有使節往來。
　　（三）拓跋弘時代：自皇興元年正月（宋泰始三年，西元 467 年），宋遣散騎常侍見恩聘魏，到皇興五年三月，（宋泰始七年，西元 471 年：皇興五年八月，孝文帝即位，改元延興），北魏遣員外散騎常侍邢祐聘宋，前後五年間，雙方互有使節往來。
　　（四）拓跋宏時代：自延興元年八月（宋泰始七年，西元 471 年），宋遣員外散騎侍郎田廉聘魏，到太和十八年六月（齊建武元年，西元 494 年），前後二十三年，其中十八年，雙方互有使節往來。
　　（五）拓跋見善時代：自天平三年（梁大同二年，西元 536 年），魏遣使聘梁，到武定六年九月（梁大清二年，西元 548 年），梁遣使聘魏，前後十二年間，雙方互有使節往來。
　　詳見逯耀東《從平城到洛陽──拓跋魏文化轉變的過程》第六章〈北魏與南朝對峙期間的外交關係〉。台北，聯經出版公司，民國 70 年。

有時在一年中，僅是南北雙方中的一方遣派使者。所以嚴格而言，在北魏與南朝對峙期間的外交關係，其實是勉強而薄弱的。此中的原因，則是因爲雙方統治者，皆以「法統」之正傳者自居，不願放棄「統一」的野心。《宋書》卷九十五〈索虜傳〉即載曰：〔註36〕

〔註36〕《洛陽伽藍記》卷二〈景寧寺〉條載曰：「孝義里東，即是洛陽小市，北有車騎將軍張景仁宅。景仁，會稽山陰人也。景明年初，從蕭寶夤歸化，拜羽林監，賜宅城南歸正里；民間號爲吳人坊，南來投化者多居其內。近伊洛二水，任其習御。里三千餘家，自立巷市，所賣口味，多是水族，時人謂爲魚鼈市也。景仁住此以爲恥，遂徒居孝義里焉。時朝廷方欲招懷荒服，待吳兒甚厚，褰裳渡於江者，皆居不次之位。景仁無汗馬之勞，高官通顯。永安二年，蕭衍遣主書陳慶之送北海入洛僭帝位，慶之爲侍中。景仁在南之日，與慶之有舊，遂設酒引邀慶之過宅，司農卿蕭彪，尚書右丞張嵩並在其座。彪亦是南人，唯有中大夫楊元愼、給事大夫王眴，是中原士族。慶之因醉謂蕭張等曰：『魏朝甚盛，猶曰五胡；正朔相承，當在江左；秦皇玉璽，今在梁朝。』元愼正色曰：『江左假息，僻居一隅，地多濕墊，攢育蟲蟻，疆土瘴癘，蛙黽共穴，人鳥同群。短髮之君，無杼首之貌，文身之民，稟叢陋之質。浮於三江，棹於五湖，禮樂所不沾，憲章弗能革。雖復秦餘漢罪，雜以華音，復閩楚難言，不可改變。雖立君臣，上慢下暴，是以劉劭殺父於前，休龍淫母於後，見逆人倫，禽獸不異。加以山陰請婿賣夫，朋淫於家，不顧譏笑。卿沐其遺風，未沾禮化，所謂陽翟之民，不知瘿之爲醜。我魏膺籙受圖，定鼎嵩洛，五山爲鎮，四海爲家。移風易俗之典，與五帝而並跡，禮樂憲章之盛，凌百王而獨高。豈卿魚鼈之徒，慕義來朝，飲我池水，啄我稻粱，何爲不遜，以至於此？』慶之等見元愼清詞雅句，縱橫奔發；杜口流汗，合聲不言。於後數日，慶之遇病，心上急痛，訪人解治。元愼自云能解。慶之遂憑元愼。元愼即口含水噀慶之曰：『吳人之鬼，住居建康，小作冠帽，短製衣裳，自呼阿儂，語則阿傍。菰稗爲飯，茗飲作漿。呷啜蓴羹，唼嗍蟹黃。手把荳蔻，口嚼檳榔。乍至中土，思憶本鄉。急手速去，還爾丹陽。若其寒門之鬼，□頭猶脩，網魚漉鼈，在河之洲。咀嚼菱藕，挦拾雞頭，蛙羹蚌臛，以爲膳羞。布袍芒履，倒騎水牛，沅湘江漢，鼓棹遨遊。隨波遡浪，唼喋沉浮。白苧起舞，揚波發謳。急手速去，還爾揚州。』慶之伏枕曰：「楊君，見辱深矣。」自此後，吳兒更不敢解語。北海尋伏誅。其慶之還奔蕭衍，用爲司州刺史，欽重北人，特異於常。朱异怪復問之。問：『自晉宋以來，號洛陽爲荒土，此中謂長江以北，盡是夷狄；昨至洛陽，始知衣冠士族，並在中原；禮儀富盛，人物殷阜，目所不識，口不能傳。所謂帝京翼翼，四方之則；始登泰山者卑培塿，涉江海者小湘沅。北人安可不重？』慶之因此羽儀服式，悉如魏法。江表士庶，競相模楷，褒衣博帶，被及秣陵。」同書卷三〈報德寺〉條又載曰：「肅初入國，不食羊肉及酪漿等物，常飯鯽魚羹，渴飲茗汁。京師士子，見肅一飲一斗，號爲『漏卮』。經數年以後，肅與高祖殿會，食羊肉酪粥甚多。高祖怪之，謂肅曰：『卿中國之味也。羊肉何如魚羹？茗飲何如酪漿？』肅對曰：『羊者是陸產之最，魚者乃水族之長；所好

太祖踐阼，便有志北略。七年三月，詔曰：河南，中國多故，淪沒
非所，遺黎荼炭，每用矜懷。今民和年豐，方隅無事，宜時經理，
以固疆場。可簡甲卒五萬，給右將軍到彥之，統安北將軍王仲德、
兗州刺史竺靈秀舟師入河，驍騎將軍段宏精騎八千，直指虎牢，豫
州刺史劉德武勁勇一萬，以相掎角，後將軍長沙王義欣可權假節，
率見力三萬，監征討諸軍事。便速備辦，月內悉發。」先遣殿中將
軍田奇銜命告燾：「河南舊是宋土，中為彼所侵，今當修復舊境，不
關河北。」燾大怒，謂奇曰：「我生頭髮未燥，便聞河南是我家地，
此豈可得河南。必進軍，今權當斂戍相避，須冬行地淨，河冰合，
自更取之。」

《魏書》卷十二〈孝靜紀〉亦載曰：

帝不堪憂辱，詠謝靈運詩曰：「韓亡子房奮，秦帝魯連恥。本自江海
人，忠義動〔註37〕君子。」

《北齊書》卷三〈文襄紀〉又載：

（高澄遇盜而殂之）數日前，崔季舒無故於北宮門外諸貴之前誦鮑
明遠詩曰：「將軍既下世，部曲亦罕存。」聲甚悽斷，淚不能已，見
者莫不怪之。

而北魏孝武帝元脩（西元510～534年）、孝靜帝元善見（西元524～551年），
與北齊文襄帝高澄（西元520～548年）三人皆身當南朝蕭梁之時，距謝靈運
（西元385～433年）與鮑照（？～466年）之世頗有一段時間。而前述常景
模擬顏延之與鮑照作〈四賢贊〉以及擬劉琨〈扶風歌〉，亦皆上取前代，而非
取法當代。這種文風上取的現象，使北魏文學雖然在技巧上逐漸圓熟，在辭

不同，並各稱珍；以味言之，甚是優劣。羊比齊魯大邦，魚比邾莒小國。唯
茗不中，與酪作奴。』高祖大笑，因舉酒曰：『三三橫，兩兩縱，誰能辨之
賜鐘。』御史中尉李彪曰：『沽酒老嫗瓮注瓨，屠兒割肉與秤同。』尚書右
丞甄琛曰：『吳人浮水自云工，妓兒擲繩在虛空。』彭城王勰曰：『臣始解此
字是習字。』高祖即以金鐘賜彪。朝廷服彪聰明有智，甄琛和之亦速。彭城
王謂肅曰：『卿不重齊魯大邦，而愛邾莒小國？』肅對曰：『鄉曲所美，不得
不好。』彭城王重謂曰：『卿明日顧我，為卿設邾莒之食，亦有酪奴。』因
此復號茗飲為酪奴。時給事中劉縞慕肅之風，專習茗飲。彭城王謂縞曰：『卿
不慕王侯八珍，好蒼頭水厄。海上有逐臭之夫，里內有學顰之婦；以卿言之，
即是也。』其彭城家有吳奴，以此言戲之。自是朝貴讌會，雖設茗飲，皆恥
不復食；唯江表殘民遠來降者好之。」

〔註37〕《宋書》卷六十七〈謝靈運傳〉作「感」字。

采上也更見清美，但是卻一直比同時期的南朝文學質樸。

　　當然，不可否認的，在北魏末年有部份人士對南朝十分傾慕。如酈道元作《水經注》，書中對十六國諸君主，如劉淵、劉曜、石虎、苻堅等君主，無一不直呼其名。酈道元之祖曾任于后燕，其後以郡降北魏道武帝。而《水經注》中於前燕之慕容廆、慕容皝、慕容雋，南燕之慕容超，亦皆直呼其名。但是對南朝諸帝，如宋文帝、宋孝武帝、宋明帝、蕭武帝等，皆稱廟號；尤其對待劉裕，最為特殊。在《水經注》中，酈道元多次提及劉裕，或正式稱宋武帝，或稱劉武帝，或稱劉武王，有時則依照劉裕代晉前當時人之記述，稱之為劉公，或彭城劉公，這些稱謂在尊敬中又別有親昵的意味。〔註38〕《水經注》中又屢次徵引曾隨劉裕西征之戴延之、郭緣生以及同時人劉澄之三人所撰之《西征記》、《述征記》、《續述征記》，以及《永初山川古今記》，並對劉裕的西征北討，屢次道及，流露崇敬讚嘆之意。另外，《北齊書》卷二十四〈杜弼傳〉又載高歡之言，曰：

　　　　江東復有一吳兒老翁蕭衍者，專事衣冠禮樂，中原士大夫望之以為正朔所在。

此言與酈道元的態度，頗可互為印証。北人南向的態度，自然也存在於北魏末年的文壇。《北齊書》卷三十八〈元文遙傳〉曰：

　　　　（濟陰王元暉業）嘗大會賓客，有人將《何遜集》初入洛，諸賢皆贊賞之。

《北史》卷八十三〈文苑·荀濟傳〉載曰，濟世居江左，與梁武帝為布衣之交，後因隙得罪，梁武將誅之，遂奔魏，館于崔家。又曰：

　　　　鄴下士大夫多傳濟音韻。

《北史》卷二十四〈王憲附王昕傳〉曰，昕在北齊初年被削爵，其理由為：

　　　　好詠輕薄之篇，自謂模擬傖楚，曲盡風制。

這種傾慕南風的現象日漸普遍的結果，遂使北魏文學上取前代的積極意義無法呈顯，北朝文士在創作上對於南朝文學的學習，在不自覺中走入模仿作品表面華麗辭藻的死角，因而有魏收與邢邵互相詆控剽竊的事件產生。《顏氏家訓》卷四〈文章篇〉曰：

　　　　邢子才、魏收俱有重名，時俗準的，以為師匠。邢賞服沈約而輕任，

〔註38〕參見周一良《魏晉南北朝史札記·魏書札記》，頁382～383〈酈道元〉條。1981年，燕京大學。

> 魏愛慕任昉而毀沈約，每於談讌，辭色以之。鄴下紛紜，各有朋黨。
> 祖孝徵嘗謂吾曰：「任、沈之是非，乃邢、魏之優劣也。」

《北齊書》卷三十七〈魏收傳〉更有詳說，曰：

> 收每議陋邢邵文。邵又云：「江南任昉，文體本疏，魏收非直模擬，
> 亦大偷竊。」收聞乃曰：「伊常於沈約集中作賊，何意道我偷任昉。」
> 任、沈俱有重名，邢、魏各有所好。武平中，黃門郎顏之推以二公
> 意問僕射祖珽，珽答曰：「見邢、魏之臧否，即是任、沈之優劣。」

而邢、魏雖有模仿事實，其對象沈約、任昉尚非當代作家，故其作品風格雖麗而不淫。史稱邢邵「晚年尤以五經章句爲意，窮其指要」，作品風格由年少時的「典麗華贍」轉爲「詞致宏遠」。〔註39〕魏收作品中最帶有南朝色彩的小詩，如：

櫂歌行

> 雪溜添春浦，花水足新流。桃發武陵岸，柳拂武昌樓。(《樂府詩集》
> 卷四十〈相和歌辭〉十五)

永世樂

> 綺窗斜影人，上客酒須添。翠羽方開美，鉛華汗不霑。關門今可下，
> 落珥不相嫌。(《樂府詩集》卷四十〈相和歌辭〉十五)

挾瑟歌

> 春風宛轉入曲房，兼送小苑百花香。白馬金鞍去未返，紅妝玉筯下
> 成行。(《樂府詩集》卷八十六〈雜歌謠辭〉四)

雖然辭采華麗而欠缺深情，但還不至於流於宮體末流的淫麗輕靡。但當北齊篡魏，與陳媾和，陳世宮體隨外交關係而大行於北地，北魏文學的質樸本風遂無跡可尋。

〔註39〕詳見《北齊書》卷三十六〈邢邵傳〉。

第五章 結 論

　　歷來文學史家多以爲五胡亂華之後，唯南方東晉皇朝得續斯文，其後宋齊梁陳雖篡奪相連，但以正朔所在，衣冠咸止而獨有文學之勝；北方則除少數民歌之外，幾無文學可言。此一觀點雖非全然謬離事實，然就文學史的事實而言，北方的文學創作活動一直未曾終止。例如在十六國時期，即有盧諶等羈留中原的文士，繼續從事創作，也正因如此，才可能產生如蘇蕙的〈回文詩〉之類形式複雜、技巧超詣的文學作品。但是十六國時期文學興盛的地區，多在漢化較深的異族政權區域，如前秦等，或在漢人政權區域，如西涼等，由此可見，漢化是北方少數民族的文學產生或興盛的絕對必要條件。對拓跋氏而言，亦不例外。

　　拓跋氏在十六國時期，由於國勢弱，文化淺，很少有漢人投奔，對漢文化的吸收自然比其他少數民族淺慢，因此在拓跋珪建立北魏政權以前，即代國時期，幾無文學可言，但是這種原發性的狀態，反而奠定了北魏文學淳古質朴的風格。北魏文學淳古質朴的風格特色，在進行漢化的過程中，又一再被確定。

　　北魏前期的漢化，以建立君主專制的國體爲目標。在進行過程中，因立國規模的整備，與提高君權的實際需要，文人創作多以奏議詔告軍國書檄等實用性散文爲主，這些體裁由於便於時用的要求，論述重於辭采，已初步奠定理勝其詞的質實風格。而當時的北魏統治者，雖因立國創制的需要而求賢若渴，但是出於文化上的自卑與有意顯耀君權，並不能真正做到禮賢下士，文士的生存空間因而十分狹隘。在狹隘的生存空間中，所必需養成的敬謹內斂的態度，與國政上側重實際的原則，反映於文學作品中，更加深質實的程度。

　　除了奏議詔告軍國書檄等實用性文體之外，常見於北魏前期的文體，如賦與頌、銘等，在文體結構與表現技巧上，都較接近純文學的作品，對作家而言，亦較具有發揮才能的空間。但是這些作品的辭藻雖稍有修潤，卻仍無法掩蓋北魏初期因國家創建之需要而著重於實用功能，所衍生的現實主義精神，以及北方在經歷戰火之後，家園殘破百廢待舉的景況，反映於作品中而衍生的寫實主義風格。因此《周書・王褒庾信傳論》對此一時期文學所作的評論──「詞義典正，有永嘉之遺烈焉」，大體是正確的。

　　北魏前期由於實際需要，曾經先後多次下詔求賢，其中以世祖拓跋燾神䴥四年（西元 431 年）的求賢詔，效果最為宏大，當時北魏勢力所及的中原世族，幾被網羅殆盡。及至太延五年（西元 439 年），拓跋燾平涼州，而涼州自來多士，遂再一次集中了北方的文士。這些文士由於政治、軍事因素而集中，因集中而有文學上的往返，進而促生了同聚一堂賦詩作頌，或同題競作的文學活動。但是這些文士的集中，並未標舉以文學為目的，在創作題材與作品形式上，亦未形成任何固定的風潮，一時之間，頗有多樣性發展的可能。可惜這種多樣性發展的可能，卻因孝文帝的政治改革，而回歸於重實用的現實主義風格。

　　孝文帝以前，北魏君主即已為便於統治的需要而多方汲取中原文化。當時的拓跋君主雖然對儒家學說的吸收，表現十分積極，但對法家、陰陽家等諸子學說，也有很高的興趣；在應用上也不以儒家治術為唯一遵循的準式。但自孝文帝開始，因趁儒學在北方復興的事實，特別推崇儒學儒術，重用通經之士，以為推行漢化的主力。孝文帝的推崇儒家，並不僅止於政治上的需要，並且施用於文學的提倡，因此特重《詩經》的政教功能，與漢賦的諷喻作用。由於這種儒家文學觀的影響，北魏後期遂產生大量反映現實，具有社教意味，深具現實主義精神的文學作品。這些作品在形式與技巧上雖較北魏前期進步，但在本質上，依然承續了北魏前期作品的質實風格。這種風格一直到孝文帝崩逝，北魏朝廷以儒家治術為主體的政治架構瓦解之後，才逐漸呈現出帶有老莊與佛家思想，傾向唯美的變格。

　　除了在政治上推行儒家政策，因而影響文學之外，孝文帝所從事的經濟改革，也對文學產生相當程度的影響。北魏後期由於合理的經濟改革，如推行均田制、俸祿制等，不僅促進社會的安定，文人生活亦因而獲得保障。而文學活動遂在前有孝文帝、彭城王等帝王貴冑提倡，後無生活顧慮之下轉趨

活絡。文學活動的頻繁熱烈，更直接提高北魏後期文人的創作力與文學發展的普遍性，增廣對於形式、題材等多方面的嘗試角度。若僅以詩而言，這些進步可由下列情況參證。第一，文學作品數量的明顯增加。北魏後期作家的人數與作品的篇數都有明顯的增加，並且作家中還包含女性在內。由此可知此一時期創作力的提升，與文學發展的普遍性。第二，作品的形式轉趨繁複。北魏前期的文學作品形式，就現存資料而論，僅有四言、五言與樂府三種形式，其中以四言為主；但至北魏後期，則增加七言與雜言體的作品，其中並轉以五言為主流。五言詩的大量創作，以及形式的廣泛運用，不只證明北魏後期文人在創作技巧上的進步，也證明他們在文學創作上所作的嘗試更為廣泛。第三，題材更為豐富。北魏前期詩的題材，大致可區分為：詠史、述志說理、宮體、遊仙與寫景傷流離等；至北魏後期，更增加臨終詠懷、詠物、諷諭、釋奠與擬古等多種。顯見文人關注的範圍已更增廣。第四，呈現多貌性風格。北魏前期詩的風格，典雅質樸，能反映現實生活，特具現實主義風格，至後期詩風乃呈現多貌性變化。除了部份作品仍承沿前期的現實主義風格之外，頗有一些作品具有唯美主義的風格傾向，更有一些作品，如溫子昇〈擣衣詩〉與〈涼州樂歌〉之類，呈現出獨特的邊塞詩風格。

北魏文學在孝文帝時，呈現鼎盛的局面，其中固然以孝文帝本身愛好文學，以及政治與經濟的革新為主要原因，但是來自南朝的影響亦不容忽視。北魏文學自太和以來，在作品的形式、創作的技巧與寫作的題材上，皆受有南方文學的影響，但是這些影響最初並未使北魏文學改變風貌，成為南朝文學的附屬品，反而因為北魏文人能堅持原有的文學傳統，再取他人之長補己之短，故使北魏文學有了長足的進步。而北魏文人之所以能夠如此，一方面固然有地理因素存在，即江南水勢煙渺風光明美而促生的敘情性文學，其委婉含蓄的表達方式並不適合北方土厚水深的環境，以及長年生活於馬上的草原民族所具有的曠達坦直的性情；另一方面則是因為政治因素使然。

促使北魏文學在受南朝文學影響之後，仍能保有質樸本風的政治因素，又可分為內在與外在兩種。內在的政治因素即孝文帝在積極漢化的過程中所崇尚的儒學儒術，影響及於文學，遂產生注重實用的儒家文學觀與文學作品。終孝文帝之世，乃至世宗宣武帝之時，北魏文學皆受儒家文學觀之引領，故能免於南朝文學綺靡之風的浸染。至於外在因素，乃源生於當時南北對峙的情勢。這種對峙的情勢，不僅包括政治、軍事的對立，更延伸至社會文化，

造成南北文人互相輕視的現象。這種現象加上北魏原有的儒家文學觀，與南朝以老莊為骨髓的藝術精神及文學風潮大不相同，遂形成阻隔同一時期南朝文風北漸的屏障。因此，一直至梁陳之際，南北媾和之前，北魏文學雖在形式、技巧與題材上，有學習南人的情形，但所取法的對象，多非同一時期的作家與作品。北魏文人由於政治因素而不屑取法同時期的南朝文學，卻寧取其較早時期的作家，使北魏文學雖然在技巧上日趨圓熟，辭采的清美亦與時俱增，但卻始終比同時期的南朝文學質樸。北朝文學質樸的風格一直維持至南北通好之後，陳世宮體詩風直接移植北境，而其時北朝正當朝代替換之際，並未有明確的政治措施或文學思想可以主領北魏文學的新方向，基於好奇喜新的心態，與逞現創作才能的欲念，遂大量模仿南朝文學作品，終於淪為南朝文學的亞流。

如上所述，可知《隋書・文學傳序》所稱「河朔詞義貞剛，重乎氣質」，及〈經籍志〉中評孝文帝時的文學「例皆淳古」，大抵合乎事實。而北魏文學淳古重氣的質樸文風，除了源生自民族性與地域性之外，更與漢化有不可分離的關係。綜合本文的討論，北魏文學與漢化的關係，其要有四：

一、北魏因漢化而促生文學，而文學的風格與漢化的內容息息相關。

二、北魏前期文學為適應漢化過程中實際情況的需要，側重於實用性作品，因而衍生現實主義精神，初步奠定質樸文風。

三、北魏後期文學因孝文帝的儒家政策與儒家文學觀影響所及，加深現實主義精神的程度，更確立質樸文風的特色。

四、北魏文學自孝文帝太和年間即已受有南朝文學的影響，但在南北通好以前，由於政治因素與民族尊榮之維持，而呈現文風上取的情形，這種情形使北魏文學風格雖日漸綺美，卻始終比同一時間的南朝的文風淳樸。

主要參考書目

一、專書部份

1. 《三國志》，晉・陳壽，鼎文書局，台北，民國 76 年。
2. 《晉書》，唐・房玄齡，鼎文書局，台北，民國 76 年。
3. 《宋書》，宋・沈約，鼎文書局，台北，民國 76 年。
4. 《南齊書》，梁・蕭子顯，鼎文書局，台北，民國 76 年。
5. 《梁書》，唐・姚思廉，鼎文書局，台北，民國 75 年。
6. 《陳書》，唐・姚思廉，鼎文書局，台北，民國 75 年。
7. 《南史》，唐・李延壽，鼎文書局，台北，民國 74 年。
8. 《魏書》，北齊・魏收，洪氏出版社，台北，民國 66 年。
9. 《北齊書》，唐・李百藥，洪氏出版社，台北，民國 63 年。
10. 《周書》，唐・令狐德棻，洪氏出版社，台北，民國 63 年。
11. 《隋書》，唐・魏徵，鼎文出版社，台北，民國 76 年。
12. 《北史》，唐・李延壽，洪氏出版社，台北，民國 64 年。
13. 《資治通鑑》，宋・司馬光，啟業書局，台北，民國 67 年。
14. 《十六國春秋》（景印文淵閣四庫全書），後魏・崔鴻，台灣商務印書館，台北，民國 75 年。
15. 《國史大綱》，錢穆，國立編譯館，台北，民 11 年。
16. 《中國通史》，傅樂成，大中國圖書公司，台北，民國 69 年。
17. 《中國通史簡編》，范文瀾，坊間本。
18. 《魏晉南北朝史》，勞榦，文化大學出版部，台北，民國 69 年。
19. 《魏晉南北朝史》，王仲犖，坊間本。

20. 《兩晉南北朝史》，呂思勉，台灣開明書店，台北，民國72年。

21. 《史通》（叢書集成新編），唐・劉知幾，新文豐出版公司，台北，民國74年。

22. 《廿二史箚記》，清・趙翼，世界書局，台北，民國72年。

23. 《魏晉南北朝史札記》，周一良，影印本。

24. 《讀史札記》，呂思勉，木鐸出版社，台北，民國72年。

25. 《隋唐制度淵源略論稿・唐代政治史述論稿》，陳寅恪，中央研究院歷史語言研究所專刊，台北，民46年。

26. 《說文解字注》，清・段玉裁，漢京文化公司，台北，民國69年。

27. 《四庫全書總目提要》，清・紀昀，台灣商務印書館，台北，民國72年。

28. 《中國歷代詩文別集聯合書目》，聯經出版公司，台北，民國70年。

29. 《二十五史人名索引》，台灣開明書局，台北，民國50年。

30. 《中國歷史紀元年表》，木鐸出版社，台北，民國69年。

31. 《增補六臣註文選》，梁・昭明太子，華正書局，台北，民國66年。

32. 《藝文類聚》（類書薈編），唐・歐陽詢，文光出版社，台北，民國63年。

33. 《初學記》，唐・徐堅，中文出版社，日本京都，1978。

34. 《文苑英華》，宋・李昉，華聯出版社，台北，民國54年。

35. 《太平御覽》，宋・李昉，大化書局，台北，民國66年。

36. 《廣弘明集》（四部叢刊），唐・釋道宣，台灣商務印書館，台北，民國68年。

37. 《漢魏六朝百三家集》，明・張溥，新興書局，台北。

38. 《全上古三代秦漢三國六朝文》，清・嚴可均，宏業書局，台北，民國64年。

39. 《全漢三國晉南北朝詩》，清・丁福保，藝文印書館，台北，民國64年。

40. 《先秦漢魏晉南北朝詩》，逯欽立，木鐸出版社，台北，民國72年。

41. 《樂府詩集》，宋・郭茂倩，里仁書局，台北，民國73年。

42. 《詩品注》，梁・鍾嶸，台灣開明書店，台北，民國62年。

43. 《文心雕龍》，梁・劉勰，宏業書局，台北，民國71年。

44. 《水經注》，北魏・酈道元，世界書局，台北，民國72年。

45. 《重刊洛陽伽藍記》，徐高阮，中央研究院歷史語言研究所專刊，台北，民國48年。

46. 《洛陽伽藍記校釋》，周祖謨，中華書局，香港，1976年。

47. 《洛陽伽藍記校箋》，楊勇，正文書局，台北，民國71年。

48. 《顏氏家訓》，北齊・顏之推，漢京文化公司，台，民國 72 年。

49. 《文鏡祕府論》，隋・弘法大師，河洛圖書出版社，台北，民國 65 年。

50. 《高僧傳》（叢書集成新編），梁・釋慧皎，新文豐出版公司，台北，民國 74 年。

51. 《佛門人物志》，褚柏思，傳記文學出版社，台北，民國 62 年。

52. 《朝野僉載》（景印文淵閣四庫全書），唐・張鷟，台灣商務印書館，台北，民國 75 年。

53. 《中國文學發展史》，劉大杰，華正書局，台北，民國 65 年。

54. 《中國文學史》，葉慶炳，學生書局，台北，民國 71 年。

二、論文集部份

1. 《從平城到洛陽——拓跋魏文化轉變的歷程》，逯耀東，聯經出版公司，台北，民國 70 年。

2. 《魏晉南北朝史論叢》，唐長孺，坊間本。

3. 《魏晉南北朝史論叢續編》，唐長孺，帛書出版社，台北，民國 74 年。

4. 《魏晉南北朝史論拾遺》，唐長孺，坊間本。

5. 《魏晉南北朝史論集》，同一良，坊間本。

6. 《讀史存稿》，繆鉞，坊間本。

7. 《中古文學史論文集》，曹道衡，中華書局，北京，1986 年。

8. 《中國歷代文學論著精選》，郭紹虞，華正書局，台北，民國 69 年。

9. 《澄輝集》，林文月，洪範書局，台北，民國 72 年。

三、學位論文部份

1. 〈拓跋氏的漢化〉，孫同勛，台灣大學歷史研究所碩士論文，民國 51 年。

2. 〈王肅之經學〉，李振興，政治大學中文研究所博士論文，民國 65 年。

3. 〈南北朝民間樂府之研究〉，金銀雅，政治大學中文研究所碩士論文，民國 73 年。

4. 〈梁末羈北文士研究〉，沈冬青，台灣大學中文研究所碩士論文，民國 75 年。

四、期刊論文部份

1. 〈北魏尚書制度考〉，嚴耕望，中央研究院歷史語言研究所集刊十八。

2. 〈魏晉南北朝文學之發展〉，王夢鷗，中華文化復興月刊第十四卷第 7～9 期。

3. 〈唐初修史家的文學觀〉，黃春貴，中華文化復興月刊第十四卷第 1 期。

4. 〈北朝の詩〉，（日）小川昭一，東京支那學報五，1959 年 6 月。

5. 〈北朝の樂府——正史中心〉，（日）增田增秀，支那學研究十三，1955年 9 月。

6. 〈江南の詩と朔北の詩〉，（日）內田道夫，集刊東洋學十六，1966 年 10月。

7. 〈六朝臨終詩論考〉，（日）後藤秋正，北海道教育大學記要，1980 年 3月。

8. 〈劉琨詩小論——「答盧諶」詩を中心として〉，（日）後藤秋正，漢文學會會報三四，1975 年 9 月。

9. 〈高允——北朝文學の先驅者〉，（日）興膳宏，中國文學論集小尾博士古稀紀念號，1983 年 10 月。

10. 〈北魏孝文帝の文學觀〉，（日）矢嶋徹輔，九州中國學會報十六，1970年 5 月。

11. 〈東魏における文學思想——溫子昇の文學を通して——〉，（日）矢嶋徹輔，中國文學論集三，1973 年 5 月。

12. 〈魏收の文學傾向について〉，（日）矢嶋徹輔，中國文學論集四，（濱一先生退官紀念號），1974 年 5 月。

附錄：高允及其文學初論

第一章　高允生活的文學環境

第一節　晉室南渡以後的中原文學

　　永嘉之亂以後，長久以來聚居在中原的文人學士，大部份跟隨晉朝王室南渡江左，北方於是成為少數民族割據的局面。在這段一般人習慣稱為「五胡十六國」的紛亂時期中，傳統的漢民族文化，受到極為嚴重的斲傷。《隋書》卷四十九〈牛弘傳〉即載曰，開皇初年，牛弘擔任秘書監，職責所繫，深以典籍遺佚為憾，於是上表請開獻書之路。牛弘在奏文中提及晉室南渡以後，圖書散逸的情形十分嚴重，尤以北方為甚。其文曰：

> 永嘉之後，寇竊競興，因河據洛，跨秦帶趙。論其建國立家，雖傳
> 名號，憲章禮樂，寂滅無聞。劉裕平姚，收其圖籍，五經子史，纔
> 四千卷，皆赤軸青紙，文字古拙，僭偽之盛，莫過二秦，以此而論，
> 足可明矣。故知衣冠軌物，圖畫記注，播遷之餘，皆歸江左。

文士的撤離與典籍的亡佚，對文學發展造成極為嚴重的負面影響，是以《隋書・經籍志》曰：「其中原則兵亂積年，文章道盡。」《文鏡秘府論・四聲論》亦曰：「昔永嘉之末，天下分崩，關河之地，文章殄滅。」

　　然而，儘管晉室南渡以後的中原文學，在戰亂中受到無可彌補的創傷，中原文學的命脈，卻不曾因此斷喪。因為當時尚有一部份文人留在中原地帶，在戰火烽煙中，從事文學活動，例如：晉代著名的詩人劉琨和盧諶，即始終未曾離開北方。

　　盧諶，字子諒，范陽涿人。曾經先後擔任劉琨的主簿、從事中郎，石虎

的中書侍郎、國子祭酒、侍中、中書監等職務。《晉書》卷四十四的傳文中，稱諶「清敏有理思，好老莊，善屬文」。據《晉書》記載，西晉末年，中原散亂，諶乃隨劉琨北投幽州刺史段匹磾。匹磾後因政治利益害死劉琨，諶轉赴遼西投靠段末波。東晉初年，段末波與江左通使，「諶因其使抗表理琨，文旨甚切，於是即加弔喪」。﹝註1﹞這篇有名的〈理劉司空表〉載錄於《晉書》卷六十二〈劉琨傳〉，辭旨慷慨，貞亮奮發，孤臣孽子之忠之恨，躍然行間。《文心雕龍‧才略篇》所稱「盧諶情發而理昭」，蓋指此而言。

《晉書》本傳並稱諶有文集行世。但其作品尚見於今日者，文的部份只剩：〈與司空劉琨書〉、〈尚書武強侯盧府君〉、〈太尉劉公〉，以及〈感運賦〉、〈朝霞賦〉、〈登鄴台賦〉、〈觀獵賦〉、〈征艱賦〉、〈菊花賦〉、〈朝華賦〉、〈鸚鵡賦〉、〈燕賦〉、〈蟋蟀賦〉等之殘文。上述諸賦就其題名與僅存內容觀之，大部份當作於洛陽陷落之前，未嘗有家國之思時。詩的部份計留有：〈贈劉琨〉二十章、〈贈崔溫〉、〈答魏子悌〉、〈覽古詩〉、〈時興詩〉、以及〈重贈劉琨〉、〈答劉琨〉、〈失題〉等詩之殘句，上述諸詩，雖無法詳考其創作時間，但細玩其詩中之意，概皆為北依劉琨之後所作。

除了與盧諶情況相同的，滯留北地的漢族文人，仍有文學創作之外，入侵中原的少數民族統治者，也不斷有獎勵人們從事文學活動的現象。

在永嘉之亂以後陸續入據黃河流域的各少數民族中，除了鮮卑拓跋氏受漢族文化的影響較淺之外，其餘各族，如：匈奴族劉氏是南匈奴的後裔，長期遷居在今山西南部一帶，他們的統治者劉淵、劉聰等人，都博通漢族經籍，並能吟詩作文。羯族後趙政權創立者石勒，其本人雖不大識字，但因長期和漢人雜居在上黨一帶，並不敵視漢族文化，而且極重視徐光等漢族知識份子。氐族苻氏和羌族姚氏也曾長期與漢人雜居，他們的統治者苻堅、姚興等人，都受過很深的漢化教育，在成立政權之後，時常獎勵人們從事文學活動。尤其是苻堅，連南方士大夫都不敢輕視他。據《世說新語‧企羨篇》記載，東晉士人郗超因為「得人以己比苻堅，大喜」。苻堅的侄子苻朗著有《苻子》，文筆頗為優美。鮮卑慕容氏在入居中原之前，即與漢人往來密切，據《晉書‧慕容廆載記》，慕容廆曾見過西晉的重要作家張華，並且受到稱賞。

這些少數民族統治者與滯留北方的漢人文學，互相推引，遂使中原文學不絕如縷，並且在特殊的環境中，形成獨特的風格，《周書‧王褒庾信傳論》

﹝註1﹞ 詳見《晉書》卷六十二〈劉琨傳〉。

對這段時期的文學，有相當中肯的評述。其文曰：

> 既而中州版蕩，戎狄交侵，僭偽相屬，士民塗炭，故文章黜焉，其
> 潛思於戰爭之間，揮翰於鋒鏑之下，亦往往而間出矣。若乃魯徽、
> 杜廣。徐光、尹弼之疇，知名於二趙；宋該、封奕、朱彤、梁讜之
> 屬，見重於燕、秦。然皆迫於倉卒，牽於戰爭。章奏符檄。則粲然
> 可觀；體物緣情，則寂寥於世。非其才有優劣。時運然也。至朔漠
> 之地，叢爾夷俗，胡義周之頌國都，足稱宏麗。區區河右，而學者
> 將垺於中原。劉延明之銘酒泉，可謂清典。子曰：十室之邑，必有
> 忠信，豈徒言哉！

可見晉室南渡以後的中原文學，雖因衣冠文物播遷江左而失色，但幸未因此
而滯絕。北方遺民雖曲仕異族，亦頗能延續魏晉文脈於邊陲。

第二節　北魏初期文士集中的方式與文學復興

　　與其他各少數民族相比，鮮卑拓跋氏在入侵中原之初，顯然是漢化程度
最淺的一族。但是，北方紛亂的割據局面，最後卻由拓跋氏統一。在拓跋氏
統一北方，建立北魏政權前後，十六國時期分佈於中原各處的文士，開始陸
續歸集到北魏前期的都城——平城。

　　十六國時期的文士集中到平城，最初是由北魏太祖拓跋珪在輾轉征戰
各地時，擄獲而得。這批文士之中，即包括了一部份中原大族。如：崔玄
伯等。

　　崔玄伯，清河東武城人。本名宏，因避北魏高祖拓跋宏的名諱，故以字
行世。玄伯的祖父崔悅，曾擔任劉琨的從事中郎，與盧諶、傅暢等晉室遺民，
始終固守在北方。崔悅後來在石虎旗下為官，他的兒子崔潛為則為慕容暐效
勞。崔玄伯本人，先後在前秦苻氏和前燕慕容氏手下，擔任不同的職務。據
《魏書》記載，玄伯少有儁才，號曰冀州神童，為官後，又曾被知人之士稱
為世所少有的王佐之才。《魏書・崔玄伯傳》又載曰：

> 太祖征慕容寶，次於常山，玄伯棄郡，東走海濱。太祖素聞其名，
> 遣騎追求，執送於軍門，引見與語，悅之，以為黃門侍郎，與張袞
> 對總機要，草創制度。

崔玄伯從此受拓跋珪信任，勢傾朝廷。他的兒子崔浩，據《魏書》記載，其

人「博覽經史，玄象陰陽，百家之言無不關綜，研精義理，時人莫及」。拓跋珪的兒子拓跋嗣在位時，「每至郊祀，父子並乘軒輅，時人榮之」。

而清河崔氏，原是中原大族代表，崔玄伯與崔浩更是清河崔氏的望族。陳寅恪《隋唐制度淵源略論稿》即謂：「其議定刑律諸人之家世學術鄉里環境，可以注意而略論之者，首爲崔宏、浩父子。此二人乃北魏漢人世族代表及中原學術中心也。其家世所傳留者，實漢及魏晉之舊物。」

除了太祖拓跋珪在輾轉征戰間，所擄得的漢人文士之外，稍晚，世祖拓跋燾克平涼州的軍事行動，更促成大批涼州文士轉進平城。

涼州在永嘉之亂後，收納了許多中原流亡士人。《資治通鑑》即曰：

> 涼州自張氏以來，號爲多士。沮渠牧犍尤喜文學，以敦煌闞駰爲姑臧太守，張湛爲兵部尚書，劉昞、索敞、陰興爲國師助教，金城宋欽爲世子洗馬，趙柔爲金部郎，廣平程駿、駿從弟弘爲世子侍講。
> 魏主克涼州，皆禮而用之。〔註2〕

胡三省注云：「永嘉之亂，中州之人士避地河西，張氏禮而用之，子孫相承，衣冠不墜，故涼州號爲多士。」這批涼州文士，將中原文化傳統輸入北魏，對北魏的政治、文化、皆有極爲深遠的影響。

涼州文士入魏以後，拓跋燾在神䴥四年（西元431年），又下詔徵士。這次徵用的文士，隸籍範圍極廣，東至渤海，北極上谷，西盡西河，南窮中山；幾乎在北魏勢力所能達到的範圍之內的中原大族，都網羅在內。徵用文士的人數，據《魏書·世祖紀》上記載，詔書下達之後，「遂徵（盧）玄等及州郡所遣至者數百人，皆差次敘用。」

這些先後陸續集中到平城的文士，除了在政治方面，貢獻中原傳統文化作爲北魏政權整備國家體制參用之外，並且促成了北魏文學的發展。例如《魏書·崔玄伯傳》雖載曰：

> 玄伯自非朝廷文誥，四方書檄，初不染翰，故世無遺文。

但是他並非從不作詩，《魏書》本傳即曰：

> 始玄伯因符堅亂，欲避地江南，於泰山爲張願所獲，本圖不遂，乃作詩以自傷，而不行於時，蓋懼罪也。及浩誅，中書侍郎高允受敕收浩家，始見此詩。允知其意，允孫綽錄於允集。

又如先後仕於西秦與吐谷渾的段承根，也有作品傳世。《魏書·段承根傳》

〔註2〕詳見《資治通鑑》卷一百二十三〈宋紀〉五，文帝元嘉十六年條。

曰：

> 段承根，武威姑臧人，自云漢太尉穎九世孫也。父暉……暉父子奔
> 吐谷渾慕璝，慕璝內附，暉與承根歸國。

又曰：

> 承根好學、機辯，有文思，而性行疏薄，有始無終。司徒崔浩見而
> 奇之，以爲才堪注述，言之世祖，請爲著作郎，引爲同事。世咸重
> 其文而薄其行。甚爲敦煌公李寶所敬待，承根贈寶詩。

而金城人趙柔，正與段承根相反，德行才學俱知名河右，亦有不少創作行於
世。《魏書·趙柔傳》曰：

> 趙柔，字元順，……沮渠牧犍時爲金部郎。世祖平涼州，內徙京
> 師。……隴西王源賀採佛經幽旨作〈祇洹精舍圖偈〉六卷，柔爲之
> 注解，咸得理衷，爲當時儁僧所欽味焉。又憑立銘讚，頗行於世。

至於神䴥四年應徵的文士中，亦不乏富贍文才者。高允〈徵士頌〉即讚美博
陵崔綽曰：

> 敦心六經，遊思文藻。

讚美河間邢穎則曰：

> 華藻雲飛，金聲夙振。中遇沉痾，賦詩以訊；忠顯于辭，理出于韻。

對渤海高濟之頌辭則曰：

> 質侔和璧，文炳雕龍。

這三方面先後集中到平城的文士，懷抱著不同程度的文學才華，與相當程度
的文學作品，藉由政治的力量，極爲迅速的與北魏原有的文士，如：許謙、
張袞等人所遺留下來的，薄弱的文學氣息相結合，[註3]並鼓舞稍晚後起的文
士，如：高閭等人的風尚，於是形成了北魏初期，允切質樸的文學現象。此
即唐李延壽撰寫《北史》時所稱：

〔註 3〕 《魏書》卷二十四〈許謙傳〉曰：「許謙，字元遜，代人也。少有文才，善天
文圖讖之學。建國時將家歸附，昭成嘉之，擢爲代王郎中令，兼掌文記。……
慕容寶來寇也，太祖使謙告難姚興，興遣將楊佛嵩率眾來援，而佛嵩稽緩。
太祖命謙爲書以遺嵩曰……。佛嵩乃倍道兼行。」一信解困，可見其文才之
一斑。同卷〈張袞傳〉曰：「張袞，字洪龍，上谷沮陽人也。……純厚篤實，
好學，有文才。……太祖命群官登勿居山，遊晏終日。從官及諸部大人請聚
石爲峰，以記功德，命袞爲文。」於眾人之中，獨承皇命爲文，則其文筆殆
亦在眾人之上。謙卒於皇始元年（西元 369 年），袞卒於永興二年（西元 410
年）。

泊乎有魏，定鼎沙朔。南屯河淮，西吞關隴。當時之士，有許謙、崔宏、宏子浩、高允、高閭、游雅等，先後之間，聲實俱茂，詞義典正，有永嘉之遺烈焉。〔註4〕

而在這些聲實俱茂，詞義典正，有永嘉遺烈的文士中，高允是最重要的一位。

〔註 4〕詳見《北史》卷八十三〈文苑傳〉之〈序論〉部份。

第二章 高允的生平

第一節 宦途略考

　　高允，字伯恭，勃海蓨（今河北景縣）人。北魏道武帝登國四年生，孝文帝太和十一年卒（西元 390-487 年），允為漢太傅高褒的後裔。西晉滅亡後，允的家族仍留在北方。曾祖高慶、父高韜曾先後仕於慕容垂政權，擔任司空、太尉、從事中郎。祖高泰曾為北魏吏部郎中。高韜後來亦轉仕北魏，為丞相參軍。允一生歷仕世祖太武帝（拓跋燾）、高宗文成帝（拓跋濬）、顯祖獻文帝（拓跋弘）與高祖孝文帝（拓跋宏）四朝。最後的官位是尚書、散騎常侍、加光祿大夫，並授金章紫綬。死後追贈侍中、司空公、冀州刺史，諡曰「文」。在他臨終前，北魏孝文帝與文明太后親遣太醫令李脩前往診視，又遣使備賜御膳珍及床帳衣物等。及卒，詔給絹錦雜綵等，以周喪事之用。《魏書》卷四十八〈高允傳〉云：「魏初以來，存亡蒙賚者莫及焉，朝廷榮之」《魏書》的作者魏收於傳後又論曰：「光寵四世，終享百齡，有魏以來，斯人而已。」

　　高允以極高的榮耀及九十八歲的高壽離開人世，對於他如此顯達的一生，崔浩的父親崔玄伯在高允年少時，即曾做預測。《魏書》本傳曰：

> 允少孤夙成，有奇度，清河玄伯見而異之，歎曰：「高子黃中內潤，
>
> 文明外照，必為一代偉器，但恐吾不見耳。」

崔宏的確有知人之明，而且有自知之明。崔宏死於明元帝泰常三年（西元 418年），其時允年二十九。在四十歲以前，高允只做過「功曹」的小官。他顯榮的宦途開始於神䴥三年（西元 430 年），時允年四十一。此後十年，可謂步步

高昇。其經歷如下：

神䴥三年（西元 430 年），世祖舅陽平王杜超行征南大將軍，鎮鄴，以允為從事中郎。年四十一。

神䴥四年（西元 431 年），與盧玄等俱被徵，拜中書博士。年四十二。

延和二年（西元 433 年），遷侍郎，與太原張偉並以本官領衛大將軍、樂安王範從事中郎。尋被徵還。年四十四。

太延二年（西元 436 年），驃騎大將軍，樂平王丕西討上邽，復以本官參丕軍事。年四十七。

太延五年（西元 439 年），涼州平，以參謀之勳，賜爵汶陽子，加建武將軍。年五十。

自五十歲起至六十一歲之間，高允先後從事的工作，主要有三，即：參與北魏國史的著作、擔任儲君與藩主的老師、以及參與訂定律令。據《魏書》本傳載：

> 與司徒崔浩述成國記，以本官領著作郎。……尋以本官爲秦王翰傅。後以經授恭宗，甚見禮待。又詔允與侍郎公孫質、李虛、胡方回共定律令。

北魏國史的撰作，以崔浩最爲重要。崔浩撰述國史，始於神䴥二年。《魏書·崔浩傳》曰：

> 初太祖詔尚書郎鄧淵著國記十餘卷，編年次事，體例未成。逮于太宗，廢而不述。神䴥二年，詔集諸文人撰錄國書，浩及弟覽、高讜、鄧穎、晁繼、范亨、黃輔等共參著作，敘成國書三十卷。

可見高允並非一開始便參與國史的撰述。其參與撰史在討平涼州之後。《魏書·崔浩傳》載曰：

> 於是遂討涼州而平之。多饒水草，如浩所言。乃詔浩曰：「……命公留臺，綜理史務，述成此書，務從實錄。」浩於是監秘書事，以中書侍郎高允、散騎侍郎高偉參著作，續成前紀。

則知高允參與修史，當在太延五年（西元 439 年），時允年五十。

至於爲秦王翰傅、以經授恭宗、與公孫質等人共定律令三事，莫能確知其年月，然亦稍可由史文推知。

秦王翰於太平眞君三年（西元 442 年）受封，正平元年（西元 451 年）

改封東平王，正平二年爲宦官宗愛所殺。〔註1〕故高允爲秦王翰傅，當在太平眞君三年至十一年之間，即允年五十三至六十一之間。

恭宗爲世祖皇太子拓跋晃的廟號，晃卒於正平元年六月，未曾有帝王之實。據高允本傳所載，崔浩因國史事件被誅，並波及本族、姻親、以及共同修史之有關人員，皇太子晃則極力爲高允脫罪。《魏書》本傳曰：

> 初浩之被收也，允直中書省。恭宗使東宮侍郎吳延召允，仍留宿宮內。翌日，恭宗入奏世祖，命允驂乘。至宮門，謂曰：「入當見至尊，吾自導卿。脫至尊有問，但依吾語。」允請曰：「爲何等事也。」恭宗曰：「入自知也。」既入見帝，恭宗曰：「中書侍郎自在臣宮，同處累年，小心密愼，臣所委悉。雖與浩同事，然允微賤，制由於浩。請赦其命。」

崔浩之誅，在太平眞君十一年六月，而其時高允已侍講東宮，與皇太子晃「同處累年」，則知允以經授恭宗，必在太平眞君十年（西元 449 年）或稍前。即允年六十以前。與公孫質、李虛、胡方回等人共定律令，則當在太平眞君九年（西元 448 年）以前，因公孫質卒於此年。〔註2〕時間亦在允年五十以後。

世祖在位期間，高允雖有許多經歷與功績，但始終未離開他四品上中書侍郎的本官職務。高宗繼位後，始拜允爲中書令。本傳稱其「爲郎二十七年不徙官」，則其拜中書令，當在太安三年（西元 457 年），時允年六十八。其後又曾兼任太常卿、秘書監等職；並進爵梁城侯，加左將軍。

高宗崩，顯祖在權臣乙渾的專政下繼位。天安元年（西元 466 年）二月，文明太后誅乙渾，延請高允入宮，參決大事，時允年七十七。皇興二年（西元 468 年），詔允兼太常，至袞州祭孔子廟。皇興四年，從顯祖北伐，大捷而還，時允年已八十一。

皇興五年（西元 471），顯祖以高祖幼沖，欲禪位於其叔京兆王子推，集諸大臣以次召間，高允進跪上前，涕泣以諫，遂傳位於高祖。延興元年（西元 471 年），高祖孝文帝拓跋宏繼位，賜允帛千匹，以標忠亮。又遷中書監，加散騎侍郎。《魏書》本傳又曰：

> （允）末年乃薦高閭自代。以定議之勳，進爵咸陽公，加鎭東將軍。

〔註1〕正平二年（西元 452 年），宦官宗愛因多行不法，懼誅，謀逆害主，世祖暴崩。事見《魏書》卷四下〈世祖紀下〉、卷九十四〈閹官‧宗愛傳〉。
〔註2〕詳見《魏書》卷三十三〈公孫表傳〉附子〈公孫質傳〉。

尋授使持節、散騎常侍、征西將軍、懷州刺史。允秋月巡境，問民

疾苦。……允於時年將九十矣，勸民學業，風化頗行。

允舉高閭自代一事，亦見於《魏書》卷五十四〈高閭傳〉，其文曰：

高允以閭文章富逸，舉以自代，遂爲顯祖所知，數見引接，參論政

治。命造〈鹿苑頌〉、〈北伐碑〉，顯祖善之。

既稱爲顯祖所知，數見引接，又云曾作碑頌，爲顯祖所善，則閭代允時，顯祖未崩。顯祖崩於承明元年（西元 476 年），若舉薦自代之事即在此年，則允年已八十七；秋月巡境當更晚，或在八十八歲時，故本傳云「年將九十」。太和二年（西元 478 年），允年八十九，「以老乞還鄉里，十餘章，上卒不聽許，遂以疾告歸。其年，詔以安車徵允，敕州郡發遣。至都，拜鎮軍大將軍，領中書監。固辭不許。」〔註3〕太和三年，允年九十，詔允議定律令。遷尚書、散騎常侍，時延入，備几杖，問以政治。太和十年，加光祿大夫、金章紫綬。太和十一年（西元 487 年）正月卒，年九十八。

綜觀高允一生，在宦途上可謂大器晚成。然而其末年，雖極榮寵，卻勞頓不得休養，正是「鞠躬盡粹，死而後已」的寫照，無怪乎其弟高變「恆議允屈折久宦，栖泊京邑」。〔註4〕

第二節　性格簡析

高允雖然一如其弟所言，屈折久宦，栖泊京邑，但他並不是一個熱衷功利的人。本傳謂其年十餘時，「奉祖父喪還本郡，推財與二弟而爲沙門，名法淨，未久而罷」。雖然他未能貫徹出家的行動，但對佛教的信仰則終身無改；其謙沖淡泊的個性，亦時時在入世的行事中，顯出出世的高遠。

高允有極爲仁厚慈悲的胸懷，如《魏書》本傳所曰：

（允）雅信佛道，時設齋講，好生惡殺。

又曰：

顯祖平青齊，徙其族望於代。時諸士人流移遠至，率皆飢寒。徙人

之中，多允姻婚，皆徒步造門。允散財竭產，以相瞻賑，慰問周至。

無不感其仁厚。

〔註 3〕詳見《魏書》卷四十八〈高允傳〉。

〔註 4〕同註3。

又曰：

> 初，尚書竇瑾坐事誅，瑾子遵亡在山澤，遵母焦沒入縣官。後焦以
> 老得免，瑾之親故，莫有恤者。允愍焦年老，保護在家。積六年，
> 遵始蒙赦。其篤行如此。

又曰：

> 初，浩之被收也，允直中書省。……時世祖怒甚，敕允爲詔，自浩
> 以下，僮吏以上百二十八人皆夷五族。允持疑不爲，須詔催切。允
> 乞更一見，然後爲詔。詔引前，允曰：「浩之所坐，若更有餘釁，非
> 臣敢知。直以犯觸，罪不至死。」世祖怒，命介士執允。恭宗拜請。
> 世祖曰：「無此人忿朕，當有數千口死矣。」浩竟滅族，餘皆身死。
> 宗欽臨刑，歎曰：「允其殆聖乎！」

崔浩事件，國史觸諱只是一個導火線。引起此一悲劇的重要因素，還包括了宗教、種族、文化和政治的因素。〔註5〕高允與崔浩雖非對敵，但在崔浩重整門閥，希望重振門第的尊嚴，以實現他以世族爲中心的政治理想時，他所卑視的不僅只是低文化的代北胡族，還包括了中原寒門，而高允正是寒門之士。崔浩「分明姓族」的行動，也引起代北大族和中原大族在政治上的衝突，而代北大族的首領即爲太子晃。國史事件發生後，拓跋晃極力爲高允脫罪，即因高允並不屬於崔浩集團，且又有侍講之功。在宗教方面，拓跋晃與高允都崇佛，而崔浩卻是鼓勵世祖太武帝崇道毀佛的主腦。因此，高允冒死爲崔浩的家人以及相關人員求情，宗欽才會歎曰「允其殆聖乎！」其實，高允想挽救的是「人」，而不是政治或宗教信仰上的敵人。以生爲「人」的尊嚴與可貴性，崔浩的家人與高允流離失所的親戚，以及故舊落難的寡妻並無二致。他可能不是宗欽所讚歎的「聖」人，但是如此仁厚慈悲的胸懷，已使他具備了超凡入聖的基本條件。

高允更有清平廉退，淡泊謙沖的性格特色。《魏書》本傳曰：

> 神𪔀三年，世祖舅陽平王杜超征南大將軍，鎮鄴，以允爲從事中郎，
> 年四十餘矣。超以方春而諸州囚多不決，乃表允與中郎呂熙等分詣
> 諸州，共評獄事。熙等皆以貪穢得罪，唯允以清平獲賞。

又曰：

> 及高宗即位，允頗有謀焉。司徒陸麗等皆受重賞，允既不蒙褒異，

〔註5〕詳見逯耀東《從平城到洛陽》第二章〈崔浩世族政治的理想〉。

又終身不言。其忠而不伐，皆此類也。

又曰：

（高祖）詔朝晡給膳，朔望致牛酒，衣服綿絹，每月送給。允皆分
之親故。是時貴臣之門，皆羅列顯官，而允子弟皆無官爵。其廉退
若此。

清平、廉退、忠而不伐，正是高允持身之道，故恭宗謂其「小心密慎」，也因
此他能「歷事五帝，出入三省，五十餘年，初無譴咎」。〔註6〕

在高允的性格中，除了上述保守內斂的特質外，尚有積極的一面。《魏書》
本傳云，恭宗季年「頗親近左右，營立田園，以取其利」，於是高允乃極言上
諫，請恭宗斥出佞邪，親近忠良，分財與民，以廣德譽。高宗時，給事中郎
郭善明，性多機巧，欲逞其能，勸高宗大起宮室。高允極力諫止之。崔浩事
件，高允的應對態度，更見忠誠耿直。其時皇太子為使高允脫罪，囑咐高允
於面聖答話時，「但依吾語」；並將一切責任推委於崔浩，以免受牽連。可是
高允並未落井下石。《魏書》本傳曰：

世祖召允，謂曰：「國書皆浩作不？」允對曰：「太祖記，前著作郎
鄧淵撰。先帝記及今記，臣與浩同作。然浩綜務處多，總裁而已，
至於注疏，臣多於浩。」世祖大怒曰：「此甚於浩，安有生路！」恭
宗曰：「天威嚴重，允是小臣，迷亂失次耳。臣向備問，皆云浩作。」
世祖問：「如東宮言不？」允曰：「臣以下才，謬參著作，犯逆天威，
罪應滅族，今已分死，不敢虛妄。殿下以臣侍講日久，哀臣乞命耳。
實不問臣，臣無此言。臣以實對，不敢迷亂。」世祖謂恭宗曰：「直
哉！此亦人情所難，而能臨死不移，不亦難乎？且對君以實，貞臣
也。如此言，寧失一有罪，宜宥之。」允竟得免。

由此可見，高允能脫免國史案的殃及，固然是由於皇太子的極力維護，更是
由於他自己忠誠耿直所得。是以魏收評曰：「依仁游藝，執義守哲，其高司空
乎？蹈危禍之機，抗雷電之氣，處死夷然，忘身濟物，卒悟明主，保己全身。
自非體鄰知命，鑑照窮達，亦何能以若此？」而其「依仁游藝，執義守哲」、
「體鄰知命，鑑照窮達」的涵養，亦時時顯露於文學作品中。

〔註6〕同註3。

第三章　高允的文學作品

　　以文人的事業而言，《魏書‧高允傳》所稱：「自高宗迄于顯祖，軍國書檄，多允文也。」正告示高允受重視的，是為國家公務而作的應用文字。在他晚年，自政壇的第一線引退，以年輕的文士高閭自代。《魏書》卷五十四〈高閭傳〉曰：「閭好為文章，軍國書檄詔令碑頌銘讚百有餘篇，集為三十卷。其文亦高允之流，後稱二高，為當時所服。」

　　由高允與高閭本傳所言，可以窺見北朝文士在公文書檄方面的文筆活動，遠比私人的詩賦創作，在比例上要高得多，亦較受重視。此一現象或可解釋現存北朝作家詩賦作品如此寥少的原因。在丁福保所輯《全漢國晉南北朝詩》中，北魏部份，個人詩作得保存兩首以上的，尚不足十人。另外，將個人創作結錄成集的熱心，在程度上似乎也不如南朝作家。《隋書》卷三十五〈經籍志四〉別集類，著錄北魏作家的作品集計有：魏孝文帝、高允、李諧、盧元明、袁躍、韓顯宗、溫子昇、陽固八家。〔註1〕魏自太武帝即位之年（西元414年），至東魏滅亡（西元550年）止，計有一二七年。若自文運昌隆的魏孝文帝即位之年（西元471年）算起，也有八十年之久，為時非暫。在此期間，僅存有八家作品集，比之南朝梁有九十四家、南齊有五十五家，〔註2〕差距頗大。唯其如此，在碩果僅存的八家中，高允的地位益顯重要。

　　北魏文學的興隆期，歷來公認為高祖孝文帝的太和年間（西元477-499年），故《隋書》卷七十六〈文學傳序〉曰：

　　　　暨永明、天監之際，太和、天保之間，洛陽、江左，文雅尤盛。

〔註1〕見《隋書》卷三十五〈經籍四〉。
〔註2〕梁有六十四年，南齊僅二十五年。作品集之數目據《隋志》所載，包含佚書。

而高允的活動時間乃遙遙前乎此。對負有「北地三才」盛名的溫子昇（西元495～547年）、邢邵（西元493～？年）、魏收（西元506～572年）而言，高允的創作活動，早在近百年以前即已開始。其時北魏文學尚是初興階段，因此，縱然其留存作品數量不多，亦屬難能可貴，有詳加討論的必要。以下謹依賦、頌、詩、樂府四部份，加以討論。

一、整合潮流的賦

　　高允曾擔任中書侍郎二十七年之久，高宗時始拜中書令，後轉太常卿，本官如故。在他兼太常卿任內，曾上〈代都賦〉一篇。本傳云「因以諷諫，亦二京之流也。」代都，本為拓跋魏的根據地。二京，指張衡〈二京賦〉。《後漢書・張衡傳》云：「時天下泰平日久，自王侯以下莫不踰侈，乃擬班固兩都作二京賦，因以諷諫。」則本傳之所謂「亦二京之流」蓋指〈代都賦〉之意旨亦為諷諫性質，非徒敷陳宮殿都城而已，惜其文不傳。

　　今可見高允之賦，僅存〈鹿苑賦〉一篇，收錄於《廣弘明集》卷二十九。

　　鹿苑，乃太祖道武帝拓跋珪於天興二年（西元399年）所造，鹿苑之名，係引用佛教創始人釋迦牟尼成道後，首次說法之道場名稱。《魏書》卷二〈太祖紀〉記載鹿苑之廣曰：

> 南因臺陰，北距長城，東包白登，屬之西山，廣輪數十里，盤渠引
> 武川水注之苑中，疏為三溝，分流宮城內外。

其後顯祖獻文帝拓跋弘又在此建石窟寺。石窟寺之建立，至遲不會晚於皇興四年，因《魏書》卷六〈顯祖紀〉云，此年十二月甲辰，獻文帝「幸鹿野苑、石窟寺」。皇興五年（西元471年）八月，獻文帝傳位於年僅五歲的皇太子拓跋宏，尊號太上皇。退位後的獻文帝即移居於鹿苑中。《魏書》卷一百一十四〈釋老志〉曰：

> 高祖踐祚，顯祖移御北苑崇光宮，覽習玄籍。建鹿野浮圖於苑中之
> 南山，去崇光右十里，嚴房禪堂，禪僧居其中焉。

獻文帝在鹿苑中，依托佛學，度過生命中最後五年鬱鬱寡歡的日子，於承明元年（西元476年）夏五月駕崩，年僅二十三。

　　由《魏書》的記載透露，獻文帝拓跋弘的退位與死亡，顯然另有隱情。《魏書》卷十三〈文明太后傳〉曰：

> 太后行不正，內寵李奕，顯祖因事誅之，太后不得意。顯祖暴崩，

時言太后爲之也。

卷六〈顯祖紀〉後，魏收亦論曰：

聰叡夙成，兼資能斷，其顯祖之謂乎？故能更清漠野，大啓南服。而早懷厭世之心，終致宮闈之變，將天意哉！

則獻文帝與文明太后母子之間，容或不至於骨肉相殘，亦必恩怨糾纏，複雜難解。而高允既爲三朝元老，又常出入禁中，參與重要決策，勢必對深宮秘事有所聽聞，是以借文託意，爲獻文帝稍解鬱懷。以下試析〈鹿苑賦〉之意旨。

啓重基於朔土，系軒轅之洪裔

（以上二句總啓全文，敘述北魏之建國）。

武承天以作主，熙大明以御世

灑靈液以滂沱，扇仁風以遐被

（以上四句敘述道武帝拓跋珪之治世）。

踵姬文而築苑，包山澤以開制

植群物以充務，蠲四民之常稅

（以上四句簡潔概要的交代鹿野苑之營造，隨後轉接顯祖獻文帝，及造寺之事）。

暨我皇之繼統，誕天縱之明叡

追鹿野之在昔，興三轉之高義

振幽宗於已永，曠千載而可寄

（以上六句歌詠獻文帝）。

於是命匠選工，刊茲西嶺

注誠端思，仰模神影

庶眞容之髣髴，耀金暉之煥炳

即靈崖以構宇，竦百尋而直正

（以上形容造寺之用心）。

絙飛梁於浮柱，列荷華於綺井

圖之以萬形，綴之以清永

若祇洹之瞪對，孰道場之塗迴

嗟神功之所建，超終古而秀出

　　寔靈祇之協贊，故存貞而保吉
　　鑿仙窟以居禪，闢重階以通術
　　澄清氣於高軒，佇流芳於王室
　　茂花樹以芬敷，涌醴泉之洋溢
　　祈龍宮以降雨，俟膏液於星畢
　　若乃研道之倫，行業貞簡
　　慕德懷風，杖策來踐
　　守應貞之重禁，味三藏之淵典
　　或步林以經行，或寂坐而端宴
　　會眾善以並臻，排五難而俱遣
　　道欲隱而彌彰，名欲毀而逾顯

（以上敘述石窟寺建築之秀逸，道場氛圍之靈妙，以及會集高僧修道之情形。至此為〈鹿苑賦〉之前半部，重點在敘述鹿野苑之建造及其環境、功用。以下為後半部，重點在稱揚顯祖其人）。

　　伊皇輿之所幸，每垂心於華圃
　　樂在茲之閑敞，作離宮以榮築
　　固爽塏以崇居，枕平原之高陸
　　恬仁智之所懷，眷山水以肆目
　　玩藻林以游思，絕鷹犬之馳逐
　　眷耆年以廣德，縱生生以延福
　　慧愛內隆，金聲外發
　　功濟普天，善不自伐

（以上稱揚顯祖之仁德為懷，志興清遠）。

　　尚諮賢以問道，詣芻蕘以補闕
　　盡敬恭於靈寺，遵晦望而致謁
　　奉請戒以畢日，兼六時而宵月
　　何精誠之至到，良九劫之可越
　　資聖王之遠圖，豈循常以明教

（以上言其勸學修德之力）。

　　希縉雲之上升，羨頂生之高蹈

> 思離塵以邁俗，涉玄門之幽奧
>
> 禪儲宮以正位，受太上之尊號
>
> 既存無而御有，亦執靜以鎮躁
>
> 覿天規於今日，尋先哲之遺誥
>
> 悟二乾之重蔭，審明離之並照
>
> 下寧濟於兆民，上剋光於七廟
>
> 一萬國以從風，總群生而為導
>
> 正南面以無為，永措心於沖妙

（以上言顯祖為遂其遠離塵俗之志，而禪位於孝文帝。以「二乾」與「明離」〔註3〕象徵太上皇與皇帝二人，故曰「重蔭」、「並照」）。

> 夫道化之難期，幸微躬之遭遇
>
> 逢扶桑之初開，遘長夜之始曙
>
> 顧衰年以懷傷，惟負乘以危懼
>
> 敢布心以陳誠，效鄙言以自著

（以生逢明主之世，深為慶幸，總結全文）。

　　獻文帝之退位，並非出於謙讓之德與崇佛之本心，乃是情勢所迫，不得不如此。高允雖洞悉此一事實，卻也無可如何於帝王家務。加上其人一生崇佛，素恬淡無心於人事，是以作賦寬慰太皇。然斯人也而有斯文，賦中獻文帝之形象，與作者之心志，恰作重疊。

　　此賦雖少有文采，但於樸質中深含哲思，亦頗有值得回味之處。

　　另外，從賦的演變過程來觀察高允的〈鹿苑賦〉，尚可發現一些值得關心之處。

　　賦盛於兩漢，而自東漢開始，其篇幅由長篇鉅製轉變為短小篇章，如班固固有〈兩都賦〉之類的長賦，但亦有如〈竹扇賦〉之類的短賦。賦的內容已由詠宮殿游獵京都等事務，變為個人胸懷與理想的描寫，如張衡的〈歸田賦〉。作風由堆砌誇飾鋪采摛文，變為平淺自然清麗可人；句法亦由散行變為對偶。上述四項特點，大抵為兩漢散文賦演變的軌跡，魏晉以後賦的發展，亦大致循此路線。

　　但是高允的賦顯然仍是長篇的形式，內容則綜合詠宮殿與敘懷抱，句法

〔註 3〕 「明離」出自《易·離卦》原文曰：「明兩作離，大人以繼明照於四方」。

雖爲整齊的對偶，用詞則清雅典正。這些特質，幾乎是兩漢至魏晉期間，賦的總集合體；彷彿是在魏晉以後，賦逐漸衰微沒落時，一個迴光返照的現象。這個現象所呈現的力量，雖然十分薄弱，但所顯現的意義，卻十分重要。因爲，這個現象提醒了後人，在多數人以爲沒有文學可言的北方，其實還有一些文學工作者，默默的以一種更嚴謹，更懷舊的心情，從事文學創作。而這些作品，雖然無法與同一時期的南朝作品相比，但是其重要性，卻不容忽視。

二、清鑠敬慎的頌

高允有頌兩篇。《魏書・高允本傳》云：

> （允）以昔歲同徵，零落將盡，感逝懷人，作〈徵士頌〉。

又曰：

> 允從顯祖北伐，大捷而還，至武川鎮，上〈北伐頌〉。

關於頌的體制功能，劉勰曾有論述。《文心雕龍》卷二〈頌讚篇〉曰：

> 頌者，容也，所以美盛德而述形容也。

又曰：

> 原夫頌惟典雅，辭必清鑠，敷寫似賦，而不入華侈之區；敬慎如銘，而異乎規戒之域，揄揚以發藻，汪洋以樹義，唯纖曲巧致，與情而變，其大體所底，如斯而已。

可見頌的寫作方法，與賦相似，其體製功能，則與碑銘相近，其文辭、風格，則以典雅清鑠爲主。

以下謹就劉勰論述的要點，對高允二頌，稍加說明。

〈徵士頌〉

> 紫氣干霄，群雄亂夏，王龔徂征，戎車屢駕。掃蕩遊氛，克翦妖霸，四海從風，八埏漸化。

> 政教無外，既寧且一，偃武櫜兵，唯文是恤。帝乃旁求，搜賢舉逸，巖隱投竿，異人並出。

> 疊疊盧生，量遠思純，鑽道據德，游藝依仁。旌弓既招，釋褐投巾，攝齊升堂，嘉謀日陳。自東徂南，躍馬馳輪，僭馮影附，劉以和親。

> 茂祖縈單，凤離不造，克己勉躬，聿隆家道。敦心六經，游思文藻，終辭寵命，以之自保。

燕、常篤信，百行靡遺，位不苟進，任理栖遲。居沖守約，好讓善推，思賢樂古，如渴如饑。

子翼致遠，道賜悟深，相期以義，相和若琴。並參幕府，俱發德音，優遊卒歲，聊以寄心。

祖根運會，克光厥猷，仰緣朝恩，俯因德友。功雖後建，祿實先受，班同舊臣，位並群後。

士衡孤立，內省靡疚，言不崇華，交不遺舊。以產則貧，論道則富，所謂伊人，實邦之秀。

卓矣友規，稟茲淑亮，存彼大方，擯此細讓。神與理冥，形隨流浪，雖屈王侯，莫廢其尚。

趙實名區，世多奇士，山岳所鍾，挺生三李。矯矯清風，抑抑容止，初九而潛，望雲而起。詵尹西都，靈惟作傳，垂訓皇宮，載理雲霧。熙雖中天，跡階郎署，餘塵可挹，終亦顯著。

仲業淵長，雅性清到，憲章古式，綢繆典誥。時值險難，常一其操。納眾以仁，訓下以孝，化被龍川，民歸其教。

邁則英賢，侃亦稱選，聞達邦家，名行素顯。志在兼濟，豈伊獨善，繩匠弗顧，功不獲展。

劉、許履忠，竭力致躬，出能騁說，入獻其功。輶軒一舉，撓燕下崇，名彰魏世，享業亦隆。

道茂風成，弱冠播名，與朋以信，行物以誠。怡怡昆弟，穆穆家庭，發響九皋，翰飛紫冥。頻在省闈，亦司於京，刑以之中，政以之平。

狩歟彥鑒，思參文雅，率性任真，器成非假。靡矜於高，莫恥於下，乃謝朱門，歸跡林野。

宗敬延譽，號為四儁，華藻雲飛，金聲鳳振。中遇沈痾，賦詩以訊，忠顯于辭，理出於韻。

高滄朗達，默識淵通，領新悟異，發自心胸。質侔和璧，文炳雕龍，燿姿天邑，衣錦舊邦。

士元先覺，介焉不惑，振袂來庭，始賓王國。蹈方履正，好是繩墨，淑人君子，其儀不忒。

孔稱游夏，漢美淵雲，越哉伯度，出類踰群。司言秘閣，作牧河汾，
移風易俗，理亂解紛。融彼滯義，煥此潛文，儒道以析，九流以分。

崔、宋二賢，誕性英偉，擢穎閭閻，聞名象魏。謇謇儀形，邈邈風
氣，達而不矜，素而能賁。

潘符摽尚，杜熙好和，清不潔流，渾不同波。絕希龍津，止分常科，
幽而逾顯，損而逾多。

張綱柔謙，叔術正直，道雅洽聞，弼爲兼識。拔萃衡門，俱漸鴻翼，
發憤忘餐，豈要斗食。率禮從仁，罔愆於式，失不繫心，得不形色。

郎苗始舉，用均已試，智足周身，言足爲治，性協於時，情敏於事，
與今而同，與古曷異。

物以利移，人以酒昏，侯生潔己，唯義是敦。日縱醇醪，逾敬逾溫，
其在私室，如涉公門。

季才之性，柔而執競，居彼南秦，申威致命。誘之以權，矯之以正，
帝道用光，邊土納慶。

群賢遭世，顯名有代，志竭其忠，才盡其概。體襲朱裳，腰紐雙佩，
榮曜當時，風高千載。君臣相遇，理實難偕，昔因朝命，舉之克諧。
披衿散想，解帶舒懷，此忻如昨，存亡奄乖。靜言思之，中心九摧，
揮毫頌德，潸爾增哀。

〈北伐頌〉

皇矣上天，降鑒惟德，眷命有魏，照臨萬國。禮化丕融，王猷允塞，
靜亂以威，穆民以則。北虜舊隸，稟政在蕃，往因時□，逃命北轅。
世襲凶軌，背忠食言，招亡聚盜，醜類實繁。敢率犬羊，圖縱猖蹶，
乃詔訓師，興戈北伐。躍馬裏糧，星馳電發，撲討虔劉，肆陳斧鉞。
斧鉞暫陳，皲翦厥旅，積骸填谷，流血成浦。元兇狐奔，假息窮墅，
爪牙既摧，腹心亦阻。周之忠厚，存及行葦，翼翼聖明，有兼斯美。
澤被京觀，垂此仁旨，封尸野獲，惠加生死。生死蒙惠，人欣覆育，
理貫幽冥，澤漸殊域。物歸其誠，神獻其福，遐邇斯懷，無思不服。
古稱善兵，歷時始捷，今也用師，辰不及浹。六軍克合，萬邦以協，
義著春秋，功銘玉牒，載興頌聲，播之來葉。

二頌典正無華，頗能符合劉勰所論「敬慎如銘」、「不入華侈之區」之特點。而〈徵士頌〉中，如詠三李之「矯矯清風，抑抑容止，初九而潛，望雲而起」、詠道茂之「怡怡昆弟，穆穆家庭，發響九皋，翰飛紫冥」、詠宗敬之「宗敬延譽，號爲四儁，華藻雲飛，金聲凤振」等，實堪稱清雅；至如〈北伐頌〉中，「躍馬裹糧，星馳電發，撲討虔劉，肆陳斧鉞。斧鉞暫陳，馘翦厥旅，積骸填谷，流血成浦」之文辭形容，則生動而深刻，彷若一首樸素的四言古詩，恰可與其另外幾篇四言詩比觀。

三、別開奇響的四言詩

現存高允詩僅有四篇，但根據《魏書》本傳之記載，應另有佚詩二首。《魏書》本傳曰：

> 允曾作〈塞上翁詩〉，有混欣戚，遺得喪之致。

《太平御覽》百九十四卷收錄有高允的〈塞上公亭詩序〉，其文曰：

> 延和三年，余赴京師，發石門北行，失道路宿，寓代之快馬亭。其俗云，古塞上翁所遺之邑也。曰公有良馬，因以命之，此其所遺也。負長城而面南山，枭潭帶其側，湧波灌其前。停駢策以流目，抱遺風以依然，仰德音于在昔，遂揮毫以寄言。代人云，塞上翁姓李，代之李氏竝其後也。

此〈塞上公亭詩〉或即《魏書》所言之〈塞上翁詩〉。「塞上翁」一語，見於《淮南子・人間訓》，以塞翁失馬的故事，函指人生得失、福禍之無常。此或即高允之人生寫照，可惜不傳於今。《魏書》本傳又曰：

> 後允以老疾，頻上表乞骸骨，詔不許。於是乃著〈告老詩〉。

則此詩應是自傷老邁之作，亦散佚無可考。

今可見之〈答宗欽〉一詩，見於《魏書》卷五十二〈宗欽傳〉，內容如下：

> 湯湯流漢，藹藹南都。載稱多士，載燿靈珠。逸矣高族，世記丹圖。啓基郪城，振彩涼區。（其一）吾生朗到，誕發英風。紹熙前緒，奕世克隆。方圓備體，淑德斯融。望傾群儁，響駭華戎。（其二）響駭伊何？金聲允著。匡贊西藩，拯厥時務。蕭志琴書，恬心初素。潛思淵渟，秀藻雲布。（其三）上天降命，祚鍾有代。協燿紫宸，與乾作配。仁邁春陽，功隆覆載。招延隱叟，永貽大賚。（其四）伊余櫟散，才至庸微。遭緣幸會，忝與樞機。竊名華省，廁足丹墀。愧無

螢燭，少益天暉。（其五）明升非諭，信漸難兼。體卑處下，豈曰能謙。進不弘道，退失淵潛。既慚朱闕，亦愧閭閻。（其六）史、班稱達，楊、蔡致深。負荷典策，載蹈於心。四轍同軌，覆車相尋。敬承嘉誨，永佩明箴。（其七）遠思古賢，內尋諸己。仰謝丘明，長揖南史。退武雖存，高蹤難擬。夙興夕惕，豈獲恬止。（其八）世之圮矣，靈運未通。風馬殊隔，區域異封。有懷西望，路險莫從。王澤遠灑，九服來同。（其九）在昔平吳，二陸稱寶。今也克涼，吾生獨矯。道映儒林，義爲群表。我思與之，均於紵縞。（其十）仁乏田蘇，量非叔度。韓生屬降，林宗仍顧。千載曠遊，遘茲一遇。藻詠風流，鄙心已悟。（其十一）年時迅邁，物我俱逝。任之斯通，擁之則滯。結駟貽塵，屢空亦敝。兩間可守，安有回、賜。（其十二）詩以言志，志以表丹。慨哉刎頸，義已中殘。雖曰不敏，請事金蘭。爾其勵之，無忘歲寒。

另一篇〈詠貞婦彭城劉氏〉，則載於《魏書》卷九十二〈列女傳〉。內容如下：

兩儀正位，人倫肇甄。爰制夫婦，統業承先。雖曰異族，氣猶自然。生則同室，終契黃泉。（其一）封生令達，卓爲時彥。內協黃中，外兼三變。誰能作配，克應其選。實有華宗，挺生淑媛。（其二）京野勢殊，山川乖互。乃奉王命，載馳在路。公務既弘，私義獲著。因媒致幣，遘止一暮。（其三）率我初冠，眷彼弱笄。形由禮比，情以趣諧。忻願難常，影跡易乖。悠悠言邁，戚戚長懷。（其四）時值險屯，橫離塵網。伏鑕就刑，身分土壤。千里雖遐，應如影響。良嬪洞感，發於夢想。（其五）仰惟親命，俯尋嘉好。誰謂會淺，義深情到。畢志守窮，誓不二醮。何以驗之？殞身是效。（其六）人之處世，孰不厚生。必存於義，所重則輕。結忿鍾心，甘就幽冥。永捐堂宇，長辭母兄。（其七）茫茫中野，礭礭孤丘。葛藟冥蒙，荊棘四周。理苟不昧，神必俱游。異哉貞婦，曠世靡儔。（其八）

〈答宗欽〉中，鮮少文采，只以敘事說理爲主。但若觀「年時迅邁，物我俱逝。任之斯通，擁之則滯。結駟貽塵，屢空亦敝。兩間可守，安有回、賜」之句，則又於質樸中，孕有深遠哲思。〈詠貞婦彭城劉氏〉一作，較有文采，如詩之四「率我初冠，眷彼弱笄。形由禮比，情以趣諧。忻願難常，影跡易乖。悠悠言邁，戚戚長懷」、詩之五「時值險屯，橫離塵網。伏鑕就刑，身分

土壤。千里雖遐，應如影響。良嬪洞感，發於夢想」、詩之八「茫茫中野，翳翳孤丘。葛藟冥濛，荊棘四周。理苟不昧，神必俱游。異哉貞婦，曠世靡疇」等，皆思理深邃而氣韻蒼茫。四言詩自《詩經》以後，極少有文人創作，故沈德潛稱譽曹操四言曰，「於三百篇外自開奇響」。高允所作四言詩，雖不若曹操之沉雄悲涼，但未嘗不可說是：於南朝之外別開奇響。

高允的另外兩篇作品乃樂府詩，請於下節討論。

四、承先啓後的樂府

北魏建國之初，並不熱衷於汲取漢民族的文化傳統。結果在音樂方面，無論是宮中所奏或是樂官的設置，皆極爲混亂。在魏孝文帝以前，北魏樂府大致由以下三部份組成：（一）、自創的樂歌。例如歌詠拓跋氏創業功績的〈眞人代歌〉等。（二）、中原漢晉舊曲，例如在太延五年（西元 439 年），世祖拓跋燾討平涼州，得到不少伶人、器服；以及稍早破赫連昌時，所得的古雅樂。（三）、五方殊俗之音，例如在世祖拓跋燾通西域後，設於樂署之悅盤國鼓舞。

這種綜合的樂制與音樂內容，顯然並不純雅，但是由於北魏「諸帝意在經營，不以聲律爲務，古樂音制，罕復傳習，舊工更盡，聲曲多亡」。〔註 4〕及至高祖孝文帝時，才逐漸能對這種情況加以反省，並賦予更多的關心。《魏書·樂志》曰：

太和初，高祖垂心雅樂，務正音聲。

孝文帝年方十歲，其「務正音聲」有所成果，應在太和十一年（西元 487 年）。故同書〈高祖紀〉即曰：

（太和）十有一年春正月丁亥朔，詔定樂章，非雅者除之。

《魏書·樂志》又曰：

於時卒無洞曉聲律者，樂部不能立，其事彌缺。

可見當時不只音樂環境的敝陋，人才亦嚴重缺乏。

在如此不良的音樂環境中，高允顯然是一朵奇葩。《魏書》本傳曰：

（允）性好音樂，每至伶人弦歌鼓舞，常擊節稱善。

他並曾上奏雅樂歌辭。〈樂志〉曰：

（太和）七年秋，中書監高允奏樂府歌辭，陳國家王業符瑞及祖宗

〔註 4〕詳見《魏書》卷一百九〈樂志〉。

德美，又隨時歌謠，不準古舊，辨雅鄭也。

太和七年，允已年高九十四。就其對音樂的喜好與素養，以及旺盛的創造力觀之，後世所傳五言樂府，絕非偶然之作。

高允的樂府作品留傳至今的僅有兩首，即〈王子喬〉與〈羅敷行〉。

〈王子喬〉乃擬同題古樂府之作。其文曰：

> 王少卿，王少卿，超升飛龍翔天庭。遺儀景，雲漢酬，光鷲電逝忽若浮。騎日月，從列星，跨騰太廓踰官冥。尋元氣，出天門，窮覽有無究道根。

宋・郭茂倩《樂府詩集》所載同題古樂府，除高允作品之外，尚有梁・江淹、高允生，以及唐・宋之問的作品。其中兩位梁朝詩人的作品，全以五言句子構成，高允的詩則是以三言和七言句子交錯構成，二者在形式上並不相似。而古樂府〈王子喬〉之原辭如下：

> 王子喬，參駕白鹿雲中遨，參駕白鹿雲中遨。下遊來，王子喬。參駕白鹿上至雲，戲遊遨。上建逋陰廣里，踐近高。結仙宮，過謁三台，東遊四海五嶽山，上過蓬萊紫雲臺。三王五帝不足令，令我聖明應太平。養民若子事父明，當究天祿永康寧。玉女羅坐吹笛簫，嗟行聖人遊八極，鳴吐衛福翔殿側。聖主享萬年，悲吟皇帝延壽命。

此詩全篇皆以三言、七言為基調，再相互交錯組合而成。以此觀之，高允的作品最接近原詩，最能保存古詩風貌。

另一首〈羅敷行〉亦為擬古題之作。古題原作〈陌上桑〉，或作〈日出東南隅行〉、〈艷歌羅敷行〉。

在《樂府詩集》中，除了高允的作品之外，尚收錄了許多其他作家的擬作，其中有相當數量的南朝詩人的作品。梁朝宮體詩人的擬作，其注目的焦點多在詩中美女「羅敷」的描寫，此正與當時艷詩流行的風向相合。高允的詩，亦終篇描寫羅敷的容貌姿態，其辭曰：

> 邑中有好女，姓秦字羅敷。巧笑美回盼，鬢髮復凝膚，腳著花文履，耳穿明月珠。頭作墮馬髻，倒枕象牙梳。姍姍善趨步，襜襜曳長裙。王侯為之顧，駟馬自踟躕。

一見此詩，即令人有似曾相似之感，因其引用了許多原詩文句，如「邑中有好女」，原詩作「秦氏有好女」；「耳穿明月珠，頭作墮馬髻」，原詩作「頭上倭墮髻，耳中明月珠」；此外；「冉冉府中趨」本是用以描寫羅敷之夫，高允

引爲形容羅敷本人，並改爲「姍姍善超步」；末句「駟馬自踟躕」，原詩本作
「使君從南來，五馬立踟躕。」引用如此多的古詩原辭，主要是因爲擬作之
故。但以全詩的旨趣觀之，則顯見並非照章模擬。古樂府〈陌上桑〉全詩內
容由三個部份構成。第一部份描寫主角羅敷的容貌姿態，以及里人愛慕其美
艷之情形。第二部份主要描寫羅敷拒絕使君的經過。第三部份是羅敷向使君
炫耀其夫出眾的人才。《樂府詩集》引〈樂府解題〉之文，說明原詩旨義曰：

> 古辭言羅敷採桑，爲使君所邀，盛誇其夫爲侍中郎以拒之。

則原詩爲一敘事詩，此爲其詩之特色。而高允之作，只爲原詩五十三句的五
分之一強，已捨棄其敘事之主要特色，將重點放在古詩第一段第一場羅敷的
美貌，並加強其描寫。這樣的寫作方法，在當時並非只其一人，南朝許多詩
人都有這種傾向。六世紀半以前的宮體詩作者，在古樂府的擬作上，似乎都
偏向於對美女艷姿的關心與描寫。艷詩流行的風潮，大約始於簡文帝、沈約
等人；但對於美女的描寫，以〈陌上桑〉的擬作爲先鞭，則恐非此輩之創舉。
如沈約的〈日出東南隅行〉（《樂府詩集》卷二十八）：

> 朝日出邯鄲，照我叢臺端。中有傾城艷，顧景織羅紈。延軀似纖約，
> 遺視若回瀾。瑤裝映層綺，金服炫彫變。幸有同匡好，西仕服秦官。
> 寶劍垂玉貝，汗馬飾金鞍。縈場類轉雪，逸控似騰鸞。羅衣夕解帶，
> 玉釵暮垂冠。

此詩雖與原詩相似，全詩敘及羅敷（前半）及其夫（後半），但都側重在姿容
的描寫，與高允的作品在旨趣上十分接近。在沈約的先輩或同時代的詩人中，
只有謝靈運〈日出東南隅行〉殘留的八句，有類似的描寫之外，其餘如謝朓、
范雲、任昉、江淹等人，在現有資料中，並不見有相同風格的艷詩留傳。故
文學史研究者，於討論宮體詩時，恐怕亦須對高允此作多加關心。

以四聲八病說聞名的沈約，在上述擬作中當然也考慮了聲律上的和諧完
整。沈氏揭櫫八病，其中云「上尾」「鶴膝」爲其尤者，〔註5〕而此詩中第五
字與第十字用同聲調之字，爲「上尾」，其次，若以四句爲一單位，第五字與
第十五字用同一聲調文字，爲「鶴膝」。再看高允的詩，〈羅敷行〉各句末文
字與聲調的檢討如下：

> 女（上）──敷（平）／盼（去）──膚（平）
> 履（上）──珠（平）／髻（去）──梳（平）

〔註5〕見《文鏡秘府論》西卷、文廿八種病。

步（去）——裾（平）／顧（去）——蹰（平）

此詩中並無「上尾」之病，唯後半的「步」／「顧」為「鶴膝」。再看〈王子喬〉：

卿（平）——卿（平）——庭（平）

景（上）——酬（平）——浮（平）

月（入）——星（平）——冥（平）

氣（去）——門（平）——根（平）

此詩中亦可見作者極力避免押韻字用同聲調的字。以此二詩想證明高允其他詩作在聲律上的應用情形，固是管中窺豹；但至少可證明遠在「永明體」詩風形成之前，身在北地，且已邁入老境的高允，在聲律上已有若干自覺，並將此自覺實際運用在作品中。